CONTANDO HISTÓRIAS

Contando histórias

Organização:

NADINE GORDIMER

Tradução

José Rubens Siqueira

Laura Barreto

Moacir Amâncio

COMPANHIA DAS LETRAS

Título original
Telling Tales

Capa
João Baptista da Costa Aguiar

Preparação
Cacilda Guerra

Revisão
Cecília Ramos
Elizete Mitestaines

Dados Internacionais de Catalogação na Publicação (CIP)
(Câmara Brasileira do Livro, SP, Brasil)

Contando histórias / organização Nadine Gordimer ; tradução José Rubens Siqueira, Laura Barreto, Moacir Amâncio. — São Paulo : Companhia das Letras, 2007.

Título original: Telling tales.
Vários autores.
ISBN 978-85-359-1031-5

1. Contos - Coletâneas I. Gordimer, Nadine.

07-2617 CDD-808.83

Índice para catálogo sistemático:
1. Contos : Coletâneas : Literatura 808.83

[2007]

EDITORA SCHWARCZ LTDA.
Rua Bandeira Paulista, 702, cj. 32
04532-002 — São Paulo — SP
Telefone (11) 3707-3500
Fax (11) 3703-3501
www.companhiadasletras.com.br

Sumário

Introdução

Reúnam-se para fruir as histórias narradas neste livro para o seu prazer. Será uma experiência única sob dois aspectos.

Primeiro. Raramente autores mundiais de tamanha variedade e importância apareceram juntos em uma mesma antologia. Suas histórias captam uma gama de emoções e situações de nosso universo humano: tragédia, comédia, fantasia, sátira, dramas de amor sexual e de guerra, em diferentes continentes e culturas. O leitor aprende sobre os outros — e sobre si mesmo — em revelações de que só a ficção, a ancestral arte de contar histórias, é e sempre foi capaz. Ao lado da música, esta arte é a forma mais antiga de encantamento e diversão.

As 21 histórias foram escritas em "vozes" diferentes — em estilos vividamente pessoais —, captando as deslumbrantes possibilidades do uso da palavra por autores vivos. Entre eles, há cinco agraciados com o Prêmio Nobel de Literatura. Todos se juntaram para levar o prazer da leitura a quem quer que abra esta rara e notável coleção de talentos criativos.

Segundo. Os 21 autores cederam suas histórias — todas escolhidas por eles mesmos como representativas do melhor da obra de sua vida como contadores de histórias — sem nenhuma remuneração, nem cobrança de direitos autorais. Os editores de cada país onde a antologia é publicada produziram o livro sem auferir nenhum ganho, nenhum lucro.

Por que esses escritores concordaram em doar seu talento e sua obra?

Músicos doaram seus talentos a concertos de jazz, pop e música clássica em benefício de 40 milhões de homens, mulheres e crianças contaminados por HIV/aids no mundo inteiro, dois terços deles na África. Decidimos que queríamos dar algo de nossa capacidade como escritores de imaginação para contribuir à nossa maneira com a luta contra essa doença à qual nenhum país, nenhum indivíduo, está seguramente imune.

Todos os lucros e royalties da venda de *Contando histórias* em todo o mundo serão destinados às campanhas educativas de prevenção da aids e ao tratamento médico de pessoas que vivem com essa infecção pandêmica e com todo o sofrimento que ela traz ao nosso mundo contemporâneo. Portanto, quando comprar esta antologia especial de renomados contadores de histórias, para dar de presente ou para seu próprio deleite, você estará também, com o dinheiro que pagou por este livro, dando um presente para combater a peste do novo milênio.

As histórias aqui narradas não são sobre aids; mas os lucros que elas gerarem irão socorrer e dar apoio a suas vítimas.

Nadine Gordimer

CONTANDO HISTÓRIAS

Buldogue

Arthur Miller

Ele viu aquele minúsculo anúncio no jornal: "Filhotes de black brindle bull, três dólares cada". Tinha aí uns dez dólares do trabalho de pintura que ainda não depositara, mas nunca haviam tido um cachorro em casa. O pai estava tirando uma longa soneca quando a idéia lhe veio à mente, e a mãe, no meio de uma partida de bridge quando ele perguntou a ela se podia, encolheu os ombros, distraída, e descartou uma carta. Ele ficou andando pela casa tentando resolver e foi sendo dominado pela sensação de que era melhor correr antes que alguém comprasse o cachorrinho primeiro. Em sua cabeça, um dos cachorrinhos já pertencia a ele — era o seu cachorro e o cachorro sabia disso. Não fazia idéia de que cara tinha um brindle bull, mas parecia forte e maravilhoso. E tinha os três dólares, embora se amargurasse de pensar em gastá-los quando estavam passando por problemas tão sérios de dinheiro com o pai na bancarrota de novo. O pequeno anúncio não falava quantos filhotes havia. Talvez houvesse apenas dois ou três, que podiam já ter sido comprados.

O endereço era na rua Schermerhorn, de que nunca ouvira falar. Telefonou e uma mulher de voz rouca explicou como chegar lá, que linha tomar. Ele ia sair do bairro de Midwood pela linha elevada Culver, de forma que teria de fazer baldeação na avenida Church. Anotou tudo e repetiu para a mulher. Ela ainda estava com os cachorrinhos, graças a Deus. Levava mais de uma hora, mas, como era domingo, o trem estava quase vazio e com a brisa que entrava pelas molduras de madeira das janelas abertas era mais fresco dentro que na rua. Lá embaixo, em terrenos baldios, viu velhas italianas, cabeças cobertas com lenços vermelhos, curvadas recolhendo dentes-de-leão nos aventais. Seus colegas de escola italianos diziam que era para o vinho e para a salada. Ele se lembrava de ter experimentado um pouco uma vez, quando estava jogando beisebol no terreno perto de casa, mas era amargo e salgado como lágrimas. O velho trem de madeira, praticamente vazio, sacudia e estralejava ligeiramente na tarde quente. Passou por cima de um quarteirão onde havia homens parados na entrada de suas casas lavando os carros como se fossem elefantes com calor. Uma poeira agradável flutuava no ar.

O bairro da rua Schermerhorn era uma surpresa, completamente diferente do dele, Midwood. As casas eram de pedra marrom e não tinham nada a ver com as casas de madeira de seu bairro, construídas apenas poucos anos antes ou, nos casos mais antigos, nos anos 20. Até as calçadas pareciam velhas, com grandes quadrados de pedra em lugar de cimento e tufos de grama crescendo no espaço entre elas. Dava para perceber que ali não viviam judeus, talvez porque fosse tão silencioso e sem vitalidade e não houvesse ninguém sentado ao ar livre, tomando sol. Muitas janelas estavam abertas, com gente sem expressão apoiada nos cotovelos olhando para fora e gatos deitados em alguns dos parapeitos; havia mulheres de sutiã e homens de cueca e camiseta tentando se refrescar na brisa. Sentia o suor escorrendo pelas costas, não só pelo calor, mas também porque agora se dava conta de que era o único a querer o cachorro, uma vez que seus pais não tinham realmente dado uma opinião e o irmão, que era mais velho, dissera: "O quê? Está maluco, gastar seus poucos dólares com um cachorro? Quem sabe se vai prestar? E onde vai arrumar comida para ele?". Tinha pensado em osso, mas o irmão, que sabia sempre o que estava certo ou errado, berrou: "Osso! Eles ainda não têm dentes!". Bem, talvez sopa, resmungara. "Sopa! Vai dar *sopa* para um cachorrinho?" De repente, viu que tinha chegado ao endereço. Parado ali, sentiu o chão fugir e entendeu que estava tudo errado, como se fosse um de seus sonhos ou uma mentira que burramente tentasse defender como verdade. Sentiu o coração bater mais rápido e o rosto ficar vermelho e seguiu em frente mais meio quarteirão. Era o único na rua vazia e de algumas janelas pessoas olhavam para ele. Mas como voltar para casa depois de ter ido tão longe? Parecia estar viajando há semanas, um ano. E agora voltar para o metrô sem nada? Talvez devesse ao menos dar uma olhada no cachorrinho, se a mulher deixasse. Tinha procurado no *Livro do conhecimento*, onde havia duas páginas inteiras com imagens de cachorros, e lá havia um buldogue inglês branco com as pernas da frente tortas e dentes saindo do maxilar inferior, e um pequeno bull boston branco e preto, e um pit bull de focinho comprido, mas nenhuma imagem de um brindle bull. No fim das contas, a única coisa que sabia de verdade sobre brindle bulls é que custavam três dólares. Mas tinha de, ao menos, dar uma olhada nele, no seu cachorrinho, de forma que voltou pelo quarteirão e tocou a campainha do subsolo, como a mulher havia orientado. O toque era tão alto que ele se assustou, mas sentiu que se saísse correndo e ela aparecesse a tempo de vê-lo seria ainda mais embaraçoso, de forma que ali ficou, com o suor escorrendo pelo lábio.

Uma porta interna debaixo da escada se abriu e apareceu uma mulher que olhou para ele por entre as barras de ferro empoeiradas do portão. Usava uma espécie de penhoar, de seda rosa claro, que segurava fechado com uma mão, e tinha cabelo preto e comprido até os ombros. Não ousou olhar direto para o rosto dela, então não sabia que cara tinha exatamente, mas dava para sentir como estava tensa ali atrás do portão fechado. Sentiu que ela não fazia idéia do porquê de ele tocar a campainha e depressa perguntou se ela era a pessoa que havia colocado o anúncio. Ah! Ela mudou na mesma hora, destrancou o portão e abriu. Era mais baixa que ele e tinha um cheiro peculiar, como uma mistura de leite e ar viciado. Entrou atrás dela no apartamento, tão escuro que ele mal conseguia enxergar em torno, mas dava para ouvir o ganido alto dos filhotinhos. Ela teve de gritar para perguntar onde ele morava e quantos anos tinha, e quando ele contou que tinha treze ela bateu a mão na boca e disse que era muito alto para a idade, só que não entendia por que isso parecia embaraçá-la, a não ser talvez que ela tivesse pensado que tinha quinze, como pensavam às vezes. Mas mesmo assim. Foi atrás dela até a cozinha, nos fundos do apartamento, onde finalmente conseguiu enxergar em torno, agora que estava longe do sol há alguns minutos. Dentro de uma caixa de papelão recortada de qualquer jeito para ficar mais rasa, viu três filhotinhos e a mãe, que olhava para ele, sentada com a cauda mexendo devagar para um lado e outro. Pensou que ela não parecia um buldogue, mas não teve coragem de dizer isso. Era só uma cadela marrom com umas manchas pretas e umas listas aqui e ali, e os cachorrinhos eram iguais. Ele gostou muito do jeito que as orelhinhas deles ficavam penduradas, mas disse à mulher que queria ver os filhotes e que ainda não tinha se decidido. Realmente não sabia o que fazer em seguida, então, para não parecer que não havia gostado dos cachorros, perguntou se ela deixava que carregasse um deles. Ela disse que tudo bem, pegou dois filhotes de dentro da caixa e colocou-os no chão de linóleo azul. Não pareciam com nenhum buldogue que ele já tivesse visto, mas ficou com vergonha de dizer a ela que não queria um de fato. Ela levantou um filhote e disse: "Pegue", e colocou no colo dele.

Nunca havia carregado um cachorro antes e ficou com medo de que fosse escorregar, de forma que aninhou-o entre os braços. Era quente ao toque, muito macio e meio nojento de um jeito estranho. Tinha olhos cinzentos como dois botõezinhos. Estava incomodado de o *Livro do conhecimento* não ter a imagem desse tipo de cachorro. Um buldogue de verdade era sólido e perigoso, mas esses eram apenas cachorros marrons. Ficou ali sentado no braço da cadeira estofada de verde com o cachorrinho no colo, sem saber o que fazer em seguida. A mulher, enquanto isso, havia se sentado ao lado dele e ele teve a sensação de que ela fez um carinho em seu cabelo, mas não tinha certeza porque tinha cabelo muito grosso. Quanto mais passavam os segundos menos seguro do que fazer ele ficava. Ela então perguntou se queria água, ele disse que sim e ela foi abrir a torneira, o que lhe deu a chance de se levantar e colocar o cachorrinho outra vez na caixa. Ela voltou com o copo na mão e quando ele pegou o copo ela deixou a camisola se abrir, mostrando os seios como balões meio vazios, e disse que não podia acreditar que tivesse só treze anos. Ele engoliu a água e ia devolver o copo quando ela de repente puxou a cabeça dele para ela e deu-lhe um beijo. Durante esse tempo todo, por alguma razão, ele não conseguira olhar para a cara dela e, agora, quando tentou, não conseguiu ver nada além de um borrão de cabelos. Ela o tocou e a parte de trás de suas pernas começou a tremer. Aquilo foi se tornando mais forte, até ficar quase igual àquela vez em que tocara a borda energizada de um soquete quando estava tentando remover uma lâmpada queimada. Jamais se lembraria de como foi parar no tapete — sentia que uma cachoeira estava caindo em cima de sua cabeça. Lembrava-se de ter penetrado na quentura dela e da cabeça batendo, batendo na perna do sofá. Já estava quase na avenida Church, onde ia ter de fazer baldeação para a linha elevada Culver, quando se deu conta de que ela não havia pegado seus três dólares e de que não se lembrava de ter concordado com nada, mas que estava com aquela caixinha de papelão no colo, com o filhotinho ganindo dentro. O raspar das unhas no papelão lhe dava arrepios nas costas. A mulher, lembrava agora, havia cortado dois buracos na tampa da caixa e o cachorrinho ficava enfiando o focinho por eles.

Sua mãe deu um pulo para trás quando desamarrou o cordão, o cachorrinho empurrou a tampa e se espremeu para fora, latindo. "O que ele está fazendo?", ela perguntou, as mãos levantadas no ar como se fosse ser atacada. Ele, então, já havia perdido o medo do cachorrinho, segurava-o no colo, deixava que lambesse seu rosto, e vendo isso a mãe se acalmou um pouco. "Ele está com fome?", ela perguntou e ficou ali parada com a boca meio aberta, pronta para qualquer coisa, enquanto ele colocava o cachorrinho no chão de novo. Respondeu que talvez estivesse com fome, sim, mas que achava que ele só podia comer coisas moles, embora seus dentes fossem afiados como alfinetes. Ela pegou um pouco de queijo cremoso e colocou um pedacinho no chão, mas o cachorrinho só farejou e fez xixi em cima. "Meu Deus do céu!", gritou ela, e foi depressa pegar um pedaço de jornal para enxugar. Quando ela se abaixou daquele jeito, ele pensou na quentura da mulher, sentiu vergonha e sacudiu a cabeça. De repente, o nome dela voltou-lhe à memória — Lucille —, ela lhe contara quando estavam no chão. No momento em que ele estava entrando nela, ela abrira os olhos e dissera: "Meu nome é Lucille". A mãe trouxe uma tigela de sopa de macarrão da noite anterior e colocou no chão. O filhote levantou a patinha, desequilibrou a tigela e derramou um pouco do caldo de galinha no chão. Isso ele começou a lamber vorazmente no linóleo. "Ele gosta de caldo de galinha!", a mãe gritou, alegre, e imediatamente resolveu que muito provavelmente ia gostar de um ovo e colocou água para ferver. De alguma forma, o cachorrinho entendeu que ela era a pessoa a seguir e ia atrás dela para cá e para lá, do fogão para a geladeira. "Ele me segue!", a mãe disse, rindo, alegre.

Na volta da escola no dia seguinte, parou na loja de ferragens e comprou uma coleira de filhote por setenta e cinco centavos e o sr. Schweckert lhe deu um pedaço de fio de varal para usar como guia. Toda noite, ao adormecer, ele evocava Lucille como algo que se tira de uma caixa do tesouro e imaginava se poderia telefonar e estar com ela outra vez. O cachorrinho, que chamara de Rover, parecia crescer dia a dia, embora ainda não desse sinais de parecer com buldogue nenhum. O pai do menino achou que Rover devia morar no porão, mas era muito solitário lá embaixo e ele não parava de ganir. "Sente falta da mãe", disse a sua mãe, de forma que toda noite o menino o ajeitava com uns trapos dentro de um velho cesto de roupa lá embaixo e quando ele já havia ganido o suficiente deixavam que o trouxesse para cima para dormir nuns trapos na cozinha e ficava todo mundo agradecido pelo silêncio. Sua mãe tentou passear com o cachorrinho na rua sossegada em que moravam, mas ele ficava enrolando a corda em suas pernas e, como ela tinha medo de machucá-lo, cansava-se correndo atrás dele em todos os seus ziguezagues. Não acontecia sempre, mas muitas vezes, quando o rapaz olhava para Rover, pensava em Lucille e quase conseguia sentir aquela quentura outra vez. Ficava sentado nos degraus da varanda, acariciando o cachorrinho e pensando nela, na parte interna de suas coxas. Não conseguia imaginar seu rosto, apenas o cabelo preto comprido e o pescoço forte.

Um dia, sua mãe fez um bolo de chocolate e pôs em cima da mesa da cozinha para esfriar. Tinha no mínimo doze centímetros de altura e com toda certeza estava delicioso. Andava desenhando muito naqueles dias, imagens de colheres, garfos ou maços de cigarro e, de vez em quando, o vaso com um dragão chinês de sua mãe, qualquer coisa que tivesse uma forma interessante. Ele então colocou o bolo numa cadeira ao lado da mesa, desenhou um pouco, depois levantou e foi lá fora por alguma razão, interessou-se pelas tulipas que plantara no outono anterior e que começavam agora a brotar. Resolveu então procurar um taco de beisebol praticamente novo que perdera no verão anterior e que, tinha certeza, ou quase certeza, devia estar dentro de uma caixa no porão. Nunca chegou realmente ao fundo daquela caixa porque se distraía ao encontrar coisas que esquecera que havia guardado ali. Desceu para o porão pela entrada de fora, debaixo da varanda de trás, quando notou que a pereira que plantara dois anos antes parecia estar florindo em um de seus galhos finos. Ficou deslumbrado, sentiu-se orgulhoso e bem-sucedido. Tinha pagado trinta e cinco centavos pela árvore na rua Court e trinta centavos por uma macieira, que plantou uns dois metros adiante para, algum dia, poder pendurar uma rede entre elas. Ainda eram muito finas e novas, mas talvez no ano que vem. Adorava olhar para as duas árvores porque ele mesmo as tinha plantado e sentia que elas de alguma forma sabiam que estava olhando para elas, e até que retribuíam seu olhar. O quintal dos fundos terminava numa cerca de madeira de três metros de altura que circundava o Campo Erasmus, onde os times infantil e semiprofissional jogavam nos fins de semana, times como o Casa de Davi e os Black Yankees, e aquele que tinha Satchel Paige, famoso como um dos melhores lançadores do país, só que ele era negro e não podia jogar nas grandes ligas, claro. Os jogadores do Casa de Davi tinham barbas compridas — ele nunca entendeu por que, mas talvez fossem judeus ortodoxos, embora não parecessem. Uma jogada *foul* extremamente longa podia lançar uma bola no quintal, e foi essa bola que lhe ocorreu procurar, agora que a primavera havia chegado e o tempo estava esquentando. No porão, encontrou a caixa e ficou imediatamente surpreso de ver como seus patins de gelo estavam afiados, e lembrou-se de que uma vez tivera uma morsa para prender os patins lado a lado e poder afiar as lâminas com uma pedra. Pôs de lado uma luva de *fielder*, uma luva de goleiro de hóquei de que tinha perdido o par, uns tocos de lápis e um pacote de creions, e um homenzinho de madeira cujos braços subiam e desciam quando se puxava uma cordinha. Então, ouviu o cachorrinho ganindo acima de sua cabeça, mas não era o som normal — era contínuo, muito agudo e alto. Correu para cima e viu a mãe descendo do segundo andar para a sala com o penhoar esvoaçando, um ar de medo no rosto. Ouviu as unhas do cachorrinho raspando o linóleo e entrou correndo na cozinha. O filhotinho corria em círculos sem parar, soltando uma espécie de grito, e o menino viu na hora que estava com a barriga inchada. O bolo estava no chão e a maior parte tinha desaparecido. "Meu bolo!", a mãe gritou, pegou do chão o prato com o que restava dele e levantou bem alto como se quisesse afastá-lo do cachorrinho, embora não restasse praticamente nada. O menino tentou pegar Rover, mas ele escapou para a sala. A mãe foi atrás dele e gritava: "O tapete!". Rover continuava correndo, em círculos maiores agora que tinha mais espaço, e seu focinho estava espumando. "Chame a polícia!", gritou a mãe. De repente, o cachorrinho caiu e deitou de lado, ofegante e soltando pequenos guinchos a cada respirada. Como nunca tinham tido cachorro e não sabiam nada de veterinários, ele procurou no catálogo, encontrou o número da Associação Protetora dos Animais e ligou. Agora estava com medo de tocar em Rover, porque o cachorrinho tinha avançado em sua mão quando chegara perto e estava espumando pela boca. Quando o furgão estacionou na frente da casa, o menino saiu e viu um jovem tirando uma gaiola pequena da parte de trás. Contou a ele que o cachorro tinha comido praticamente um bolo inteiro, mas o homem não estava interessado, entrou na casa e ficou um momento olhando para Rover, que agora soltava pequenos ganidos, mas ainda estava deitado de lado. O homem colocou uma rede em cima dele e, quando o puxou para dentro da gaiola, o cachorrinho tentou levantar e correr. "O que você acha que ele tem?", a mãe perguntou, a boca virada para baixo de nojo, que o menino agora também sentia. "O que ele tem é que comeu um bolo", disse o homem. Então levou a gaiola e enfiou pela porta de trás para o escuro de dentro do furgão. "O que vai fazer com ele?", o menino perguntou. "Você quer o cachorro?", o homem fuzilou. A mãe estava parada na entrada da casa agora e ouviu a pergunta. "Não podemos ficar com ele aqui", disse ela, com horror e um tom definitivo na voz, e aproximou-se do rapaz. "Não sabemos cuidar de cachorro. Talvez alguém que saiba queira ficar com ele." O rapaz balançou a cabeça sem nenhum interesse, entrou no veículo e foi-se embora.

O menino e a mãe ficaram olhando até o furgão desaparecer na esquina. Lá dentro, a casa estava sossegada outra vez. Ele não tinha mais de se preocupar se Rover ia fazer alguma coisa nos tapetes ou roer a mobília, ou se tinha água ou se precisava comer. Rover era a primeira coisa que ele olhava ao voltar da escola todo dia e ao acordar de manhã, e sempre se preocupava de o cachorro poder ter feito alguma coisa que fosse desagradar sua mãe ou seu pai. Agora toda essa ansiedade terminara e junto com ela o prazer, e havia silêncio na casa.

Voltou à mesa da cozinha e tentou pensar em alguma coisa para desenhar. Havia um jornal numa das cadeiras, ele abriu e dentro viu um anúncio de meias Saks com uma mulher abrindo o penhoar para mostrar a perna. Começou a copiar aquilo e pensou em Lucille de novo. Será que podia telefonar para ela, pensou, e fazer de novo o que tinham feito? Só que ela, evidentemente, ia perguntar de Rover e ele não poderia fazer nada senão mentir. Lembrou como ela havia aninhado Rover nos braços e até beijado seu focinho. Ela realmente amava aquele filhotinho. Como poderia contar que o cachorrinho tinha ido embora? Só de pensar nela, sentado ali, sentia que uma ereção consistente como um cabo de vassoura tomava conta dele e de repente pensou se podia telefonar para ela e dizer que sua família estava pensando em um segundo cachorrinho para fazer companhia a Rover. Mas então ia ter de fingir que ainda estava com Rover, o que já seriam duas mentiras, e isso era um pouco assustador. Não tanto as mentiras, mas tentar lembrar, primeiro, que ainda estava com Rover, segundo, que estava falando sério sobre um segundo cachorrinho, e, terceiro, e pior de tudo, que quando se levantasse de cima de Lucille ia ter de dizer que infelizmente não poderia ficar com outro filhotinho porque... Por quê? A idéia de toda aquela mentira o exauriu. Então visualizou estar de novo na quentura dela, pensou que sua cabeça ia explodir, e veio-lhe a idéia de que quando acabassem ela podia insistir com ele para levar outro filhote. Forçá-lo a isso. Afinal, não havia aceitado seus três dólares e Rover tinha sido uma espécie de presente, pensou. Seria embaraçoso recusar outro filhote, sobretudo porque ele fora procurá-la exatamente por essa razão. Não tinha coragem de enfrentar aquilo tudo e desistiu da idéia. Mas então a lembrança de Lucille se abrindo no chão do jeito que havia se aberto se esgueirou de novo em sua cabeça e ele voltou a procurar alguma razão que pudesse dar para não pegar outro filhotinho depois de ir do Brooklyn até lá para isso. Chegava até a ver a expressão do rosto dela quando recusasse o filhote, a perplexidade, ou, pior, a raiva. É, ela poderia, muito possivelmente, ficar zangada, enxergar dentro dele e se dar conta de que ele só tinha ido era para entrar dentro dela e o resto era bobagem, e aí podia sentir-se insultada. Podia até lhe dar uma bofetada. O que ele faria então? Não podia brigar com uma mulher adulta. Mas, por outro lado, ocorreu-lhe em seguida que a essa altura ela poderia já ter vendido os outros dois filhotes, já que três dólares era bem barato. E aí? Começou a pensar, e se simplesmente telefonasse para ela e dissesse que gostaria de voltar para vê-la, sem falar nada de filhotinho nenhum? Teria de contar só uma mentira, que ainda tinha o Rover e que a família inteira gostava dele e tal. Isso ele podia lembrar com facilidade. Foi até o piano e tocou uns acordes, principalmente em tons graves, para se acalmar. Não sabia tocar de verdade, mas adorava inventar acordes e deixar as vibrações lhe subirem pelos braços. Tocou, sentindo que alguma coisa dentro dele tinha de certa forma se soltado ou desabado de uma vez. Estava diferente do que sempre fora, não mais vazio e transparente, mas cheio de segredos e mentiras, algumas ditas e algumas não ditas, mas tudo suficientemente nojento para colocá-lo ligeiramente fora da família, num lugar de onde podia olhar para eles agora e olhar para si mesmo com eles. Tentou inventar uma melodia com a mão direita e encontrar os acordes adequados com a esquerda. Por mera sorte, estava produzindo algumas belezas. Era realmente incrível como seus acordes ficavam só um pouco deslocados, com um toque dissonante, mas ainda, de alguma forma, conversando com a melodia da mão direita. A mãe entrou na sala cheia de surpresa e prazer. "O que está acontecendo?", gritou, deliciada. Ela sabia tocar e ler música, tinha tentado lhe ensinar e fracassara, porque, acreditava, ele era muito bom de ouvido e preferia tocar o que ouvia a se esforçar na leitura das notas. Ela foi até o piano e sentou ao lado dele, olhou suas mãos. Surpresa, desejando, como sempre, que ele pudesse ser um gênio. Ela riu. "Está inventando isso?", quase berrou, como se estivessem lado a lado numa montanha-russa. Ele só conseguiu fazer que sim com a cabeça, sem ousar falar e talvez perder o que tinha de alguma forma fisgado no ar, e riu com ela porque estava tão completamente feliz de ter mudado em segredo, e ao mesmo tempo inseguro de jamais vir a tocar assim outra vez.

Traduzido do inglês por José Rubens Siqueira

O centauro

José Saramago

O cavalo parou. Os cascos sem ferraduras firmaram-se nas pedras redondas e resvaladiças que cobriam o fundo quase seco do rio. O homem afastou com as mãos, cautelosamente, os ramos espinhosos que lhe tapavam a visão para o lado da planície. Amanhecia já. Ao longe, onde as terras subiam, primeiro em suave encosta, como tinha lembrança se eram ali iguais à passagem por onde descera muito ao norte, depois abruptamente rasgadas por um espinhaço basáltico que se erguia em muralha vertical, havia umas casas àquela distância baixíssimas, rasteiras, e umas luzes que pareciam estrelas. Sobre a montanha, que barrava todo o horizonte daquele lado, via-se uma linha luminosa, como se uma pincelada subtil tivesse percorrido os cimos, e, húmida, aos poucos se derramasse pela vertente. Dali viria o sol. O homem largou os ramos com um movimento descuidado e arranhou-se: soltou um ronco inarticulado e levou o dedo a boca para chupar o sangue. O cavalo recuou batendo as patas, varreu com a cauda as ervas altas que absorviam os restos da humidade ainda conservada na margem do rio pelo abrigo que os ramos pendentes faziam, cortina àquela hora negra. O rio estava reduzido ao fio de água que corria na parte mais funda do leito, entre pedras, de longe em longe aberta em charcos onde sobreviviam e ansiavam peixes. Havia no ar uma humidade que prenunciava chuva, tempestade, decerto não nesse dia, mas no outro, ou passados três sóis, ou na próxima lua. Muito lentamente, o céu aclarava. Era tempo de procurar um esconderijo, para descansar e dormir.

O cavalo teve sede. Aproximou-se da corrente de água, que estava como parada sob a chapa da noite, e quando as patas da frente sentiram a frescura líquida, deitou-se no chão, de lado. O homem, com o ombro assente na areia áspera, bebeu longamente, embora não tivesse sede. Por cima do homem e do cavalo, a parte ainda escura do céu rodava devagar, arrastando atrás de si uma luz pálida, apenas por enquanto amarelada, primeiro e, se não conhecido, enganador anúncio do carmim e do vermelho que depois explodiriam por cima da montanha, como em tantas outras montanhas de tão diferentes lugares vira acontecer ou ao rés das planícies. O cavalo e o homem levantaram-se. Em frente estava a espessa barreira das árvores, com defesas de silvados entre os troncos. No alto dos ramos já piavam pássaros. O cavalo atravessou o leito do rio num trote inseguro e quis romper a direito pelo emaranhado vegetal, mas o homem preferia uma passagem mais fácil. Com o tempo, e tivera muito e muito tempo para isso, aprendera os modos de moderar a impaciência animal, algumas vezes opondo-se a ela com uma violência que eclodia e prosseguia toda no seu cérebro, ou porventura num ponto qualquer do corpo onde se entrechocavam as ordens que do mesmo cérebro partiam e os instintos obscuros alimentados talvez entre os flancos, onde a pele era negra; outras vezes cedia, desatento, a pensar noutras coisas, coisas que eram sim deste mundo físico em que estava, mas não deste tempo. O cansaço tornara o cavalo nervoso: a pele estremecia como se quisesse sacudir um tavão frenético e sequioso de sangue, e os movimentos das patas multiplicavam-se desnecessários e ainda mais fatigantes. Seria uma imprudência tentar abrir caminho através do entrelaçado das silvas. Havia demasiadas cicatrizes no pêlo branco do cavalo. Uma delas, muito antiga, traçava na garupa um rasto largo, oblíquo. Quando o sol batia forte, de chapa, ou quando, pelo contrário, o frio arrepanhava e eriçava o pêlo, era como se ali, faixa sensível e desprotegida, assentasse incandescente um fio de espada. Apesar de muito bem saber que nada iria encontrar a não ser uma cicatriz maior do que as outras, o homem, nessas ocasiões, torcia o tronco e olhava para trás, como para o fim do mundo.

A pequena distância, para jusante, a margem do rio recolhia-se para o interior do campo: havia decerto ali uma albufeira, ou seria um afluente, tão seco ou mais ainda. O fundo era lodoso, tinha poucas pedras. Ao redor desta espécie de bolsa, afinal simples braço do rio que enchia e vazava com ele, havia árvores altas, negras sob a escuridão que só lentamente se ia levantando da terra. Se a cortina dos troncos e dos ramos derrubados fosse suficientemente densa, poderia passar ali o dia, bem escondido, até que fosse outra vez noite e pudesse continuar o seu caminho. Afastou com as mãos as folhas frescas e, impelido pela força dos jarretes, venceu a ribanceira na escuridão quase total que as copas fartas das árvores defendiam naquele lugar. Logo a seguir, o terreno tornava a descer para uma vala que, mais adiante, provavelmente, atravessaria o campo a descoberto. Encontrara um bom esconderijo para descansar e dormir. Entre o rio e a montanha havia campos de cultivo, terras amanhadas, mas aquela vala, profunda e estreita, não mostrava sinais de ser lugar de passagem. Deu mais alguns passos, agora em completo silêncio. Os pássaros assustados observavam. Olhou para cima: viu iluminadas as pontas altas dos ramos. A luz rasante que vinha da montanha roçava agora a alta franja vegetal. Os pássaros recomeçaram a chilrear. A luz descia pouco a pouco, poeira esverdeada que se mudava em róseo e branco, neblina subtil e instável do amanhecer. Os troncos negríssimos das árvores, contra a luz, pareciam ter apenas duas dimensões, como se tivessem sido recortados do que restava da noite e colados sobre a transparência luminosa que mergulhava na vala. O chão estava coberto de espadanas. Um bom sítio para passar o dia dormindo, um refúgio tranqüilo.

Vencido por uma fadiga de séculos e milênios, o cavalo ajoelhou-se. Encontrar posição para dormir que a ambos conviesse era sempre uma operação difícil. Em geral, o cavalo deitava-se de lado e o homem repousava também assim. Mas enquanto o cavalo podia ficar uma noite inteira nessa posição, sem se mexer, o homem, para não mortificar o ombro e todo o mesmo lado do tronco, tinha de vencer a resistência do grande corpo inerte e adormecido para o fazer voltar-se para o lado oposto: era sempre um sonho difícil. Quanto a dormir de pé, o cavalo podia, mas o homem não. E quando o esconderijo era demasiado estreito, a mudança tornava-se impossível e a exigência dela ansiedade. Não era um corpo cômodo. O homem nunca podia deitar-se de bruços sobre a terra, cruzar os braços sob o queixo e ficar assim a ver as formigas ou os grãos de terra, ou a contemplar a brancura de um caule tenro saindo do negro húmus. E sempre para ver o céu tivera de torcer o pescoço, salvo quando o cavalo se empinava nas patas traseiras, e o rosto do homem, no alto, podia inclinar-se um pouco mais para trás: então, sim, via melhor a grande campânula nocturna das estrelas, o prado horizontal e tumultuoso das nuvens, ou o sino azul e o sol, como o último vestígio da forja original.

O cavalo adormeceu logo. Com as patas metidas entre as

espadanas, as crinas da cauda espalhadas pelo chão, respirava profundamente, num ritmo certo. O homem, meio reclinado, com o ombro direito fincado na parede da vala, arrancou alguns ramos baixos e cobriu-se com eles. Em movimento suportava bem o frio e o calor, ainda que não tão bem como o cavalo. Mas quando quieto e adormecido arrefecia rapidamente. Agora, pelo menos enquanto o sol não aquecesse a atmosfera, iria sentir-se bem sob o conforto das folhagens. Na posição em que estava, podia ver que as árvores não se fechavam completamente em cima: uma faixa irregular, já matinal e azul, prolongava-se para diante e, de vez em quando, atravessando-a de uma banda para a outra, ou seguindo-a na mesma direcção por instantes, voavam velozmente os pássaros. Os olhos do homem cerraram-se devagar. O cheiro da seiva dos ramos arrancados entontecia-o um pouco. Puxou para cima do rosto um ramo mais farto de folhas e adormeceu. Nunca sonhava como sonha um homem. Também nunca sonhava como sonharia um cavalo. Nas horas em que estavam acordados, as ocasiões de paz ou de simples conciliação não eram muitas. Mas o sonho de um e o sonho do outro faziam o sonho do centauro.

Era o último sobrevivente da grande e antiga espécie dos homens-cavalos. Estivera na guerra contra os Lápitas, sua primeira e dos seus grande derrota. Com eles, vencidos, se refugiara em montanhas de cujo nome já se esquecera. Até que acontecera o dia fatal em que, com a parcial protecção dos deuses, Héracles dizimara os seus irmãos, e ele só escapara porque a demorada batalha de Héracles e Nesso lhe dera tempo para se refugiar na floresta. Tinham acabado então os centauros. Porém, contra o que afirmavam os historiadores e os mitólogos, um ficara ainda, este mesmo que vira Héracles esmagar num abraço terrível o tronco de Nesso e depois arrastar o seu cadáver pelo chão, como a Heitor viria a fazer Aquiles, enquanto se ia louvando aos deuses por ter vencido e exterminado a prodigiosa raça dos Centauros. Talvez repesos, os mesmos deuses favoreceram então o centauro escondido, cegando os olhos e o entendimento de Héracles por não se sabia então que desígnios.

Todos os dias, em sonho, lutava com Héracles e vencia-o. No centro do círculo dos deuses, de cada vez e sempre reunidos às ordens do seu sonho, lutava braço a braço, furtava a garupa escorregadia ao salto astuto que o inimigo tentava, esquivava-se à corda que lhe assobiava entre as patas, e obrigava-o a lutar de frente. O seu rosto, os braços, o tronco, suavam como pode suar um homem. O corpo do cavalo cobria-se de espuma. Este sonho repetia-se há milhares de anos, e sempre nele o desenlace se repetia: pagava em Héracles a morte de Nesso, chamava aos braços e aos músculos do torso toda a sua força de homem e de cavalo: assente nas quatro patas como se fossem estacas enterradas no chão, erguia Héracles ao ar e apertava, apertava, até que ouvia a primeira costela estalar, depois outra, e finalmente a espinha que se partia. Héracles, morto, escorregava para o chão como um trapo e os deuses aplaudiam. Não havia nenhum prêmio para o vencedor. Os deuses levantavam-se das suas cadeiras de ouro e afastavam-se, alargando cada vez mais o círculo até desaparecerem no horizonte. Da porta por onde Afrodite entrava no céu, saía sempre e brilhava uma grande estrela.

Há milhares de anos que percorria a terra. Durante muito tempo, enquanto o mundo se conservou também ele misterioso, pôde andar à luz do sol. Quando passava, as pessoas vinham ao caminho e lançavam-lhe flores entrançadas por cima do seu lombo de cavalo, ou faziam com elas coroas que ele punha na cabeça. Havia mães que lhe davam os filhos para que os levantasse no ar e assim perdessem o medo das alturas. E em todos os lugares havia uma cerimônia secreta: no meio de um círculo de árvores que representavam os deuses, os homens impotentes e as mulheres estéreis passavam por baixo do ventre do cavalo: era crença de toda a gente que assim floria a fertilidade e se renovava a virilidade. Em certas épocas, levavam uma égua ao centauro e retiravam-se para o interior das casas: mas um dia, alguém que por esse sacrilégio veio a cegar, viu que o centauro cobria a égua como um cavalo e que depois chorava como um homem. Dessas uniões nunca houve fruto.

Então chegou o tempo da recusa. O mundo transformado perseguiu o centauro, obrigou-o a esconder-se. E outros seres tiveram de fazer o mesmo: foi o caso do unicórnio, das quimeras, dos lobisomens, dos homens de pés de cabra, daquelas formigas que eram maiores que raposas, embora mais pequenas que cães. Durante dez gerações humanas, este povo diverso viveu reunido em regiões desertas. Mas, com o passar do tempo, também ali a vida se tornou impossível para eles, e todos dispersaram. Uns, como o unicórnio, morreram; as quimeras acasalaram com os musaranhos, e assim apareceram os morcegos; os lobisomens introduziram-se nas cidades e nas aldeias e só em noites marcadas correm o seu fado; os homens de pés de cabra extinguiram-se também, e as formigas foram perdendo tamanho e hoje ninguém é capaz de as distinguir entre aquelas suas irmãs que sempre foram pequenas. O centauro acabou por ficar sozinho. Durante milhares de anos, até onde o mar consentiu, percorreu toda a terra possível. Mas em todos os seus itinerários passava de largo sempre que pressentia as fronteiras do seu primeiro país. O tempo foi passando. Por fim, já lhe não sobrava terra para viver com segurança. Passou a dormir durante o dia e a caminhar de noite. Caminhar e dormir. Dormir e caminhar. Sem nenhuma razão que conhecesse, apenas porque tinha patas e sono. Comer, não precisava. E o sono só era necessário para que pudesse sonhar. E a água, apenas porque era a água.

Milhares de anos tinham de ser milhares de aventuras. Milhares de aventuras, porém, são demasiadas para valerem uma só verdadeira e inesquecível aventura. Por isso, todas juntas não valeram mais do que aquela, já neste milênio último, quando no meio de um descampado árido viu um homem de lança e armadura, em cima de um mirrado cavalo, investir contra um exército de moinhos de vento. Viu o cavaleiro ser atirado ao ar e depois um outro homem baixo e gordo acorrer, aos gritos, montado num burro. Ouviu que falavam numa língua que não entendia, e depois viu-os afastarem-se, o homem magro maltratado, e o homem gordo carpindo-se, o cavalo magro coxeando, e o burro indiferente. Pensou sair-lhes ao caminho para os ajudar, mas, tornando a olhar os moinhos, foi para eles a galope, e, postado diante do primeiro, decidiu vingar o homem que fora atirado do cavalo abaixo. Na sua língua natal, gritou: "Mesmo que tivesses mais braços do que o gigante Briareu, a mim haverias de o pagar". Todos os moinhos ficaram com as asas despedaçadas e o centauro foi perseguido até à fronteira de um outro país. Atravessou campos desolados e chegou ao mar. Depois voltou para trás.

Todo o centauro dorme. Dorme todo o seu corpo. Já o sonho veio e passou, e agora o cavalo galopa por dentro de um dia antiquíssimo para que o homem possa ver desfilarem as montanhas como se por seu pé andassem, ou por veredas delas subir ao alto e dali olhar o mar sonoro e as ilhas espalhadas e negras, rebentando a espuma em redor delas como se da profundidade acabassem de nascer e de lá surgissem deslumbradas. Não é isto um sonho. Vem do largo um cheiro salino. As narinas do homem dilatam-se sôfregas, e os braços estendem-se para o alto, enquanto o cavalo, excitado, bate com os cascos em pedras que são mármore e afloram. As folhas que cobriam a cara do homem escorregaram, já emurchecidas. O sol, alto, cobre o centauro de manchas de luz. Não é um rosto velho, o do homem.

Novo, também não, porque não o poderia ser, porque os anos se contam por milhares. Mas pode comparar-se com o duma estátua antiga: o tempo gastou-o, não tanto que apagasse as feições, o bastante apenas para as mostrar ameaçadas. Uma pequena lagoa luminosa cintila sobre a pele, desliza muito lentamente para a boca, aquece-a. O homem abre os olhos de repente, como o faria a estátua. Pelo meio das ervas, afasta-se ondulando uma cobra. O homem leva a mão à boca e sente o sol. Nesse mesmo instante, a cauda do cavalo agita-se, varre a garupa e sacode um moscardo que sondava a pele fina da grande cicatriz. Rapidamente, o cavalo põe-se de pé e o homem acompanha-o. O dia vai por metade, outro tanto falta para que chegue a primeira sombra da noite, mas não há mais dormir. O mar, que não foi sonho, ainda ressoa nos ouvidos do homem, ou não o real ruído do mar, talvez o bater visto das ondas que os olhos transformam em ondas sonoras que vêm sobre as águas, sobem pelas gargantas rochosas até ao alto, até ao sol e ao céu azul de outra vez água.

Está perto. A vala por onde segue é apenas um acidente, leva a qualquer lado, é obra de homens e caminho para chegar aos homens. Porém, aponta na direcção do sul, e é isso que conta. Avançará por ali até onde lhe for possível, mesmo sendo dia, mesmo com o sol cobrindo toda a planície e denunciando tudo, homem ou cavalo. Uma vez mais vencera Héracles no sonho, diante de todos os deuses imortais, mas, acabado o combate, Zeus retirara-se para o sul, e foi depois que desfilaram as montanhas e do ponto mais alto delas, onde havia umas colunas brancas, viam-se as ilhas e a espuma em redor. Está perto a fronteira e Zeus afastou-se para o sul.

Caminhando ao longo da vala estreita e funda, o homem pode ver o campo de um lado e do outro. As terras parecem agora abandonadas. Já não sabe onde ficou a povoação que vira na hora do amanhecer. O grande espinhaço rochoso cresceu de altura, ou está talvez mais próximo. As patas do cavalo afundam-se no chão mole que aos poucos vai subindo. Todo o tronco do homem está já fora da vala, as árvores tornam-se mais espaçadas, e de súbito, quando o campo ficou todo aberto, a vala acaba. O cavalo vence com um simples movimento o último declive, e o centauro aparece todo no claro do dia. O sol está à mão direita e bate com força na cicatriz, que, ferida, arde. O homem olha para trás, segundo o seu costume. A atmosfera está abafada e húmida. Não é porém que o mar esteja tão perto. Esta humidade promete chuva e este brusco sopro de vento também. Ao norte, juntam-se nuvens.

O homem hesita. Há muitos anos que não ousa caminhar a descoberto, sem a protecção da noite. Mas hoje sente-se tão excitado como o cavalo. Avança pelo terreno coberto de mato donde se desprendem cheiros fortes de flores bravas. A planície terminou, e agora o chão ergue-se em corcovas e limita o horizonte ou alarga-o cada vez mais, porque as elevações já são colinas e adiante levanta-se uma cortina de montes. Começam a surgir arbustos e o centauro sente-se mais protegido. Tem sede, muita sede, mas ali não há sinal de água. O homem olha para trás e vê que metade do céu está já coberto de nuvens. O sol ilumina o bordo nítido de um grande nimbo cinzento que avança.

É neste momento que se ouve ladrar um cão. O cavalo estremece de nervosismo. O centauro lança-se a galope entre duas colinas, mas o homem não perde o sentido: seguir na direcção do sul. O ladrar está mais perto, e ouve-se também um tilintar de campainhas e depois uma voz falando a gado. O centauro parou para se orientar, porém os ecos enganaram-no e, de súbito, num terreno baixo e húmido inesperado, aparece-lhe um rebanho de cabras e à frente dele um grande cão. O centauro estacou. Algumas das cicatrizes que lhe riscavam o corpo, devia-as aos cães. O pastor deu um grito espavorido e largou a fugir, como louco. Chamava em altos berros: devia haver uma povoação ali perto. O homem dominou o cavalo e avançou. Arrancou um ramo forte de um arbusto para afastar o cão, que se estrangulava a ladrar, de fúria e medo. Mas foi a fúria que prevaleceu: o cão ladeou rapidamente umas pedras e tentou apanhar o centauro de flanco, pelo ventre. O homem quis olhar para trás, ver donde vinha o perigo, mas o cavalo antecipou-se, e rodando veloz sobre as patas da frente desferiu um violento coice que apanhou o cão no ar. O animal foi bater contra as pedras, morto. Não era a primeira vez que o centauro se defendia assim, mas de todas as vezes o homem se sentia humilhado. No seu próprio corpo batia a ressaca da vibração geral dos músculos, a vaga de energia que deflagrava, ouvia o bater surdo dos cascos, mas estava de costas voltadas para a batalha, não era parte nela, espectador quando muito.

O sol escondera-se. O calor desapareceu subitamente do ar e a humidade tornou-se palpável. O centauro correu entre as colinas, sempre para o sul. Ao atravessar um pequeno regato viu terrenos cultivados, e quando procurava orientar-se esbarrou com um muro. Para um lado, havia algumas casas. Foi então que se ouviu um tiro. Como de um enxame, sentiu o corpo do cavalo crispar-se sob as picadas. Havia gente que gritava e depois deram outro tiro. À esquerda estralejaram ramos dilacerados, mas nenhum bago de chumbo o atingiu desta vez. Recuou para ganhar balanço, e num impulso venceu o muro. Passou sobre ele, voando, homem e cavalo, centauro, quatro patas estendidas ou dobradas, dois braços abertos para o céu ainda para além azul. Soaram mais tiros, e depois foi o tropel dos homens que o perseguiam pelos campos, dando gritos, e o ladrar dos cães.

Tinha o corpo coberto de espuma e de suor. Houve um momento em que parou para procurar caminho. O campo em redor tornou-se também expectante, como se estivesse de ouvido à escuta. E então caíram as primeiras e pesadas gotas de chuva. Mas a perseguição continuava. Os cães seguiam um rasto para eles estranho, mas de mortal inimigo: um misto de homem e de cavalo, umas patas assassinas. O centauro correu mais, correu muito, até que percebeu que os gritos se tinham tornado diferentes e o ladrar dos cães era já de frustração. Olhou para trás. A uma boa distância, viu os homens parados, ouviu-lhes as ameaças. E os cães que tinham avançado voltavam para os donos. Mas ninguém se adiantava. O centauro vivera tempo bastante para saber que isto era uma fronteira, um limite. Os homens, segurando os cães, não ousavam atirar-lhe tiros: apenas um foi disparado, mas de tão longe que não ouviu sequer cair o chumbo. Estava salvo, sob a chuva que desabava em torrente e abria regos rápidos entre as pedras, sobre esta terra onde nascera. Continuou a caminhar para o sul. A água ensopava-lhe o pêlo branco, lavava a espuma, o sangue e o suor e toda a sujidade acumulada. Regressava muito velho, coberto de cicatrizes, mas imaculado.

De repente, a chuva parou. No momento seguinte, o céu ficou todo varrido de nuvens, e o sol caiu de chapa sobre a terra molhada donde, ardendo, fez levantar nuvens de vapor. O centauro caminhava a passo, como se viajasse sobre uma neve imponderável e tépida. Não sabia onde estava o mar, mas ali era a montanha. Sentia-se forte. Matara a sede com a água da chuva, levantando o rosto para o céu, de boca aberta, bebendo em longos haustos, com a torrente a deslizar-lhe pelo pescoço, pelo tronco abaixo, lustralmente. E agora descia para o lado sul da montanha, devagar, rodeando os enormes pedregulhos que se amontoavam e escoravam uns aos outros. O homem apoiava as mãos nos penedos mais altos, sentindo debaixo dos dedos os musgos macios, os líquenes ásperos, ou a rugosidade estreme da pedra. Embaixo havia, de largo a largo, um vale que àquela distância parecia estreito, enganadoramente. Ao longo dele, com grandes intervalos, via três povoações, ao meio a maior, e o sul para além dela. Cortando o vale a direito, teria de passar perto da povoação. Passaria? Lembrava-se da perseguição, dos gritos, dos tiros, dos outros homens do lado de lá da fronteira. Do incompreensível ódio. Esta terra era a sua, mas quem eram os homens que nela viviam? O centauro continuava a descer. O dia ainda estava longe de acabar. O cavalo, exausto, pousava os cascos com cuidado, e o homem pensou que lhe conviria descansar antes de se aventurar na travessia do vale. E, sempre pensando, decidiu que esperaria pela noite, que antes dormiria em qualquer refúgio que encontrasse, para ganhar as forças necessárias à longa caminhada que lhe restava fazer até ao mar.

Continuou a descer, cada vez mais lentamente. E quando enfim se dispunha a ficar entre duas pedras, viu a entrada negra duma caverna, alta bastante para que todo ele pudesse entrar, homem e cavalo. Ajudando-se com os braços, assentando ao de leve os cascos rapados pelas pedras duríssimas, introduziu-se na gruta. Não era muito funda, nenhuma caverna se prolongava pela montanha dentro, mas havia espaço bastante para mover-se nela à vontade. O homem apoiou os antebraços na parede rochosa e deixou pender a cabeça sobre eles. Respirava fundo, procurando resistir, não acompanhar o ofegar ansioso do cavalo. O suor escorria-lhe pela cara. Depois o cavalo dobrou as patas da frente e deixou-se cair no chão coberto de areia. Deitado, ou soerguido como era hábito, o homem nada podia ver do vale. A boca da gruta abria apenas para o céu azul. Em qualquer ponto, lá no fundo, gotejava água, a longos intervalos regulares, produzindo um eco de cisterna. Uma paz profunda enchia a gruta. Estendendo um braço para trás, o homem passou a mão sobre o pêlo do cavalo, sua própria pele transformada ou pele que em si transformara. O cavalo estremeceu de satisfação, todos os seus músculos se distenderam e o sono ocupou o grande corpo. O homem deixou cair a mão, que escorregou e foi repousar na areia seca.

O sol, descendo no céu, começou a iluminar a gruta. O centauro não sonhou com Héracles nem com os deuses sentados em círculo. Também não se repetiu a grande visão das montanhas viradas para o mar, as ilhas espumejantes, a infinita extensão líquida e sonora. Apenas uma parede escura, ou apenas sem cor, baça, intransponível. Entretanto, o sol entrou até ao fundo da caverna, fez cintilar todos os cristais da pedra, transformou cada gota de água numa pérola vermelha que se desprendia do tecto, mas antes inchava até ao inverosímil, e depois riscava três metros de fogo vivo, para se afundar num pequeno poço já escuro. O centauro dormia. O azul do céu foi desmaiando, inundou-se o espaço de mil cores de forja, e o entardecer arrastou devagar a noite como um corpo cansado que por sua vez vai adormecer. A gruta, em trevas, tornara-se imensa, e as gotas de água caíam como pedras redondas na aba de um sino. Era já noite escura e a lua nasceu.

O homem acordou. Sentia a angústia de não ter sonhado. Pela primeira vez em milhares de anos, não sonhara. Abandonara-o o sonho na hora em que regressara à terra onde nascera? Por quê? Que presságio? Que oráculo diria? O cavalo, mais longe, dormia ainda, mas já inquietamente. De vez em quando agitava as patas traseiras, como se galopasse em sonhos, não dele, que não tinha cérebro, ou somente emprestado, mas da vontade que os músculos eram. Deitando a mão a uma pedra saliente, ajudando-se com ela, o homem levantou o tronco, e, como se estivesse em estado de sonambulidade, o cavalo seguiu-o, sem esforço, num movimento fluido em que parecia não haver peso. E o centauro saiu para a noite.

Todo o luar do espaço se espalhava sobre o vale. Tanto era que não podia ser apenas o da simples, pequena lua da terra, Sélene silenciosa e fantasmal, mas o de todas as luas levantadas na infinita sucessão das noites onde outros sóis e terras sem esses e outros nenhuns nomes rodam e brilham. O centauro respirou fundo pelas narinas do homem: o ar estava macio, como se passasse pelo filtro duma pele humana, e havia nele o perfume da terra que foi molhada e agora devagar está secando, entre o labiríntico abraço das raízes que seguram o mundo. Desceu para o vale por um caminho fácil, quase remansoso, jogando harmoniosamente com os seus quatro membros de cavalo, oscilando os seus dois braços de homem, passo a passo, sem que uma pedra rolasse, sem que uma aresta viva abrisse outro rasgão na pele. E foi assim que chegou ao vale, como se a viagem fizesse parte do sonho que não tivera enquanto dormira. Adiante havia um rio largo. Do outro lado, um pouco para a esquerda, era a povoação maior, aquela que estava no caminho do sul. O centauro avançou a descoberto, seguido pela sombra singular que não tinha par no mundo. Trotou ligeiramente pelos campos cultivados, mas escolhia os carreiros para não pisar as plantas. Entre a faixa de cultura e o rio havia árvores dispersas e sinais de gado. O cavalo, sentindo o cheiro, agitou-se, mas o centauro seguiu para a frente, para o rio. Entrou cautelosamente na água, tenteando com os cascos. A profundidade foi aumentando, até chegar ao peito do homem. No meio do rio, sob o luar que era outro rio correndo, quem visse veria um homem atravessando a vau, com os braços erguidos, braços, ombros e cabeça de homem, cabelos em vez de crinas. Pelo interior da água caminhava um cavalo. Os peixes, acordados pelo luar, nadavam em redor dele e mordiscavam-lhe as pernas.

Todo o tronco do homem saiu da água, depois apareceu o cavalo, e o centauro subiu para a margem. Passou por baixo dumas árvores e no limiar da planície parou para se orientar. Lembrou-se de como o tinham perseguido do outro lado da montanha, lembrou-se dos cães e dos tiros, dos homens aos gritos, e teve medo. Preferia agora que a noite fosse escura, teria preferido caminhar debaixo duma tempestade como a do dia anterior, que fizesse recolher os cães e afastasse as pessoas para casa. O homem pensou que toda a gente naqueles arredores já devia saber da existência do centauro, que decerto a notícia tinha passado por cima da fronteira. Compreendeu que não podia atravessar o campo em linha recta, em plena luz. A passo, começou a seguir ao longo do rio, sob a protecção da sombra das árvores. Talvez adiante o terreno lhe fosse mais favorável, onde o vale se estreitava e acabava entalado entre duas altas colinas. Continuava a pensar no mar, nas colunas brancas, fechava os olhos e revia o rasto que Zeus deixara ao afastar-se para o sul.

Subitamente, ouviu um marulhar de água. Ficou parado, à escuta. O rumor repetia-se, diminuía, voltava. Sobre o chão coberto de erva rasteira, os passos do cavalo soavam tão abafados que não se distinguiam entre a múltipla e tépida crepitação da noite e do luar. O homem afastou os ramos e olhou para o rio. Na margem havia roupas. Alguém tomava banho. Empurrou mais os ramos. E viu uma mulher. Saía da água, completamente despida, brilhava sob o luar, branca. Muitas outras vezes o centauro vira mulheres, mas nunca assim, neste rio, com esta lua. Outras vezes vira seios oscilando, o tremor das coxas ao andar, o ponto de escuridão no centro do corpo. Outras vezes vira cabelos caindo para as costas, e mãos que os lançavam para trás, gesto tão antigo. Mas a parte que lhe cabia do mundo em que as mulheres viviam, era só a que satisfaria o cavalo, talvez o centauro, não o homem. E foi o homem que olhou, que viu a mulher aproximar-se da roupa, foi ele que rompeu por entre os ramos, correu para ela no seu trote de cavalo e depois, ao mesmo tempo que ela gritava, a levantou nos braços.

Também isto fizera algumas vezes, tão poucas, em milhares de anos. Acto inútil, apenas assustador, acto que poderia ter deixado atrás de si a loucura, se isso mesmo não aconteceu. Mas esta era a sua terra e a primeira mulher que nela via. O centauro correu ao longo das árvores, e o homem sabia que mais adiante pousaria a mulher no chão, frustrado ele, apavorada ela, mulher inteira, homem por metade. Agora um caminho largo quase tocava as árvores, e adiante o rio fazia uma curva. A mulher já não gritava, apenas soluçava e tremia. E foi então que se ouviram outros gritos. No virar da curva, o centauro foi parar a um pequeno aglomerado de casas baixas que as árvores escondiam. Havia gente no pequeno espaço em frente. O homem apertou a mulher contra o peito. Sentia-lhe os seios duros, o púbis no lugar em que o seu corpo de homem se recolhia e se tornava peitoral de cavalo. Algumas pessoas fugiram, outras atiraram-se para a frente, e outras entraram nas casas e saíram com espingardas. O cavalo levantou-se sobre as patas traseiras, encabritou-se para as alturas. A mulher, assustada, gritou uma vez mais. Alguém disparou um tiro para o ar. O homem compreendeu que a mulher o protegia. Então, o centauro ladeou para o campo aberto, fugindo das árvores que poderiam embaraçar-lhe os movimentos, e, sempre com a mulher agarrada, contornou as casas e lançou-se a galope pelo campo fora, na direcção das duas colinas. Atrás de si ouvia gritos. Talvez se lembrassem de persegui-lo a cavalo, mas nenhum cavalo podia competir com um centauro, como fora demonstrado em milhares de anos de fuga constante. O homem olhou para trás: os perseguidores vinham longe, muito longe. Então, segurando a mulher por baixo dos braços, olhando-a em todo o corpo, com todo o luar despindo-a, disse na sua velha língua, na língua dos bosques, dos favos de mel, das colunas brancas, do mar sonoro, do riso sobre as montanhas:

— Não me queiras mal.

Depois, devagar, pousou-a no chão. Mas a mulher não fugiu. Saíram-lhe da boca palavras que o homem foi capaz de entender:

— Tu és um centauro. Tu existes.

Pousou-lhe as duas mãos sobre o peito. As patas do cavalo tremiam. Então a mulher deitou-se e disse:

— Cobre-me.

O homem via-a de cima, aberta em cruz. Avançou lentamente. Durante um momento, a sombra do cavalo cobriu a mulher. Nada mais. Então o centauro afastou-se para o lado e lançou-se a galope, enquanto o homem gritava, cerrando os punhos na direcção do céu e da lua. Quando os perseguidores se aproximaram enfim da mulher, ela não se mexera. E quando a levaram, embrulhada numa manta, os homens que a transportavam ouviram-na chorar.

Naquela noite, todo o país soube da existência do centauro. O que primeiro se julgara ser uma história inventada do outro lado da fronteira com intenção de desfrute, tinha agora testemunhas de fé, entre as quais uma mulher que tremia e chorava. Enquanto o centauro atravessava esta outra montanha, saía gente das aldeias e das cidades, com redes e cordas, também com armas de fogo, mas só para assustar. É preciso apanhá-lo vivo, dizia-se. O exército também se pôs em movimento. Aguardava-se o nascer do dia para que os helicópteros levantassem vôo e percorressem toda a região. O centauro procurava os caminhos mais escondidos, mas ouviu muitas vezes ladrarem cães, e chegou, mesmo, sob o luar que já esmorecia, a ver grupos de homens que batiam os montes. Toda a noite o centauro caminhou, sempre para o sul. E quando o sol nasceu estava no alto duma montanha donde viu o mar. Muito ao longe, mar apenas, nenhuma ilha, e o som duma brisa que cheirava a pinheiros, não o bater da onda, não o perfume angustioso do sal. O mundo parecia um deserto suspenso da palavra povoadora.

Não era um deserto. Ouviu-se de repente um tiro. E então,

num arco de círculo largo, saíram homens de detrás das pedras, em grande alarido, mas sem poderem disfarçar o medo, e avançaram com redes e cordas e laços e varas. O cavalo ergueu-se para o espaço, agitou as patas da frente e voltou-se, frenético, para os adversários. O homem quis recuar. Lutaram ambos, atrás, em frente. E na borda da escarpa as patas escorregaram, agitaram-se ansiosas à procura de apoio, e os braços do homem, mas o grande corpo resvalou, caiu no vazio. Vinte metros abaixo, uma lâmina de pedra, inclinada no ângulo necessário, polida por milhares de anos de frio e de calor, de sol e de chuva, de vento e neve desbastando, cortou, degolou o corpo do centauro naquele preciso sítio em que o tronco do homem se mudava em tronco de cavalo. A queda acabou ali. O homem ficou deitado, enfim, de costas, olhando o céu. Mar que se tornava profundo por cima dos seus olhos, mar com pequenas nuvens paradas que eram ilhas, vida imortal. O homem girou a cabeça de um lado para o outro: outra vez mar sem fim, céu interminável. Então olhou o seu corpo. O sangue corria. Metade de um homem. Um homem. E viu que os deuses se aproximavam. Era tempo de morrer.

Pela rua sossegada

Es'kia Mphahlele

A rua Nadia era considerada a rua mais sossegada de Newclare. Não que seja nada diferente de outras ruas. Tem sua própria água suja, suas próprias moscas, seu próprio estrume de cavalo, suas próprias crianças de barriga inchada com traços de urina pelas pernas. A carroça do mascate ainda se arrasta pela rua Nadia e o clique-cloque das patas de sua égua superalimentada ainda faz parte da rua.

As fileiras de casas também não são diferentes. Os telhados se inclinam para a frente como se esperassem a próxima rajada de vento para sacudi-los de sua complacência e terminar o trabalho já começado. Braseiros ainda brilham na calçada pedregosa, as colunas de fumaça espiralando e pousando em tudo em torno. E podem-se ver galinhas soltas bicando fezes de criança com muda delícia. A rua Nadia tem seus vira-latas latidores e sua cota de raides policiais em busca de cerveja.

Mesmo assim, a rua ainda se apegava a sua reputação de ser a mais sossegada. As coisas sempre aconteciam na *outra* rua.

Então, aconteceu alguma coisa. Quando aconteceu, alguns

moradores sacudiram a cabeça dolorosamente e olharam uns para os outros como se pressentissem uma peste de cem anos virando a esquina.

O velho Lebona do fim da rua riu e riu até ficarem com medo de que sua bronquite crônica o fosse estrangular. "Olhe para um lado da rua ou para o outro", disse, "é a mesma coisa. As pessoas sempre farão o inesperado. Será de admirar que a praga de Deus se abata sobre os homens negros?" E riu de novo.

"Você vai ver", disse Keledi, esfregando o seio com o antebraço para aliviar a coceira provocada pelo leite. Ela sempre dizia isso, para despertar a curiosidade dos ouvintes. Mas quase nunca mostrava o que eles iam ver.

Manyeu, a viúva, disse para sua platéia: "Isso me lembra o que aconteceu uma vez em Winburg, a cidade bôer no Estado Livre". Olhou melancolicamente para a frente. As outras mulheres olharam para ela e para a barriga nova que se avolumava debaixo do avental florido e limpo.

"Me lembro claramente que estava grávida, esperando... quem era mesmo? É, estava esperando Lusi, o meu quarto menino. Aquele que você mandou para o carniceiro ontem, Kotu."

Algumas pessoas disseram que aconteceu quando o guarda Tefo começou a patrulhar a rua Nadia nas tardes de domingo. Mas outros diziam que os "russos" — aquele clã de violentos homens basotho — estavam ameaçando entrar em guerra. Claro, depois que aconteceu, a rua Nadia voltou àquilo que seus residentes insistiam em chamar de vida sossegada.

Se o guarda Tefo um dia pensou que ia continuar intocado pela fofoca da rua Nadia estava redondamente enganado. O fato de que achou necessário tomar uma decisão a respeito indicava que ele temia a possibilidade de se ver envolvido na vida privada das pessoas.

Ele era alto e bem bonito. Não havia nada de metido nele, nada policialesco a não ser a farda. Ele era, sob muitos aspectos, um dos mais raros exemplares na coleção da jaula de vidro do quartel-general. Os patrões desconfiavam dele. Parecia-lhes humano demais para ser um bom protetor da lei. Sim, era só isso que ele era para as pessoas, para isso seus patrões o tinham contratado.

Espalhou-se a notícia de que Tefo estava apaixonado. "Vejo a mulher vir aqui todo fim de mês. Ele sempre dá um beijo nela. Outro dia, achei que o beijo estava demorado demais." Foi o veredicto de Manyeu.

Parece que não ocorreu a ninguém que a mulher vista beijando Tefo podia ser sua esposa. Talvez fosse melhor assim, porque acontece que ele simplesmente não tinha esposa. Aos quarenta anos, continuava solteiro.

Manyeu ficou quase tonta quando o guarda Tefo entrou na casa dela para comprar *maheu* (bebida de fubá fermentado).

"Você vai ver", disse Keledi, esfregando o seio para cima e para baixo para aliviar o ardor da coceira do leite.

Mas Tefo permaneceu em seu posto, quase como uma montanha: ao mesmo tempo desafiador, tranqüilizador e ameaçador. Ele não se permitia abalar-se pelas sutis sugestões que ouviu, pela crispação significativa do rosto que viu, pelo olhar cáustico que sentiu atrás dele ao circular com seu passo gingado.

Um dia, Keledi passou por ele com uma lata de cerveja escondida debaixo do avental. Conversou com ele um pouco e os dois deram risada. Era sempre assim; camundongo brincando de esconde-esconde na juba do leão.

"Como vão os negócios?", Tefo perguntou para a esposa de Sung Li num domingo, na varanda da loja deles.

"Muito luim."

"Por quê?"

"Tempo luim."

"Hm."

"Muito ocupado, senhol?"

"Estou, não tem descanso, até chegar lá, no cemitério Croesus."

Ela riu, achando muito engraçado um policial pensar na morte. E disse isso a ele.

"Como está a China?"

"Eu não sou da China, he, he, he. Eu nasci aqui, he, he, he. Gozado!" E mostrou dentes podres de estragados ao rir, os da frente em cima cobrindo os de baixo, não cooperando em nada para um belo sorriso.

Tefo riu alto ao pensar que sempre achara que os Sung Li fossem da China, coisa que, pelo que lhe tinham contado quando criança, evocava estranhas imagens de comedores de gente.

Quando ria, sua barriga subia e descia, ele segurando o cinto na frente e os ombros sacudindo como as asas de um pássaro que não serve para voar longas distâncias.

Quando o marido chamou a mulher para dentro, madame Sung Li se virou para entrar. Tefo ficou olhando a mulher a arrastar os pés pequenos, os chinelos quase gritando com a dor de serem arrastados assim. Por trás, a barra do vestido ia batendo alternadamente nas meias de lã preta que ela usava. A trouxa de cabelos na nuca dava a impressão de que todas as fibras da mulher estavam presas ali, e que, se se desmanchasse, madame Sung Li cairia aos pedaços. O corpo dela se dobrava para a frente como uma árvore ao vento. Tefo observou para si mesmo que não havia vento.

Uma tarde de domingo, Tefo entrou na loja de Sung Li para comprar uma garrafa de refresco. O calor era intenso. Os tetos das casas pareciam ceder sob os golpes impiedosos do sol. Todas as janelas e portas disponíveis estavam abertas e, devido à falta geral de varandas e total ausência de árvores, os moradores bufavam, suspiravam, gemiam e despiam parte das roupas.

Madame Sung Li se debruçou no balcão, os cotovelos fincados na superfície, os braços dobrados. Podia ser a estátua de algum deus oriental naquela posição, não fosse uma preguiçosa mosca da tarde que tentava sentar em seu rosto. Ela tinha de sacudir a cabeça para afastar a peste do inseto.

O guarda Tefo respirava fundo depois de cada gole, parado ali, olhando pela vitrine da loja, de frente para a rua Nadia.

Uma coisa com a qual ele havia se acostumado eram os incontáveis cortejos fúnebres que desfilavam semana após semana. Tinham de passar por Newclare a caminho do cemitério. Curtos, compridos, ônibus de dois andares alugados, carros, caminhões; pobres e insignificantes, ricos e esnobes. Todos pretos e inevitáveis.

Os cortejos geralmente pegavam a rua seguinte à Nadia. Mas estava morrendo tanta gente que algumas unidades começavam a transbordar para a Nadia.

Tefo saiu para a varanda em busca de um pouco de diversão; qualquer coisa para tirar o calor da cabeça. Estava olhando um pequeno cortejo virar na Nadia quando uma idéia lhe apareceu na cabeça, como a sombra de uma nuvem que passa diante do sol.

O primo de Seleke veio cambaleando até a varanda. Pelas roupas, parecia que ele, um dia, havia atravessado muitos rios e secado ao menos um. Era sempre chamado de primo de Seleke e ninguém nunca se deu ao trabalho de saber seu nome.

Seleke morava na rua seguinte. Era do tipo durona com uma língua afiada. Mas nem mesmo ela conseguia arrancar o primo de seu permanente estupor.

O comentário de Keledi foi: "Você vai ver, um dia ele vai caçar camundongo para comer. Os gatos não vão gostar". E esfregou o seio. Mas o primo de Seleke aceitava tudo sem se abalar um isto.

"Ho, chefe!", o primo de Seleke cumprimentou o guarda, capengando como um fantoche num palco. "Olhando o caixão, é? Muita gente morrendo, né? É, muita gente. Coitados."

Tefo concordou. Um caminhão veio pela rua e estacionou de um lado, quase na frente da loja do chinês.

"Morto não grita", disse o primo de Seleke.

"Você está bêbado. Por que não vai para casa dormir?"

"Eu, bêbado? É, é, estou bêbado. Mas o senhor não fale comigo que nem essa gente cabeçuda daqui. A língua vermelha deles mexe demais. Por que não me deixam em paz? Não tem ninguém nesta droga de lugar que saiba ler inglês como eu."

"Com toda certeza." Tefo sorriu, tolerante.

"Gosto do senhor, chefe. Vai ser um grande homem um dia desses. Agora, o senhor fica olhando essa gente que vai enterrar seus mortos. Um dia desses, esses caixões vão contar sua história. Não sei por que não me deixam em paz. Por que não podem me deixar em paz, essa gente horrenda?"

Um pequeno cortejo fúnebre entrou na rua Nadia em uma carroça puxada a cavalo. Eram três mulheres e quatro homens na carroça, sem contar o cocheiro. Um homem que parecia um líder religioso cantava vigorosamente, a voz tremendo acima das outras.

O líder usava uma sobrepeliz roxa desbotada e esfarrapada e uma sotaina quase branca. Parecia jovem demais para uma responsabilidade tão grande como tentar dirigir as almas dos mortos para o céu, Tefo pensou. O guarda pensou também que muitos jovens estavam se incendiando de sentimentos religiosos hoje em dia... A carroça parou diante da casa quase em frente à de Sung Li. Tefo continuou olhando. O grupo desceu e os quatro homens baixaram o caixão.

Tefo notou que o líder estava tremendo. Por algum milagre o livro de hinos não lhe caía da mão trêmula. Ele enxugou a testa tantas vezes que o guarda pensou que estava com febre e não ia conseguir mais carregar o caixão. Evidentemente, queriam entrar no quintal que ficava ali atrás deles. O guarda foi até lá e ofereceu ajuda.

Os olhos do líder estavam arregalados e refletiam uma porção de emoções que Tefo não conseguiu entender. E ele então fez um gesto surpreendente para impedir que Tefo tocasse o caixão. Em um segundo sacudiu a cabeça diversas vezes, resmungando alguma coisa que fez Tefo entender que sua ajuda seria muito apreciada. Diante disso, o guarda pegou a alça do seu lado e o quarteto levou o corpo para dentro da casa. Logo em seguida, Tefo estava de volta à varanda do chinês.

Uns quinze minutos depois, ouviu vozes romperem em canto quando o grupo saiu da casa com o caixão. Mais uma vez, Tefo notou que o líder estava suando e tremendo. O caixão foi colocado no chão diante do portão. Os outros do grupo continuaram a cantar vigorosamente, as vozes dos homens dominando as sopranos corajosas.

Tefo percebeu que eles queriam colocar o caixão dentro do caminhão. Algo dizia que não devia ir ajudar. Uma dessas seitas religiosas com regras estranhas, pensou.

No portão, o líder do grupo funerário se curvou e, com um movimento súbito, agarrou a alça e entortou o caixão, gritando ao mesmo tempo para os homens agarrarem as alças do lado deles. Tefo virou-se de repente para olhar.

Um som estranho saiu do caixão. Para compensar a inclinação, os outros o haviam levantado. Mas do fundo dele veio um som de rachadura; um som de madeira rachando. Iam levantar mais o caixão quando aconteceu.

Uma avalanche miniatura de garrafas caiu no chão. Um homem correu para dentro do caminhão, deu uma curta marcha a ré e foi-se embora. A carroça começou a descer a rua Nadia. Os olhos de Tefo se apertaram diante da cena toda. Desceu da varanda numa espécie de transe e foi andando até o local. Era um cenário de garrafas de bebida caindo, tilintando, batendo umas nas outras, algumas quebrando, outras a rolar pela rua de um jeito divertido, como crianças que foram soltas da sala de aula para o recreio. O grupo funerário chiava e gritava.

"Seu bode medroso!"

"Estragou a coisa toda!"

"Eu sabia que isso ia acontecer!"

"Vai pagar por isso!"

"Você devia ter ficado em casa, cabeça de abóbora desastrada!"

"Desta vez estamos perdidos!"

Já haviam todos desaparecido quando passou pela cabeça de Tefo que era preciso fazer uma prisão. Mais do que isso: uma multidão enlouquecida estava se debatendo pelas garrafas. Um minuto depois, eles também haviam desaparecido com as garrafas, os corpos de delito! Um bando de gente se reuniu em torno do policial.

A horrenda multidão, ele pensou, contente de o policial ter falhado na prisão! Eles se cutucavam e outros fingiam pena. Manyeu deu um passo adiante. "Quero o caixão para usar como lenha, seu guarda." Com um gesto impaciente da mão ele indicou que ela podia pegar. Isso não escapou à atenção de Keledi e ela disse a sua vizinha, esfregando o seio que estava cheio de leite: "Você vai ver. Espere".

"Ho, chefe! Problema aí?" O primo de Seleke abriu caminho com os cotovelos até o meio da multidão. Tinham lhe contado o que acontecera.

"Enterros, enterros, enterros é o meu rabo! Pena que cheguei atrasado para a festa! Que azar o seu, chefe. Agora escute, eu confio nesses mortos como nos piolhos da minha camisa. Mas você vai ser um grande homem um dia. Pode crer. Aposto os piolhos do meu corpo."

Depois, na tarde desse dia, o guarda Tefo estava sentado na sala de Manyeu, bebendo *maheu*. Keledi, esfregando o seio, estava sentada no chão com duas outras mulheres. Manyeu estava sentada num banco baixo, a barriga nova saliente debaixo do avental florido como um melão promissor.

Um pouco alheio ao tagarelar contínuo das mulheres, Tefo pensava em enterros e cadáveres e garrafas de bebida. Pensava em funerais em geral. Lembrou do que o primo de Seleke havia dito outro dia na varanda do chinês. Seria uma observação boba? Bem nessa hora, outra procissão apareceu na rua. Tefo levantou-se depressa e foi parar na porta. Se pelo menos os deuses pudessem lhe dizer o que havia naquele caixão marrom brilhante, pensou. Voltou para seu banco, a imagem do desespero.

O profético "Você vai ver" de Keledi adquiriu um significado sério quando Tefo um dia casou com Manyeu depois que nasceu seu sexto filho. A rua Nadia ficou sem fôlego. Mas depressa se recuperou da surpresa, levando em conta a fama que tinha, a fama de ser a rua mais sossegada de Newclare.

Keledi subiu de posição social ao poder dizer depois do acontecimento: "Viu?", enquanto esfregava vigorosamente os seios que coçavam por causa do leite.

Traduzido do inglês por José Rubens Siqueira

O ninho do pássaro de fogo

Salman Rushdie

Agora estou pronto para contar como os corpos são transformados em outros corpos.

Ovídio, *As metamorfoses*

É um lugar quente, plano e seco. As chuvas falharam tantas vezes que agora o que dizem é que a seca venceu. São homens da planície, fazendeiros pecuaristas, mas o gado está indo embora. O gado, cambaleante, migrou para o sul e para o leste em busca de água, e chacoalha ao andar. Seus crânios, como postes com chifres, pontilham a estrada em seu êxodo vão. Existe água no oeste, mas é salgada. Logo, até esses pântanos terão exalado o último suspiro. Ervas secas rolam pelas planícies alvejadas. Há rachaduras largas o bastante para engolir um homem.

Bom jeito para um fazendeiro morrer: ser comido por sua terra.

Mulheres não morrem assim. Mulheres pegam fogo, e queimam. Ainda uma lembrança viva, uma densa floresta havia ali, conta mr. Maharaj a sua noiva americana enquanto a limusine roda para seu palácio. Uma rara espécie de tigre vivia na floresta, branco como sal, nervoso, pequeno. E pássaros canoros! Dúzias e dúzias de variedades; seus próprios ninhos eram feitos de música. Meio século antes, seu pai, atravessando a floresta a cavalo, cantarolava junto suas árias e ouvia os tigres se juntando ao coro. Mas seu pai agora está morto, os tigres extintos e os pássaros foram todos embora, a não ser um, que nunca canta uma nota e, na ausência de árvores, faz seu ninho em um lugar secreto que ainda não foi revelado. O pássaro de fogo, sussurra ele, e sua noiva, filha da cidade grande, uma estrangeira, não virgem, ri desse exótico melodrama, jogando o cabelo comprido e brilhante; que é amarelo, como uma chama.

Não existem mais príncipes agora. O governo os aboliu há décadas. A própria idéia de príncipes se transformou, em nosso moderno país, numa ficção, em algo do tempo do feudalismo, dos contos de fadas. Seus títulos, seus privilégios lhes foram arrebatados. Não têm nenhum poder sobre nós. Neste lugar, o príncipe se transformou no mero mr. Maharaj. Ele é um homem complexo. Seu palácio na cidade se transformou num cassino, e ele chefia uma comissão que procura extirpar a corrupção pública, ruína do país. Na juventude, foi um forte esportista, mas desde que se aposentou não tem mais tempo para jogos. Chefia um instituto ecológico que estuda e busca remédio para a seca; mas em sua residência no campo, no grande palácio-fortaleza para o qual a limusine o leva, cascatas de água preciosa jorram sem cessar, sem nenhum outro propósito além da beleza. Sua biblioteca de textos antigos é a maravilha da província, mas ele controla também as franquias locais de satélite e cada nova parabólica lhe dá lucros. Os detalhes de suas finanças, assim como muitos de seus rumorosos romances, são obscuros.

Uma pedreira. A limusine pára. Há homens com picaretas

e mulheres levando terra em tigelas de metal em cima da cabeça. Quando vêem mr. Maharaj fazem gestos de respeito, dobram os joelhos, se curvam. A noiva americana, observando, intui que penetrou num lugar onde aquilo que foi abolido é a verdade, e o governo, lá longe na capital, é que é a ficção na qual ninguém acredita. Aqui, mr. Maharaj ainda é o príncipe, e ela, sua nova princesa. Como se tivesse entrado numa fábula, como se não fosse mais que palavras se rabiscando numa página seca, ou como se estivesse ela própria se transformando na página, aquela superfície em que sua história seria escrita, e na qual sopra um vento quente e impiedoso, que transforma sua pele em papiro, sua pele em pergaminho, sua alma em papel.

Está tão quente. Ela estremece.

Não é pedreira. É um reservatório. Fazendeiros, expulsos de sua terra pela seca, foram empregados por mr. Maharaj para cavar esse poço de água para o dia em que a chuva voltar. Assim pode dar a eles algum emprego, conta à noiva, e mais que emprego: esperança. Ela sacode a cabeça ao ver que esse grande vazio já está cheio: de amarga ironia. Salobra, amarga, inútil para homem ou vaca.

As mulheres do reservatório da ironia estão vestidas com as cores do fogo. Só os tolos, cegos pelas convenções da linguagem, pensam no fogo como vermelho ou dourado. Fogo é azul em sua borda melancólica, verde em seu coração invejoso. Pode queimar branco, ou mesmo, em suas grandes voragens, negro.

Ontem, os homens com picaretas contam a mr. Maharaj, uma mulher de sári vermelho e ouro, uma boba, pegou fogo no anfiteatro do poço seco. Os homens ficaram na borda elevada do reservatório, olhando ela queimar, armas ao ombro numa espécie de homenagem; reconhecendo, com sua sabedoria de machos, a inevitabilidade do destino da mulher. As mulheres, as mulheres deles, gritaram.

Quando a mulher terminou de queimar, não havia nada lá. Nem um retalho de carne, nem um osso. Ela queimou como queima o papel, voou para o céu e ao sopro do vento virou nada.

A combustibilidade das mulheres é uma fonte de resignado deslumbramento para os homens em torno. Elas simplesmente queimam com muita facilidade, o que se pode fazer? Você vira as costas e elas pegam fogo. Talvez seja uma diferença entre os sexos, dizem os homens, homens são terra, sólidos, duráveis, mas as damas são caprichosas, instáveis, não duram muito neste mundo, desaparecem numa espiral de fumaça sem deixar nem ao menos um recado explicando. E, nesse calor, se passarem muito tempo ao sol! Dizemos para elas ficarem em casa, para não se exporem ao perigo, mas sabe como são as mulheres. É o destino, a natureza delas.

Mesmo as modestas têm corações ardentes; talvez as modestas mais do que todas, mr. Maharaj murmura para sua esposa dentro da limusine. Ela é uma mulher moderna e não gosta, diz a ele, quando fala assim, quando encerra seu sexo nesses rudes currais, nessas generalizações fáceis, mesmo de brincadeira. Ele inclina a cabeça numa desculpa divertida. Uma incendiária, diz ele. Preciso me emendar.

Faça isso, ela ordena, e se aninha, confortável, debaixo do braço dele. Sua barba grisalha roça a testa dela.

Rumores queimam à espera dela. Ela é rica, rica como o velho, obeso Nizam de ..., que recebia seu peso em jóias nos aniversários e assim conseguia aumentar impostos simplesmente ganhando peso. Seus súditos estremeciam ao ver seus banquetes, os caramelados poderosos, as torres de gelatina, os Himalaias de sorvete, porque sabiam que a interminável avalanche de quitutes a descer pela goela de Nizam significava que a comida em suas próprias mesas seria escassa e simples, e, assim como ele chorava de cansada plenitude, seus filhos chorariam de fome, a gula dele seria a fome deles. É podre de rica, ferve a fofoca, o pai americano afirma descender da família real deposta de um país do Leste europeu e todo ano leva em avião particular a elite dos funcionários de seu império comercial até o seu reino perdido, onde às margens do próprio Rio do Tempo ele encena um torneio de golfe de quatro dias de duração e depois, rindo, desdenhoso, como um deus, despede o campeão, destrói a vida dele pela húbris de desejar a glória, e o abandona à margem do Rio do Tempo, em cujas águas tumultuadas e mortais o campeão por fim afunda e se perde, como a esperança, como uma bola.

Ela é rica; ela é uma terra fértil; ela trará filhos, e chuva.

Não, ela é pobre, espouca a fofoca, o pai se enforcou quando ela nasceu, a mãe era uma prostituta, ela também é uma criatura de chão rochoso e selvagem, a seca está em seu corpo, como uma maldição, ela é estéril, e veio com a esperança de roubar bebês escuros de suas casas e alimentá-los a mamadeiras, uma vez que seus seios são secos.

Mr. Maharaj vasculhou o mundo em busca de seus tesouros e trouxe para casa uma jóia mágica cuja luz transformará suas vidas. Mr. Maharaj tombou à iniqüidade e trouxe Desespero a seu palácio, sucumbiu à maldição de cabelo amarelo.

Assim está ela se transformando numa história que o povo conta, e discute. Ao viajar para o palácio, tem plena consciência de estar entrando numa história, num grupo de histórias sobre mulheres como ela, lindas e loiras, e dos homens escuros que amaram. As amigas a alertaram em sua terra, em sua alta cidade. Não vá com ele, aconselharam. Se for para a cama com ele, ele vai perder o respeito por você. Ele não considera como esposas mulheres como você. Ele se excita é com sua estranheza, sua liberdade. Vai partir seu coração.

Embora a chame de noiva, ela não é sua esposa. Até agora, ela não sente medo.

Um portão em ruínas no meio do sertão, uma entrada para lugar nenhum. Uma única árvore, a última de todas as árvores locais a cair, apodrece ao lado dele, as raízes expostas agarrando o ar como a mão de um gigante. Passa um cortejo de casamento e a limusine vai mais devagar. Ela vê que o noivo de turbante, indo ao encontro de sua esposa, não é jovem nem animado, mas de cabelo espetado, velho e enrugado; imagina uma história de amor imorredouro, muito renegado pelas circunstâncias, a superar por fim a adversidade. Em algum lugar uma namorada velha espera o seu murcho amor. Os dois sempre se amaram, ela imagina, e agora perto da conclusão de sua história encontraram esse final feliz. Por acaso, ela fala em voz alta essas palavras. Mr. Maharaj sorri e sacode a cabeça. A noiva do noivo é jovem, uma virgem de uma aldeia distante.

Por que uma garota nova e bonita haveria de querer casar com um velho bobo?

Mr. Maharaj encolhe os ombros. O velho deve ter aceitado um dote pequeno, responde, e quando alguém tem muitas filhas esses fatores pesam muito. Quanto ao velho, acrescenta, numa vida longa pode ter havido mais de um único dote. Essas coisas se somam.

Flautas e cornetas tocam uma rouca música na direção dela. Um tambor ribomba como um canhão. Dançarinos transexuais a importunam pela janela. Ohé, América, guincham, arré, aí amiga, qual é? Tudo bem, você se cuide que eu vou cantar a canção da vitória! Ai, baby, wah-wah, tudo em cima, Miss América, mexe aí! Ela sente um súbito pânico. Vá mais depressa, grita, e o motorista acelera. A poeira explode em volta do cortejo de casamento, escondendo-o. Mr. Maharaj é a solicitude personificada, mas ela está zangada consigo mesma. Desculpe, resmunga. Não foi nada. O calor.

("América." Era uma vez, no "América", um almoço indiano que comeram juntos a cem metros acima da rua, numa mesa com vista para a explosão primaveril do parque, enchendo os olhos com a opulência da vegetação que agora, quando ela relembra essa paisagem ressecada, parece obscena. Meu país é como o seu, diz ele, flertando. Grande, turbulento e cheio de deuses. Falamos o nosso tipo de inglês ruim, vocês falam o de vocês. E antes de vocês virarem romanos, quando eram apenas colonos, nossos senhores eram os mesmos. Vocês derrotaram os senhores antes de nós. Por isso agora têm mais dinheiro do que nós. Senão, seríamos iguais. Nas esquinas de nossas ruas a mesma agitação de diferenças, o mesmo lixo, o mesmo "tudo ao mesmo tempo". Ela entendeu na hora o que ele estava querendo dizer: que ele vinha de um lugar diferente de tudo o que ela havia experimentado, cujas línguas ela batalharia por dominar, cujos códigos poderia nunca entender e cuja imensidade e mistério despertariam e saciariam suas maiores paixões e mais profundas necessidades.

Como era americana, ele lhe falava de dinheiro. A velha legislação protecionista, o socialismo superado que atravancara a economia durante tanto tempo tinham sido repelidos e havia fortunas a construir para quem tivesse as idéias. Até um príncipe tinha de entrar em campo um passo à frente no jogo. Ele estava cheio de projetos e, nos círculos financeiros, ela gozava a fama de ser pessoa capaz de juntar capital e idéias, capaz de atrair para os projetos que favorecia o alimento monetário que fosse preciso.

Uma "fazedora de chuva".

Ela o levou à ópera, entusiasmou-se, como sempre, pela força dos grandes mestres cantada em palavras que não conseguia entender, cujo significado tinha de ser deduzido dos atos do intérprete. Depois, levou-o para casa e o seduziu. Era a cidade dela, o palco dela, e ela era segura e jovem. Quando começaram a fazer amor, ela adivinhou que estava a ponto de deixar para trás tudo o que conhecia, todas as raízes de si mesma. Ela fazia amor com ferocidade, como se o corpo dele fosse um portão fechado para o desconhecido que ela devia pôr abaixo.

Nem tudo será uma maravilha, ele a alertara. Há uma seca terrível.)

Infelizmente, o palácio dele é abominável. Está caindo aos pedaços, cheira mal. No quarto dela, a cortina está esfarrapada, a cama é precária, os quadros nas paredes são representações pornográficas de acasalamentos cheios de arabescos na corte de algum miúdo príncipe. Não há como saber se aquilo é dos ancestrais de seu marido ou um lote comprado de algum vendedor cheio de lábia. Nos corredores mal iluminados toca música alto, mas ela não consegue descobrir de onde vem. Sombras lhe escapam do olhar. Ele a instala, desaparece, sem nenhuma explicação. Ela é deixada sozinha para se sentir em casa.

Nessa noite, dorme sozinha. O ventilador de teto mexe o

ar quente, xaroposo. Que ferve, como uma sopa. Ela não consegue parar de pensar em sua "casa": nas sirenes noturnas, no condicionador de ar. A sua coisificação do real. Em meio àquele excesso de estruturas, de conteúdo, não é fácil o fantasmagórico sair ganhando. Nosso entretenimento é cheio de monstros, de fabuloso, porque fora do escuro dos cinemas, além das páginas dos livros, longe dos góticos decibéis da música, o cotidiano é inescapável, onipotente. Sonhamos com outras dimensões, com subtextos paranóicos, com submundos, porque quando acordamos a realidade nos prende em suas garras coisificantes e não conseguimos enxergar além do horizonte material, factual. Enquanto aqui, presa no vazio borbulhar do ar seco, com medo de baratas, todas as fronteiras podem vir abaixo; estão vindo abaixo. A possibilidade do terrível se renova.

Ela nunca achou fácil chorar, mas seu corpo se convulsiona. Chora lágrimas secas, e dorme. Quando acorda ouve som de um tambor e de dançarinos.

Num pátio, as mulheres e meninas se reuniram, moças e velhas. O tocador bate um ritmo e as damas respondem em uníssono. Joelhos dobrados para fora, as mãos de dedos abertos fazendo sinais na extremidade de braços peremptórios, os pescoços fazendo movimentos laterais impossíveis, os olhos acesos, elas avançam pela pedra fresca como um exército sincopado. (Ainda é cedo e o pátio está na sombra; o sol ainda não emprestou seu calor à pedra.) À frente das dançarinas, mais alta que todas elas, ferozmente ereta, mostrando o que fazer, está a irmã de mr. Maharaj, de mais de sessenta anos, mas ainda a maior dançarina de seu estado. Miss Marharaj viu a recém-chegada, mas não dá sinal disso. Ela é a senhora da dança. O movimento é tudo.

Quando termina, as duas se encaram, as mulheres de mr. Maharaj: a irmã, a americana.

O que estão fazendo?

Uma dança contra o pássaro de fogo. Uma dança propiciatória, para repelir o pássaro.

O pássaro de fogo. (Ela pensa em Stravinsky no Lincoln Center.)

Miss Maharaj inclina a cabeça. O pássaro que não canta nunca, diz. Cujo ninho é secreto; cujas asas malévolas roçam o corpo das mulheres, e queimamos.

Mas sem dúvida esse pássaro não existe. É só uma lenda de matronas.

Aqui não existe lenda de matrona. Ai, aqui não existem matronas.

Entre, mr. Maharaj! De turbante, com um pano bordado jogado em cima dos ombros largos, como é bonito, como é viril, como é irresistivelmente apologético!

Ela se vê com um comportamento petulante, como uma mulher de outra era. Ele a corteja e galanteia. Foi preparar sua recepção. Espera que ela aprove.

O que é?

Espere e verá.

No semideserto além do palácio malcheiroso, mr. Maharaj preparou uma *extravaganza*. Ao luar, debaixo das estrelas quentes, sobre grandes tapetes de Isfahan e Shiraz, um grupo de dignitários e nobres dá as boas-vindas a ela, os melhores músicos tocam suas flautas lamentosas, etéreas, suas cordas extáticas, e cantam as mais antigas e mais frescas canções de amor jamais ouvidas; as mais suculentas delícias da região são oferecidas ao seu prazer. Ela já é famosa nos arredores, uma grande celebridade. Convidei seu marido para nos visitar, diz, rindo, o governador de um estado limítrofe, mas disse para ele: se não trouxer sua linda esposa, melhor não aparecer. Um ex-príncipe vizinho se oferece para mostrar a ela os tesouros artísticos trancados nos cofres de seu palácio. Não tiro para ninguém, diz ele, exceto para mrs. Onassis, claro. Para você, vou espalhar todos no jardim, como fiz para Jackie O.

Enquanto dura o luar, há corridas de camelo e corridas de cavalo, dança e música. Explodem fogos de artifício acima de suas cabeças. Ela se apóia em mr. Maharaj, sua ausência há muito perdoada, e sussurra, você construiu um reino mágico para mim, ou (brinca com ele) é assim que você relaxa toda noite?

Ela o sente endurecer, fareja amargura escorrendo de suas palavras. É você que faz isso acontecer, responde ele. Neste palácio em ruínas, você conjurou esta ilusão. Os camelos, os cavalos, até a comida, foram trazidos de longe. Nós empobrecemos para deixar você contente. Como pode imaginar que possamos viver assim? Nós protegemos os últimos cacos do que temos e agora, para agradar você, mergulhamos ainda mais fundo nas dívidas. Só sonhamos com a sobrevivência: esta é uma das mil e uma noites, é um sonho americano.

Não pedi nada, diz ela. Esse conspícuo consumismo não é culpa minha. Sua acusação, sua crítica, é ofensiva.

Ele bebeu demais, e isso o tornou sincero. É a nossa reverência, ele nos diz, aos pés do poder. Fazedora de chuva, traga a chuva.

Dinheiro, você quer dizer.

E que mais? Existe alguma outra coisa?

Achei que existia o amor, diz ela.

A lua cheia nunca foi mais bela. Nenhuma música jamais

soou mais adorável. Nenhuma noite jamais foi tão cruel. Ela diz: Tenho uma coisa para contar.

Ela está grávida. Sonha com pontes em chamas, com barcos em chamas. Sonha com um filme de que sempre gostou, em que um homem retorna a sua aldeia ancestral e, de alguma forma, desliza através do tempo até a época da juventude de seu pai. Quando ele tenta fugir da aldeia e volta à estação ferroviária, os trilhos desapareceram. Não há como voltar para casa. É assim que o filme termina.

Ao acordar do sonho, no calor opressivo de seu quarto, os lençóis estão encharcados e há uma mulher sentada ao lado de sua cama. Ela puxa um lençol molhado para cobrir a nudez. Miss Maharaj sorri, dá de ombros. Tem um corpo forte, diz ela. Mais jovem, mas sob outros aspectos não tão diferente do meu.

Eu teria me separado dele. Agora, simplesmente não sei.

Miss Maharaj sacode a cabeça. Na aldeia dizem que vai ser um menino, explica, e então a seca termina. Superstição apenas. Mas você não pode ir embora. E depois, se for, ele fica com a criança.

Isso nós vamos ver!, explode ela. Quando fica agitada, sua voz assume um tom anasalado, pouco atraente mesmo para ela. Mentalmente, a história está se fechando em torno dela, a história em que está presa e na qual precisa, se puder, encontrar um caminho de ação: de preferência uma ação correta, ou não correta, que seja. O que não pode ser tolerado é a inércia. Ela não vai cair em nenhuma inconsciência mansa e entorpecida de calor. O romance já a induziu a erros suficientes. Agora, tem de usar a cabeça.

Aos poucos, com o correr das semanas, ela começa a entender. Ele não é dono do cassino que há em seu palácio na cidade, assinou um contrato absurdo, alugando-o para um consórcio de homens alarmantes. O aluguel que lhe pagam é ridículo e nas letras miúdas está estipulado que em determinados dias importantes ele tem de circular entre as mesas de jogo, sorrindo graciosamente para os convidados, para dar um tom. As franquias de antenas parabólicas são mais lucrativas, mas essa velha ruína voraz que é seu país de residência precisa comer em pratos bem mais ricos que os pratos das antenas para se alimentar adequadamente.

Esse palácio rural é imemorial: talvez tenha seiscentos anos. A maior parte dele não tem eletricidade, janelas, mobília. Frio na estação fria, quente no calor, e, se a chuva vier, muitos de seus salões serão inundados. Tudo o que têm aqui é água, a sua inesgotável fonte no palácio. Nos fundos, além das zonas arruinadas onde os morcegos espreitam, ela abre caminho pelas fezes acumuladas e vê uma fila se formar antes do amanhecer. Os aldeões, levados à indigência pela seca, vêm acobertados pelo escuro, escondendo a humilhação, encher seus jarros suplicantes. Atrás da fila de sedentos eleva-se, como um fantasma, a alta sombra negra de uma muralha com ameias. Uma mulher da aldeia explica com poucas insuspeitadas palavras do inglês que essa fortaleza chamuscada era, em tempos idos, a parte maior da residência do príncipe. Grandes tesouros se perderam quando queimou; e vidas também.

Quando aconteceu isso?

No tempo de antes.

Ela começa a entender a amargura dele. Outra princesa, conta miss Maharaj, uma viúva ainda mais empobrecida que nós, recentemente deu fim à vida bebendo fogo. Esmigalhou os diamantes da herança em um copo e bebeu.

Então mr. Maharaj, ao visitar a América, transformara-se em uma ilusão de sofisticação e inovação, conquistara-a com uma desesperada encenação. Aprendeu a falar como homem moderno, mas na verdade é impotente diante do presente. A seca, seu desapego, a decisão da história de virar o rosto, essas coisas são a ruína dele. Na Grécia, o atleta que vencia a corrida olímpica tornava-se uma pessoa de alto nível em seu estado de origem. Mr. Maharaj, porém, apodrece, igual a sua casa. O próprio quarto dela começa a parecer o auge do luxo. Vidro nas janelas, um ventilador elétrico que gira devagar. Um telefone que às vezes tem linha. Uma tomada para o plugue de seu laptop, a possibilidade intermitente de estabelecer um link de modem com aquele outro planeta, a sua vida pregressa.

Ele não a levou a seu quarto porque tem vergonha.

Sentindo a vida que cresce dentro dela, ela quer perdoar o pai, ajudá-lo a sair do passado para aquele presente fluido, metamórfico que foi a vida real dela. Fará tudo o que puder. Ela é "América" e traz a chuva.

Insistentemente ela desperta, suando, nua, com miss Maharaj murmurando a seu lado. É, um bom corpo, podia ser corpo de dançarina. Vai queimar bem.

Não toque em mim! (Ela está alarmada.)

Todas as noivas por aqui são trazidas de longe. E, quando os homens terminam de gastar seus dotes, então o pássaro de fogo vem.

Não me ameace! (Perplexa.)

Sabe quantas noivas ele teve?

Aterrorizada, furiosa, confusa, ela o confronta. É verdade? Por isso é que sua irmã nunca se casou, por isso fica debaixo de seu teto, para protegê-las, todas as solteironas da aldeia, moças e velhas? Essa interminável aula de dança de virgens de vida inteira, medrosas demais para arrumar marido?

É verdade que você queima suas noivas?

Ah, a maluca da minha irmã andou cochichando para você, ele ri. Ela entrou em seu quarto à noite, acariciou seu corpo, falou de água e fogo, da beleza da mulher e da natureza secreta, letal do homem. Falou do pássaro mágico, creio. O pássaro da morte.

Não, ela relembra, cuidadosamente. O primeiro a falar no pássaro de fogo foi você.

Furioso, mr. Maharaj a leva para a aula de dança da irmã. Ao vê-lo, as dançarinas tropeçam, os pés com pulseiras de guizos perdem o ritmo e, dissonantes, param. Por que estão aqui?, ele pergunta a elas, furioso. Contem para minha noiva por que vieram. São refugiadas ou alunas? Alunas, sir. Estão aqui por medo? Ah, por favor, sir, não estamos com medo. A inquisição dele é implacável, vociferante, e o tempo todo seus olhos não despregam da irmã. Miss Maharaj imóvel, alta e quieta.

A última pergunta é para ela. Quantas noivas eu tive? Quantas você diria? Os dois estão travados um na força do outro, irmão e irmã, um eterno prisioneiro do outro, fora da história, além do tempo. Miss Maharaj é a primeira a baixar os olhos. Ela é a primeira, diz.

Terminou. Ele se volta para olhar sua noiva e abre os braços. Você ouviu com seus próprios ouvidos. Não quero mais saber de lendas.

O calor é enlouquecedor. Bois esqueléticos morrem na grama marrom. Há dias em que nuvens amarelo-mostarda enchem o céu, pairando acima dos pântanos evanescentes do oeste. Até essa horrenda chuva amarela seria bem-vinda, mas ela não cai.

Todo mundo tem mau hálito. Todos exalam serpentes, gatos mortos, insetos, sapos. A respiração de todos é grossa, e cheira mal.

Apesar de todas as suas resoluções, o calor a hipnotiza. O bebê cresce. As dançarinas de miss Maharaj passam a negligenciar o fechamento de portas e janelas. Podem ser vislumbradas, aqui e ali, uma pintando o corpo da outra com cores quentes e desenhos loucos, fazendo amor, dormindo com os membros entrelaçados. Mr. Maharaj não vem a ela, não virá, enquanto ela estiver "ocupada". Mas toda noite miss Maharaj vem. Desde que o irmão humilhou a sua escola de dança, miss Maharaj pouco falou. À noite, pede apenas para sentar na cama, às vezes, quase meticulosamente, para tocar. Isso, a noiva americana de mr. Maharaj permite.

A saúde dela piora. Começa a suar, a tremer de febre. Sua merda parece lama rala. Só a fonte do palácio a salva da desidratação e da morte rápida. Miss Maharaj cuida dela, traz-lhe sal. O único médico das redondezas é um velho, fora do ar, inútil. Ambas as mulheres sabem que o bebê está correndo perigo.

Durante essas longas noites doentes, baixinho, distraída, a dançarina sexagenária fala.

Algo terrível aconteceu ali. Uma transformação irreversível. Sem que percebêssemos quando começou, de forma que não reagimos senão quando já era tarde demais, quando o novo jeito das coisas já havia se fixado, ocorreu uma ruptura terrível, definitiva, entre nossos homens e mulheres. Quando os homens dizem que temem a ausência de chuva, quando as mulheres dizem que temem a presença de fogo, é isso que queremos dizer. Algo liberou-se em nós. É tarde demais para domar isso agora.

Um dia, existiu aqui um grande príncipe. O último príncipe, pode-se dizer. Tudo nele era gigantesco, mitológico. O príncipe mais belo do mundo se casou com a noiva mais linda, uma legendária dançarina e tentadora, e tiveram dois filhos, uma menina e um menino. Ao envelhecer, a força dele minguou, seus olhos se apagaram, mas ela, a dançarina, recusou-se a apagar. Aos cinqüenta anos, tinha o aspecto de uma moça de vinte e um. À medida que a força do príncipe se esgotava, que aquele encanto que havia sido o cerne de seu poder deixava de exercer sua magia, aumentava o seu ciúme...

(Miss Maharaj encolheu os ombros, passou depressa para o fim da história.)

A fortaleza se incendiou. Ambos morreram. Ele desconfiara que a mulher recebia amantes, mas não houvera nenhum. Os filhos, deixados nas mãos de criados, sobreviveram. A filha tornou-se dançarina e o filho um esportista, e assim por diante. E os aldeões diziam que o velho príncipe, consumido pela raiva, se transformara em um pássaro gigante, um pássaro composto inteiramente de chamas, e esse pássaro é que queimara a princesa, e que retorna, agora, para, às ordens cruéis dos maridos, transformar outras mulheres em cinzas.

E você, pergunta a mulher doente na cama. O que você diz?

Não tenha condescendência por nós em seu coração, miss Maharaj replica. Não tome o anormal por insincero. Estamos presos em metáforas. Elas nos transfiguram e revelam o sentido de nossas vidas.

A doença cede e o bebê parece também estar bem. A volta da saúde é como uma cortina que se levanta. Ela está pensando por si mesma outra vez. Vai manter o filho, mas não ficará mais presa nesse lugar de fantasias com um homem que acha que não conhece. Irá para a cidade, voará de volta para a América e, depois que o filho nascer, o que for, será. Um divórcio rápido, claro. Ela não deseja impedir o pai de ver seu filho. Acesso extremamente livre, inclusive viagens ao Oriente, serão permitidos. Ela quer isso, quer que o filho conheça ambas as culturas. Basta! Hora de se comportar como adulta. Pode até continuar assessorando mr. Maharaj em suas necessidades financeiras. Por que não? É seu trabalho. Comunica sua decisão a miss Maharaj e a velha dançarina se encolhe, como se tivesse levado um tapa.

No meio da noite, a americana é despertada por um burburinho no palácio, em seus corredores e pátios. Veste-se, sai. Uma desarticulada armada de veículos motorizados se formou: um ônibus enferrujado, diversas motonetas, uma van de passageiros japonesa meio nova, um caminhão aberto, um jipe pintado de camuflagem. As mulheres de miss Maharaj estão se empilhando nos veículos, zangadas, cantando. Pegaram armas, armas domésticas que estavam à mão, paus, ferramentas de jardim, facas de cozinha. À frente delas, acelerando o jipe, gritando impaciente para sua tropa, está miss Maharaj.

O que está acontecendo?

Não é de sua conta. Você não acredita em fadas. Você vai voltar para casa.

Vou com você.

Miss Maharaj trata mal o jipe, dirigindo em alta velocidade sobre solo irregular, sem faróis. O comboio heterogêneo se sacode atrás. Rodam à luz derretida da lua cheia.

Adiante delas paira um arco de pedra em ruínas, entrada para o nada, ao lado de uma árvore caída. A armada se detém, acende os faróis. O grupo de dançarinas atravessa o portão, como se fosse a única entrada possível para o campo aberto e vazio adiante, como se fosse o portal para outro mundo. Quando ela, a americana, faz a mesma coisa, tem de novo aquela sensação: de atravessar uma membrana invisível, um espelho, para outro tipo de verdade; para a ficção.

Um tableau iluminado pela luz de veículos motorizados. Lembra do velho noivo indo ao encontro de sua jovem noiva importada? Ali está ele de novo, culpado, assassino, e sua jovem esposa, perplexa, a seu lado.

Ao fundo, silhuetadas, as figuras dos aldeões homens.

Na frente do infeliz casal está mr. Maharaj.

As mulheres explodem numa gritaria diante da cena sem encanto, depois estacam irregularmente, intimidadas pela presença de mr. Maharaj. A irmã enfrenta o irmão. Alguém deixou o farol piscando. Os rostos dos irmãos rebrilham em branco, amarelo, vermelho sob os faróis. Falam numa língua que a americana não consegue entender, é uma ópera sem legendas, ela tem de inferir o que estão dizendo por suas ações, de seus pensamentos fazer atos e, assim, tão claro como se entendesse cada sílaba, ouve miss Maharaj ordenar ao irmão: o que começou com nossos pais termina agora, e a resposta dele, uma resposta que não tem sentido no mundo além do portão em ruínas, que ele pronuncia à medida que seu corpo se transforma em fogo, que as asas explodem dele, que os olhos ardem; suas palavras pairam no ar quando o hálito do pássaro de fogo chamusca miss Maharaj, a queima até virar cinza e então se volta para a noiva do velho, que grita.

Eu sou o ninho do pássaro de fogo.

Alguma coisa se solta dentro da americana quando vê miss Maharaj queimar, alguma cadeia se rompe, algum limite de possibilidade é ultrapassado. Liberada, ela se abate sobre mr. Maharaj como uma onda e as furiosas dançarinas vertem atrás dela, chiando, irresistíveis. Sentem as fronteiras de seus corpos se romperem e as águas vertem para fora, o imenso peso esmagador da chuva, afogando o pássaro de fogo e seu ninho, jorrando sobre a terra endurecida pela seca que não sabe mais como absorver a enchente que arrebata o velho tolo e seus companheiros assassinos, limpa a região de seus horrores, de suas tragédias arcaicas, de seus homens.

A enchente se abranda, como a raiva. As mulheres voltam a ser elas mesmas e o universo também retoma sua forma usual. As mulheres se juntam pacientemente debaixo do velho arco de pedra, à escuta de helicópteros, esperando ser resgatadas da enchente de si mesmas, libertadas do medo. Quanto à americana, sua forma continuará a mudar. O filho de mr. Maharaj vai nascer, não aqui, mas no país dela, ao qual ela logo voltará. Expandindo-se, ela acaricia o útero que incha. A nova vida que cresce dentro dela será ao mesmo tempo fogo e chuva.

Novembro de 1998

Traduzido do inglês por José Rubens Siqueira

Telefone celular

Ingo Schulze

Eles vieram na noite de 20 para 21 de julho, entre meia-noite e meia-noite e meia. Não terão sido muitos, cinco, seis sujeitos, talvez. Só ouvi as vozes e a quebradeira. Provavelmente, nem mesmo perceberam que havia luz no bangalô. O quarto de dormir dá para os fundos e as cortinas estavam cerradas. Era a primeira noite abafada havia tempos e era o início da nossa última semana de férias. Eu ainda estava lendo — Stifter, "A pasta do meu bisavô".

Constanze tinha sido convocada por telegrama para terça-feira cedo, às oito, no jornal em Berlim. Aparentemente, sua secretária fornecera nosso endereço. A série sobre os lugares preferidos de Fontane ameaçava interromper-se, porque os artigos prometidos não chegaram pontualmente ou sequer apareceram. Esta é a desvantagem quando não se viaja para longe. Ambos, com mais ou menos freqüência — eu trabalho na editoria de esporte, Constanze no Folhetim —, estamos o ano inteiro em trânsito e não temos nenhuma vontade de passar também nossas férias em hotéis ou sentados por aí, em salas de embarque de aeroportos. No verão passado, alugamos pela primeira vez este bangalô, vinte marcos por dia, cinco metros quadrados, em Prieros, a sudeste de Berlim, distante exatos quarenta e seis quilômetros da porta de nossa casa, um lote de esquina, depois de dois flancos de floresta de pinheiros, ideal no calor.

Sozinho era estranho. Não que eu tivesse medo, mas ouvia cada graveto que caía, cada pássaro que saltitava sobre o telhado, cada rumorejar.

Quando penetraram pelas ripas da cerca, o estrondo era como disparos e depois foi aquela gritaria. Apaguei a luz, vesti uma calça e fui até a frente — à noite, a veneziana que dá para fora fica sempre levantada. Apesar disso, não enxerguei nada. De repente, houve um barulho surdo. Alguma coisa pesada fora derrubada. Eles berravam. Eu queria acender a lâmpada externa para mostrar que havia alguém aqui, para que esses idiotas não acreditassem que passavam despercebidos. Um par de vezes ainda estrondou e então seguiram adiante.

Sentia o suor até nas pernas. Lavei-me ainda uma vez. Depois, da cama, abri a janela. Havia refrescado um pouco lá fora. Quase não se ouvia mais os rapazes. Finalmente, tudo ficou de novo em silêncio.

De manhã, por volta das sete, o celular tocou. "Tocar" é na verdade uma expressão imprópria. Era antes um "tulululutut, tulululutut" progressivamente mais alto, o qual me era caro e familiar, pois anunciava Constanze. Só ela sabia o número.

Enquanto Constanze falava sobre como estava insuportavelmente quente em Berlim e perguntava por que eu não a havia impedido de voltar para aquela cidade associal, saí com o celular para a manhã ensolarada e calma e inspecionei a devastação. Três grades da cerca estiravam-se sobre o caminho. O poste de cimento entre elas estava rompido pouco acima do chão e tombara. Do toco, sobressaíam dois suportes de aço tortos. No portão, os vândalos haviam girado o tubo do porta-jornais para a posição vertical. Ali, imediatamente abaixo, descobri o teto e a parede de trás da casinha de pássaros. Contei sete ripas afundadas e quatro arrancadas. Constanze disse que apenas agora a completa maldade daquele telegrama tornava-se consciente para ela. Eu não deveria realmente tê-la deixado partir.

Para não sobrecarregar Constanze — sempre, rapidamente, invadia-lhe a sensação de que isto ou aquilo seria um mau presságio —, calei-me sobre a visita noturna. Teria sido de qualquer jeito difícil interrompê-la. Até nossos antecessores no bangalô receberam sua cota de crítica porque tinham retirado o fusível sem pensar na geladeira, cheia ainda pela metade, e, além disso, não havia roupa de cama suficiente. De repente, Constanze gritou que precisava sair, disse ainda que me amava e desligou.

Arrastei-me de novo até a cama. Naturalmente, essa destruição não era nada que eu devesse tomar como pessoal e a explicação era também relativamente simples. Os apenas dois mil metros quadrados de terreno que pertencem ao bangalô são para arrendamento. Em 2001, no mais tardar 2004, termina o contrato. Encerra-se então esse período de transição e nossos conhecidos precisarão vir até aqui. Por isso, há anos já não investem mais nada. Em alguns pontos, onde a madeira está podre demais para pregos, o arame mantém a cerca unida.

No outono anterior, Constanze havia escrito um artigo sobre a polícia nova-iorquina e sua nova filosofia. Lembrei-me do exemplo do carro semanas a fio parado na rua sem funcionar. Lixo vai se acumulando à volta. Presos sob os limpadores do pára-brisa, juntam-se papéis de propaganda amarelecidos. Certa manhã, de repente, falta uma roda. Dois dias mais tarde, desaparecem a placa e as rodas restantes. Na seqüência, um vidro de janela é apedrejado e já não há como conter o processo. O carro irrompe em chamas. Conclusão: nem mesmo um primeiro cantinho de sujeira poderia aparecer. Com uma cerca em ordem, nada disso teria acontecido. Logo iriam nos apedrejar as vidraças. Estava contente por Constanze não ter vivido isso. Juntos, teríamos provavelmente cometido uma imprudência ou ela teria ficado dias inteiros deprimida.

Pelas dez, me levantei para remover as grades da cerca e desobstruir o caminho. Quando levantei a primeira, ela quebrou-se. Com os pregos destacados sobressaindo, as ripas assemelhavam-se ao arsenal militar de Thomas Müntzer.* Primeiro, lancei-as todas amontoadas numa pilha. Então, comecei a trazê-las para o depósito. Deixá-las ali jogadas, acessíveis a qualquer um, me parecia demasiado perigoso. Talvez eu estivesse exagerando. Contudo, era fato que agora não mais protegia o bangalô uma barreira simbólica.

Nessa situação, possuir um celular já era um consolo. Nos últimos dias, até havia me tornado mais familiarizado com ele, pois trouxera comigo para Prieros o envelope normalmente guardado por Constanze, onde ficavam todos os documentos e manuais, e assim, finalmente — para surpresa dela —, tinha aprendido a salvar e armazenar números e ativar a caixa postal.

O "Olá!" de uma voz masculina sobressaltou-me. Estatura mediana, de sandálias e pulôver, um homem estava parado no portão e perguntava o que afinal os vândalos tinham aprontado em nossa casa.

Na sua cerca faltavam duas ripas.

"Uma cerca de ripas cruzadas em treliça cerrada!", ele disse. "O senhor imagina a força necessária para isso?"

O pior para ele fora o afundamento no capô do seu Fiat Punto. Tinha procurado o projétil por toda parte, mas não ha-

* Thomas Müntzer (1489-1525): teólogo revolucionário que lutou contra a opressão e a exploração dos camponeses e se opôs a Lutero. (N. T.)

via encontrado nada. Seu penteado de ouriço abaulava-se como um gorro de peles sobre sua testa.

"Sempre acontece isso nas férias", ele falou. "Tudo gente jovem. Sempre nas férias."

Levei-o a dar uma volta por ali. Ele se incumbiu de sua inspeção minuciosamente, até acocorou-se várias vezes, como se procurasse pistas. Encontrou ainda partes da casinha de pássaros e recolocou o tubo dos jornais na horizontal. Depois, me ajudou a carregar o resto da cerca para o depósito. À noite, já havia notificado a polícia e evidentemente não sossegou até que tivessem prometido mandar alguém.

"Uma coisa o senhor deve saber", ele disse. "Para eles, isto é ninharia. Tão subaproveitados como são, totalmente subaproveitados..."

O que contei sobre a polícia de Nova York lhe interessava e prometi enviar-lhe o artigo de Constanze.

"O senhor me dá seu número de celular?", ele perguntou, subitamente.

"Meu número de celular? Não tenho a menor idéia de qual seja."

Sua ruga na testa puxou os cabelos de cerda para baixo, de modo que os mais frontais dirigiram-se para mim.

"Preciso dar uma olhada", eu disse, e perguntei o que ele planejava, caso os caras realmente voltassem.

"Primeiro, dar parte", ele respondeu lacônico, como se receasse me deter sem necessidade.

No bangalô, sentei-me na cama com o envelope na mão. Jamais havia desejado um celular até que Constanze teve a idéia do celular *one-way*. Telefonar, sim; receber telefonemas, não — exceto os dela, naturalmente. Mesmo se eu tivesse querido dar o número a alguém, precisaria ter perguntado a Constanze. De fato, não sabia qual era. Agora, porém, o envelope com todos os documentos não estava mais na gaveta de sua escrivaninha, e sim sobre meus joelhos.

Ao copiá-lo, percebi que nosso número terminava em 007.

"A propósito, me chamo Neumann", ele falou e me estendeu um papel de nota fiscal sobre o qual havia rabiscado seu número. No mesmo instante, o celular tocou. E, despedindo-se precipitadamente, ele retirou-se.

Na redação, tudo havia transcorrido consideravelmente mal. Constanze precisava ficar em Berlim pelo menos mais dois dias. Comentou que os cortes no Folhetim também haviam provocado problemas internos. Eu nem sabia de quais cortes ela falava. Não tínhamos ouvido nenhuma rádio porque faltava a tecla UHF.

Constanze continuava enfurecida e pensava que aqueles senhores, passado o campeonato mundial de futebol, não sabiam mais o que fazer; por isso empertigavam-se dessa maneira e davam-se ares de importância.

Informei-lhe a respeito da noite anterior. Ela apenas disse: "Venha para cá, então".

"Sim", respondi, "amanhã." Não queria dar a impressão de agir como um covarde. Além disso, o calor ali era consideravelmente mais suportável.

Dei uma arrumada geral nas coisas. Caso a polícia realmente aparecesse, não deviam pensar que para nós era de todo modo indiferente se algo acontecesse ou não. E em hipótese alguma eu devia esquecer de lhes dizer que o terreno é apenas para aluguel, um lote que dá para o oeste. Por fim, varri o terraço.

À tarde, falei também com outros da vizinhança. Combinamos acionar à noite todas as lâmpadas disponíveis. Posicionamos nossos carros de tal maneira que os faróis focalizassem a cerca, para cegar inesperadamente os sujeitos e, quem sabe, poder fotografá-los. Agíamos conforme a divisa: muita gente, barulho, luz. Entre nós, moradores dos bangalôs, havia se desenvolvido uma forma de solidariedade do tipo velho-oeste-selvagem. A polícia, afinal, não deu as caras e ninguém perdeu com isso uma palavra a mais.

Como forma de agradecimento, disquei o número de Neumann. A idéia de estar ligado a alguém por satélite — por sobre o universo, portanto — já havia me inebriado algumas vezes. Que nós fôssemos vizinhos, distantes um do outro nem mesmo trezentos metros, apenas fazia a coisa ainda mais fantástica. Mas, no lugar de Neumann, uma mulher me informou que minha chamada seria encaminhada a um sistema de caixa postal automático. Ela disse: "Esta é a caixa postal de..." — sucedeu-se uma pausa e então escutei uma voz que, num desgarramento galáctico, pronunciava um nome: Harald Neumann. Um calafrio percorreu meus braços, subindo até os ombros. Não me ocorria nenhuma situação na qual tivesse escutado alguém pronunciar o próprio nome com tal desalento. Naturalmente, a voz de amigos também produzia esse efeito em suas secretárias eletrônicas e eles soavam perturbados ou solitários, na maior parte dos casos. Porém Neumann não apenas soava perdido ou abandonado, mas como se finalmente se envergonhasse de usar um nome.

Pouco mais tarde, houve uma trovoada curta. Vi Neumann sair da mata com um cesto repleto de cogumelos. Já de longe, ele gritava: "Igual nabos!". E queria dizer que em semelhante clima pode-se apanhar e juntar cogumelos como numa colheita de nabos. Convidou-me para comer.

Comparado com nosso barraco, seu bangalô era um pequeno palácio, com televisão e som estéreo, poltronas de couro e dois banquinhos de bar. Neumann serviu vinho tinto e pão branco para acompanhar os cogumelos. Depois, jogamos xadrez e fumamos juntos um maço inteiro de cigarros. Parecia não haver nenhuma relação entre o Neumann à minha frente e o que declamava seu nome para a caixa postal. Apesar disso, me senti intimidado de perguntar-lhe sobre a família e a profissão. Por si mesmo, ele não disse nada a respeito.

Com a noite, as nuvens se coloriram de rosa sobre o lago. Preparei a grande lanterna de mão e tinha comigo o número de Neumann.

Depois das dez, os relâmpagos cintilaram tão regularmente como a luz da torre de um farol. Seguiu-se uma chuva torrencial. Então, já estava claro para mim que nessa noite ninguém viria.

Na manhã seguinte, arrumei todas as malas, dei mais uma limpada geral e me despedi dos vizinhos. Não me encontrei com Neumann. Provavelmente, estava de novo na floresta. Não creio que as pessoas ali tivessem a impressão de que eu era um covarde. Elas viram que Constanze de fato não estava mais lá. Assim, tudo conferia e estava bem de acordo com o que eu dizia. Difícil revelou-se o telefonema para nossos conhecidos, os locatários. Eles queriam que eu cuidasse da cerca. No depósito, encontraria mais estacas. Mas já tinha perdido uma manhã inteira com a geladeira, era suficiente.

No final de setembro, o celular tocou no meio da noite. Num primeiro momento, pensei que fosse o "piiip" que indicava a bateria fraca. Na verdade, era o tulululut que, a cada vez, ficava mais alto. No escuro, apalpei de um lado a outro sobre a penteadeira de Constanze.

Passei a ponta do dedo indicador rapidamente sobre as teclas — eu precisava da mais central, na segunda fileira a partir de cima. O sinal de chamada tinha se tornado insuportavelmente alto.

"Os caras estão de novo aqui. Estão quebrando, fazendo o

maior estrondo", ele gritou. E após uma curta pausa: "Alô! Aqui é o Neumann! Estão arrebentando tudo outra vez! Você está escutando?".

"Mas eu não estou mais aí!", eu disse, por fim.

"Como eles golpeiam!"

Do lado de Constanze, a luz se acendeu. Ela sentou-se na beira da cama e balançou a cabeça. Com a mão livre, tapei a fresta do microfone. "Um vizinho de Prieros." Eu sentia o suor em cada poro. Nunca havia mencionado a troca de números com ele, porque de todo modo não iríamos mais para Prieros, pelo menos não para aquele bangalô.

"Você está sozinho?"

"Apesar de tudo, alguém precisa ficar de guarda", disse Neumann.

"Está sozinho?"

"Se algo aconteceu? Ora, caso contrário, não estaria telefonando... Estão quebrando minha cerca, esses caras nojentos."

"Você chamou a polícia?"

Neumann gargalhou, bebeu alguma coisa e engasgou. "Você é um bom sujeito...", disse.

Jamais lhe enviara o artigo de Constanze sobre Nova York.

"O que você quer?", perguntei.

"Ouça os estrondos!"

Pressionei o aparelho contra o ouvido, mas foi em vão.

"Agora eles estão na caixa do correio", ele gritou. "Bem que precisam fazer um belo esforço! Nem mesmo dois juntos dão conta disso, esses candelabros... Vou mostrar a eles como se faz. Agora basta..."

"Fique onde está!", gritei.

Constanze estava parada à porta, com o dedo na testa. No vestíbulo, disse algo que não compreendi.

"Alô?", disse Neumann.

"Sim", respondi. Ou ele se dirigia aos sujeitos na cerca? Prossegui: "Fique dentro da casa! Não faça papel de herói! Não queira dar uma de herói".

"Foram embora", ele disse, admirado. "Nenhum mais à vista."

Novamente ele pareceu tomar um gole.

"Então, como vão as coisas com você por aí?", ele perguntou.

"Permaneça na casa", eu disse. "Você não deve sair sozinho assim. No final de semana talvez, está me escutando? Não durante a semana."

"Quando virá outra vez para cá? Temos ainda uma partida em aberto. Ou quer jogar xadrez à distância? Pode me dar seu endereço? Sequei cogumelos, um saco cheio de cogumelos."

"Senhor Neumann", eu disse, e não soube mais o que acrescentar.

"O contêiner", ele berrou, subitamente. "Meu contêiner de lixo!"

"Acalme-se", eu disse. Gritei ainda um par de vezes "Alô?" e "Senhor Neumann". Depois ouviu-se apenas o sinal e na telinha apareceu: fim da ligação.

Constanze entrou novamente no quarto, deitou-se do seu lado com o rosto virado para a parede e puxou a coberta sobre os ombros. Tentei esclarecer toda a história. Que eu, de início, tinha hesitado, mas, em seguida, até me sentira contente de poder oferecer ajuda a um vizinho num caso de necessidade. Constanze não se moveu. Falei que me preocupava com Neumann. Que, no entanto, não tinha seu número, o qual havia ficado no bangalô, no pratinho com as chaves.

"Talvez ele ligue de novo", ela respondeu. "E agora vai acontecer decerto com mais freqüência. Mas você não dá a ninguém o número, não é mesmo?"

Em tais instantes, creio que nos sentimos ambos de tal forma decepcionados um com o outro que nos detestamos.

Fui para meu escritório buscar o recarregador de bateria para o celular. Quando voltei, ela disse: "Ligue então para Informações".

"Não sei o primeiro nome do Neumann."

Não mentia. Mas, no momento seguinte, ouvi outra vez nitidamente aquela voz indizível, quando ele pronunciava seu nome para a caixa postal. Harald Neumann.

"E se ele passar o número adiante?" Constanze virou-se para mim, se escorando.

"E por que afinal ele o faria?"

"Imagine você mesmo!"

"Constanze", eu disse. "Isto é uma estupidez."

"Apenas imagine!" Ela puxou novamente para cima a alça da camisola, que havia deslizado de seu ombro esquerdo. Porém a alça não se manteve no lugar. "Pense em todos ali que poderiam então nos telefonar", ela disse, "todos aqueles vizinhos!"

"Nosso número está no catálogo telefônico, um número completamente normal. Qualquer um pode nos ligar."

"Não é isso que estou querendo dizer. Então uma casa pega fogo ou é bombardeada e alguém sai correndo para fora com nada além de seu celular porque, por acaso, tinha-o em sua jaqueta ou no bolso da calça... Pois bem. É com um tipo desses que você pode falar agora."

Conectei o recarregador na tomada ao lado da cama.

"Isso pode perfeitamente acontecer", disse Constanze. Ela readquiria seu tom de professora de colégio. "Alguém te telefona do Kosovo ou do Afeganistão ou dali onde houve aquela inundação violenta. Ou um dos que morreram congelados no monte Everest. Você pode conversar com ele até o fim. Ninguém pode ajudá-lo, mas você escuta suas últimas palavras."

Ela continuou a falar, apoiada sobre o cotovelo, com o ombro esquerdo nu, e olhava fixamente na direção da ponta do travesseiro que ficava levemente para cima.

"Imagine com quem então você está mexendo e terá que se haver! Ninguém precisa mais estar só."

Não fazia sentido ligar para Informações, pois era inútil telefonar para Neumann. Além disso, eu tinha medo que a voz feminina aparecesse e então Neumann dissesse novamente seu nome.

Na telinha do celular apareceu o símbolo de recarregamento da bateria: os contornos de uma pequena pilha sobre a qual, em três níveis, deslocava-se uma barra oblíqua. Foi a última coisa que vi, antes de apagar a luz. No escuro, Constanze disse: "Acho que me separaria de você".

Eu escutava sua respiração e seus movimentos e esperava o tululutut.

A veneziana do quiosque da banca de jornal já tinha matraqueado quando nossas mãos tocaram-se por acaso. Foi necessária ainda uma eternidade até que ousássemos nos aproximar. Contudo, nos atiramos então um sobre o outro, como já há muito não mais fazíamos, como se a insônia nos tivesse enlouquecido.

Não sei quando esse tulululut começou. Ele veio de algum lugar distante, talvez como o chamado de um avião ou de um navio, primeiro fraco e impreciso. Gradualmente, tornou-se mais alto e veio para mais perto, mais e mais alto, sobrepujando tudo mais, de tal maneira que, por um instante, me pareceu que eu e Constanze nos movíamos em completo silêncio. Só esse tulululut era audível — até que bruscamente ele rompeu-se, houve paz e então calou-se como nós.

Traduzido do alemão por Laura Barreto

Morte constante além do amor

Gabriel García Márquez

O senador Onésimo Sánchez tinha ainda seis meses e onze dias antes de morrer quando encontrou a mulher de sua vida. Conheceu-a em Rosal del Virrey, um povoadinho ilusório que de noite era uma baía furtiva para os barcos dos contrabandistas e, por outro lado, a pleno sol parecia o canto mais inútil do deserto, diante de um mar árido e sem rumo, e tão afastado de tudo que ninguém desconfiaria que ali pudesse viver alguém capaz de mudar o destino de ninguém. Até seu nome parecia uma brincadeira, pois a única rosa que jamais se viu naquele povoado foi levada pelo próprio senador Onésimo Sánchez na mesma tarde em que conheceu Laura Farina.

Era uma escala inevitável na campanha eleitoral de cada quatro anos. De manhã, tinham chegado os furgões do festival. Depois, chegaram os caminhões com os índios de aluguel que levavam pelos povoados para completar as multidões dos atos públicos. Pouco antes das onze da manhã, com música, foguetes e os jipes da comitiva, chegou o automóvel ministerial cor de refresco de morango. O senador Onésimo Sánchez estava sossegado e sem pressa dentro do carro refrigerado, mas assim que abriu a porta estremeceu com um bafo de fogo e sua camisa de seda natural ficou empapada por uma sopa lívida, e sentiu-se muitos anos mais velho e mais sozinho que nunca. Na vida real, acabava de completar quarenta e dois anos, tinha se formado engenheiro metalúrgico com louvor em Göttingen e era um leitor perseverante, embora sem muito sucesso, dos clássicos latinos mal traduzidos. Estava casado com uma alemã radiante com quem tinha cinco filhos e eram todos felizes em sua casa, ele o mais feliz de todos até que lhe anunciaram três meses antes que estaria morto para sempre no Natal seguinte.

Enquanto terminavam os preparativos da manifestação pública, o senador conseguiu ficar sozinho por uma hora na casa que tinham reservado para ele descansar. Antes de deitar, pôs na água de beber uma rosa natural que tinha conservado viva através do deserto, almoçou os cereais de regime que levava consigo para escapar das repetidas fritadas de carneiro que esperavam por ele no resto do dia, e tomou vários comprimidos analgésicos antes da hora prevista, para que o alívio chegasse antes da dor. Depois, ligou o ventilador elétrico muito perto da rede e se estendeu, nu, durante quinze minutos, na penumbra da rosa, fazendo um grande esforço de concentração mental para não pensar na morte enquanto cochilava. Além dos médicos, ninguém sabia que estava condenado a um prazo fixo, pois tinha decidido sofrer sozinho o seu segredo, sem nenhuma mudança de vida, e não por soberba, mas por pudor.

Sentia-se em pleno domínio de suas faculdades mentais quando voltou a aparecer em público às três da tarde, repousado e limpo, com uma calça de linho cru e uma camisa de flores pintadas, e com a alma ocupada pelos comprimidos para a dor. Porém, a erosão da morte era muito mais pérfida do que ele supunha, e ao subir à tribuna sentiu um especial desprezo pelos que disputavam a sorte de apertar sua mão, e não se compadeceu como em outros tempos com as caravanas de índios descalços que mal suportavam as brasas do cascalho da pracinha estéril. Silenciou os aplausos com um gesto de mão, quase com raiva, e começou a falar sem gestos, com os olhos fixos no mar que suspirava de calor. Sua voz pausada e profunda tinha a qualidade da água em repouso, mas o discurso aprendido de cor e tantas vezes martelado não havia surgido para dizer a verdade, e sim como oposição a uma frase fatalista do livro quarto das memórias de Marco Aurélio.

"Estamos aqui para derrotar a natureza", começou, contra todas as suas convicções. "Não seremos mais os enjeitados da pátria, os órfãos de Deus no reino da sede e da intempérie, os exilados em nossa própria terra. Seremos outros, senhoras e senhores, seremos grandes e felizes."

Eram as fórmulas de seu circo. Enquanto falava, seus ajudantes jogavam no ar punhados de passarinhos de papel e os falsos animais ganhavam vida, revoluteavam sobre o palanque de tábuas e sumiam no mar. Ao mesmo tempo, outros tiravam dos furgões umas árvores de teatro com folhas de feltro e as semeavam atrás da multidão no chão de salitre. Por último, armaram uma fachada de papelão com casas falsas de tijolos vermelhos e janelas de vidro, e taparam com ela os barracos miseráveis da vida real.

O senador prolongou o discurso com duas citações em latim, para dar tempo ao teatro. Prometeu as máquinas de fazer chuva, os criadores portáteis de animais de mesa, os azeites da felicidade que fariam crescer legumes no cascalho e cachos de amor-perfeito nas janelas. Quando viu que seu mundo de ficção estava pronto, apontou-o com o dedo.

"Seremos assim, senhoras e senhores", gritou. "Olhem. Seremos assim."

O público se voltou. Um transatlântico de papel pintado passava por trás das casas e era mais alto que as casas mais altas da cidade de artifício. Só o próprio senador notou que, à força de ser armado e desarmado e levado de um lugar para outro, também o povoado de papelão sobreposto estava carcomido pela intempérie, e era quase tão pobre, empoeirado e triste como Rosal del Virrey.

Pela primeira vez em doze anos, Nelson Farina não foi cumprimentar o senador. Escutou o discurso em sua rede, entre os retalhos da sesta, debaixo da pérgula fresca de uma casa de tábuas sem aplainar que havia construído com as mesmas mãos de boticário com que esquartejara a primeira mulher. Fugira da penitenciária de Cayena e aparecera em Rosal del Virrey num navio carregado de inocentes araras, com uma negra bonita e blasfema que encontrou em Paramaribo e com quem teve uma filha. A mulher morreu de morte natural pouco tempo depois e não teve a sorte da outra, cujos pedaços alimentaram sua própria horta de couve-flor, mas foi enterrada inteira e com seu nome de holandesa, no cemitério local. A filha herdara sua cor e seus tamanhos, e os olhos amarelos e atônitos do pai, e este tinha razões para supor que estava criando a mulher mais linda do mundo.

Desde que conhecera o senador Onésimo Sánchez na primeira campanha eleitoral, Nelson Farina suplicara sua ajuda para conseguir uma falsa carteira de identidade que o colocasse a salvo da justiça. O senador, amável, mas firme, havia negado. Nelson Farina não se rendeu durante vários anos e cada vez que achava uma ocasião reiterava a solicitação com um recurso diferente. Mas sempre recebeu a mesma resposta. De modo que dessa vez ficou na rede, condenado a apodrecer vivo naquele tórrido pouso de piratas. Quando ouviu os aplausos finais, esticou a cabeça e, por cima das estacas da cerca, viu o avesso da farsa: os suportes dos edifícios, as armações das árvores, os ilusionistas escondidos empurrando o transatlântico. Escarrou seu rancor.

"*Merde*", disse, "*c'est le Blacaman de la politique.*"

Depois do discurso, como de costume, o senador fez uma caminhada pelas ruas do povoado, em meio à música e aos foguetes, assediado pela gente, que lhe contava seus problemas. O senador os escutava de bom grado e sempre encontrava uma forma de consolar a todos sem lhes fazer favores difíceis. Uma mulher trepada no telhado de sua casa, no meio de seus seis filhos menores, conseguiu se fazer ouvir por cima da bulha e dos estouros de pólvora.

"Não peço muito, senador", disse, "só um burro para trazer água do poço do Enforcado."

O senador observou os seis meninos esquálidos.

"Cadê o seu marido?", perguntou.

"Foi tentar a vida na ilha de Aruba", respondeu a mulher de bom humor, "e o que encontrou foi uma estrangeira das que botam diamante nos dentes."

A resposta provocou um estrondo de gargalhadas.

"Tudo bem", resolveu o senador, "vai receber o seu burro."

Pouco depois, um ajudante seu levou à casa da mulher um burro de carga, em cujo lombo haviam escrito com tinta permanente um slogan eleitoral, para ninguém esquecer que era um presente do senador.

No breve trajeto da rua, fez outros gestos menores e além disso deu remédio a um doente cuja cama havia sido levada até a porta da casa para vê-lo passar. Na última esquina, entre as estacas do pátio, viu Nelson Farina na rede e ele pareceu-lhe cinzento e murcho, mas cumprimentou-o com frieza: "Como está?".

Nelson Farina virou-se na rede e o deixou ensopado com o âmbar triste de seu olhar.

"*Moi, vous savez*", disse.

Sua filha saiu ao pátio ao ouvir a saudação. Usava uma bata caipira ordinária e gasta, a cabeça enfeitada com fitas coloridas e o rosto pintado contra o sol, mas mesmo naquele estado de negligência era possível pensar que não existia outra mais bela no mundo. O senador ficou sem fôlego.

"Caralho!", suspirou, assombrado, "as loucuras que Deus inventa!"

Nessa noite, Nelson Farina vestiu a filha com suas melhores roupas e mandou-a para o senador. Dois guardas armados de rifles, que cabeceavam no calor da casa emprestada, mandaram que esperasse na única cadeira do vestíbulo.

O senador estava no aposento ao lado, reunido com as autoridades de Rosal del Virrey, a quem havia convocado para cantar as verdades que ocultava nos discursos. Eram tão parecidos com os que compareciam sempre em todos os povoados do deserto que o próprio senador sentia-se empanzinado da mesma sessão todas as noites. Estava com a camisa ensopada de suor e tentava secá-la no corpo com a brisa quente do ventilador elétrico que zunia como uma mosca na modorra do quarto.

"Nós, é claro, não comemos passarinhos de papel", disse. "Vocês sabem tanto quanto eu que o dia em que existirem árvores neste cagadouro de cabritos, no dia em que houver peixes em vez de vermes nas poças, nesse dia nem vocês nem eu teremos mais nada que fazer aqui. Estou certo?"

Ninguém respondeu. Enquanto falava, o senador havia arrancado uma gravura do calendário e fizera com as mãos uma borboleta de papel. Colocou-a na corrente de ar do ventilador, sem nenhum propósito, e a borboleta revoluteou dentro do quarto e saiu depois pela porta entreaberta. O senador continuou falando com um domínio que se apoiava na cumplicidade da morte.

"Então", disse, "não tenho que repetir aquilo que já sabem

de sobra: que a minha reeleição é melhor negócio para vocês que para mim, porque estou por aqui de águas podres e de suor de índios e vocês, por outro lado, vivem disso."

Laura Farina viu a borboleta de papel sair. Só ela viu, porque os guardas do vestíbulo haviam adormecido nos bancos, abraçados aos fuzis. Depois de várias voltas, a enorme borboleta litografada se desdobrou inteira, bateu na parede e ficou ali pregada. Laura Farina tentou arrancá-la com as unhas. Um dos guardas, que despertou com os aplausos na sala contígua, advertiu que sua tentativa era inútil.

"Não dá para arrancar", disse, entre sonhos. "Está pintada na parede."

Laura Farina voltou a sentar quando os homens começaram a sair da reunião. O senador ficou na porta do quarto, com a mão na maçaneta, e só percebeu Laura Farina quando o vestíbulo ficou vazio.

"O que faz aqui?"

"*C'est de la part de mon père*", disse ela.

O senador entendeu. Esquadrinhou a guarda sonolenta, depois esquadrinhou Laura Farina, cuja beleza inverossímil era mais imperiosa que sua dor, e então resolveu que a morte decidiria por ele.

"Entre", disse a ela.

Laura Farina parou maravilhada na porta do aposento: milhares de notas de dinheiro voavam no ar, tremulando como a borboleta. Mas o senador desligou o ventilador, as notas ficaram sem ar e pousaram sobre as coisas do quarto.

"Está vendo?", sorriu, "até a merda voa."

Laura Farina sentou-se em um tamborete de escolar. Tinha a pele lisa e esticada, com a mesma cor e a mesma densidade solar do petróleo cru, e seus cabelos eram de crinas de potranca, os olhos imensos eram mais claros que a luz. O senador seguiu a direção de seu olhar e encontrou no final a rosa maltratada pelo salitre.

"É uma rosa", disse.

"É", disse ela com um traço de perplexidade, "já vi rosa em Riohacha."

O senador sentou-se num catre de campanha, falando das rosas, enquanto desabotoava a camisa. Nas costelas, onde achava que era o lugar do coração dentro do peito, tinha uma tatuagem pirata de um coração flechado. Jogou no chão a camisa molhada e pediu a Laura Farina que o ajudasse a tirar as botas.

Ela se ajoelhou diante do catre. O senador continuou a perscrutá-la, pensativo, e enquanto desamarrava a roupa dela se perguntou de qual dos dois seria a má sorte daquele encontro.

"Você é uma criança", disse.

"Está enganado", disse ela. "Vou completar dezenove anos em abril."

O senador se interessou.

"Que dia?"

"Onze", disse ela.

O senador se sentiu melhor. "Somos de Áries", disse. E acrescentou sorrindo: "É o signo da solidão".

Laura Farina não prestou atenção, porque não sabia o que fazer com as botas. O senador, por seu lado, não sabia o que fazer com Laura Farina, porque não estava acostumado aos amores imprevistos e, além disso, tinha consciência de que aquele tinha origem na indignidade. Só para ganhar tempo para pensar prendeu Laura Farina com os joelhos, abraçou-a pela cintura e estendeu-a de costas no catre. Compreendeu então que ela estava nua embaixo do vestido, porque o corpo exalou uma fragrância escura de animal da mata, mas tinha o coração assustado e a pele banhada por um suor glacial.

"Ninguém gosta da gente", ele suspirou.

Laura Farina quis dizer alguma coisa, mas o ar só lhe bastava para respirar. Deitou-a a seu lado para ajudá-la, apagou a luz e o quarto ficou na penumbra da rosa. Ela se abandonou à misericórdia de seu destino. O senador acariciou-a devagar, procurou com a mão tocando apenas, mas em vez do que esperava encontrar topou com uma coisa de ferro.

"O que tem aí?"

"Um cadeado", disse ela.

"Que disparate!", disse o senador, furioso, e perguntou o que sabia de sobra: "Onde está a chave?".

Laura Farina respirou aliviada.

"Está com meu pai", respondeu. "Disse para eu dizer para o senhor que mande buscar a chave por um funcionário e que mande junto um compromisso escrito de que vai ajeitar a situação dele."

O senador ficou tenso. "Francês filho-da-puta", murmurou indignado. Em seguida, fechou os olhos para relaxar e encontrou-se consigo mesmo no escuro. Lembre-se — lembrou-se — de que, seja você ou outro qualquer, estarão mortos dentro de um tempo muito breve e que pouco depois não restará de vocês nem sequer o nome. Esperou passar o calafrio.

"Me diga uma coisa", perguntou então. "O que ouviu dizer de mim?"

"Verdade verdadeira?"

"Verdade verdadeira."

"Bom", atreveu-se Laura Farina, "dizem que o senhor é pior que os outros, porque é diferente."

O senador não se alterou. Fez um longo silêncio, com os olhos fechados, e, quando os abriu de novo, pareceu voltar de seus instintos mais recônditos.

"Que caralho", decidiu, "diga ao filho-da-puta do seu pai que vou ajeitar esse assunto."

"Se quiser, eu mesma vou buscar a chave", disse Laura Farina.

O senador a reteve.

"Esqueça a chave", disse, "e durma um pouco comigo. É bom ficar com alguém quando a gente está sozinho."

Então ela se deitou no ombro dele com os olhos fixos na rosa. O senador abraçou-a pela cintura, escondeu o rosto em sua axila de animal da mata e sucumbiu ao terror. Seis meses e onze dias depois haveria de morrer nessa mesma posição, degradado e repudiado pelo escândalo público de Laura Farina, e chorando de raiva por morrer sem ela.

Traduzido do espanhol por José Rubens Siqueira

A idade de chumbo

Margaret Atwood

O homem esteve enterrado durante cento e cinqüenta anos. Fizeram um buraco no cascalho congelado, no fundo do subsolo de gelo permanente, e lá o colocaram para que os lobos não conseguissem chegar a ele. Ao menos, isso é o que se especula.

Quando cavaram o buraco, o subsolo de gelo permanente ficou exposto ao ar, que era mais quente. Isso fez o gelo derreter. Mas congelou de novo depois que o homem foi enterrado, de forma que quando foi trazido à superfície estava completamente encerrado em gelo. Tiraram a tampa do caixão e era como uma daquelas cerejas marasquino que se costumava congelar dentro de cubos de gelo para drinques tropicais elegantes: uma forma vaga, pairando dentro de uma nuvem sólida.

Então derreteram o gelo e ele veio à luz. Está quase igual a quando foi enterrado. A água gélida repuxou seus lábios sobre os dentes num esgar perplexo, e ele tem uma cor, em vez de rosada, bege, como uma mancha de molho na toalha, mas tudo ainda está lá. Tem até globos oculares, só que não são brancos, mas de um marrom-claro como chá com leite. Com esses olhos manchados de chá ele olha para Jane: um olhar indecifrável, inocente, feroz, surpreso, mas contemplativo, como um lobisomem a meditar, capturado num relâmpago de luz no momento exato de sua tumultuosa transformação.

Jane não assiste muito à televisão. Costumava assistir mais. Costumava assistir a séries de comédia, à noite, e quando era estudante na universidade assistia aos seriados da tarde sobre hospitais e sobre gente rica, como recurso para deixar as coisas para depois. Por algum tempo, não faz muito, pegava as notícias de noite, assimilando os desastres com os pés encolhidos no sofá *chesterfield*, uma colcha em cima das pernas, bebendo leite quente com rum para relaxar antes de dormir. Tudo uma forma de escape.

Mas o que se pode ver na televisão, a qualquer hora do dia, está próximo demais de sua própria vida; se bem que em sua vida nada fica naqueles compartimentos arrumadinhos, comédia aqui, romance surrado e lágrimas sentimentais ali, acidentes e mortes violentas em clipes de trinta segundos que chamam de *bites*, "bocados", como se fossem barras de chocolate. Em sua vida, está tudo misturado. *Ria, achei que ia morrer*, Vincent costumava dizer, não faz muito tempo, com uma voz que imitava a banalidade de mães; e assim é que está dando para ser. Então, quando ela liga a televisão hoje em dia, ela logo torna a desligar. Até os comerciais, com sua surrealista cotidianidade, estão começando a parecer sinistros, a sugerir outros significados atrás deles mesmos, por trás da fachada de limpeza, sabor, saúde, força e velocidade.

Hoje ela deixa a televisão ligada, porque o que está vendo é tão diferente do que geralmente vê. Não há nada de sinistro por trás da imagem do homem gelado. Ele é inteiramente ele mesmo. *Tu recebe o que vê*, como Vincent costumava dizer também, de olhos vesgos, expondo os dentes de lado, apertando o nariz num focinho de filme de terror. Embora nunca fosse assim com ele.

O homem que desenterraram e descongelaram era jovem. Ou ainda é: difícil saber que tempo aplicar a ele, é tão insistentemente presente. Apesar das distorções provocadas pelo gelo e pelo emaciado de sua doença, dá para ver sua juventude, a ausência de endurecimento, de desgaste. De acordo com as datas pintadas cuidadosamente na placa de identificação, tinha apenas vinte anos. Seu nome era John Torrington. Era, ou é, um marinheiro, um marujo. Mas não era um marujo capacitado, não; era um pequeno oficial, um daqueles que comandam sem muita importância. Estar no comando tem pouco a ver com capacitação.

Foi um dos primeiros a morrer. Por isso é que teve um caixão e uma placa metálica com nome, e uma cova funda no gelo permanente — porque ainda tinham energia, e piedade, para essas coisas, ainda tão no começo. Deve ter havido um ritual funerário pronunciado para ele, e orações. Com o passar do tempo, as coisas foram ficando nebulosas e não melhoraram, então deviam reservar a energia para si próprios; e as orações também. As orações devem ter deixado de ser rotineiras e se tornaram desesperadas, até desesperançadas. Os penúltimos mortos receberam pilhas de pedras e os últimos nem isso. Acabaram como ossadas e solas de botas e um ou outro botão, espalhados pelo impiedoso solo de rocha e gelo, sem árvores, numa trilha em direção ao sul. Era como as trilhas dos contos de fadas, de migalhas de pão, ou sementes, ou pedras brancas. Mas, neste caso, nada brotara nem se iluminara com o luar, formando um milagroso caminho para a vida; nenhum salvador apareceu. Levou dez anos para alguém começar a desconfiar do que acontecera com eles.

Eles todos, juntos, eram a Expedição Franklin. Jane raramente presta atenção em história a não ser quando se encaixa com seu conhecimento de mobília e imóveis antigos — "mesa de pinho século XIX" ou "salão georgiano, primeira locação, reforma impecável" —, mas sabe o que foi a Expedição Franklin. Os dois navios com seus nomes de má sorte tinham aparecido em selos — o *Terror* e o *Erebus*. Além disso, estudou aquilo na escola, ao lado de uma porção de outras expedições malfadadas. Não foram muitos os exploradores que pareceram se sair bem daquilo. Estavam sempre desenvolvendo escorbuto ou se perdendo.

O que a Expedição Franklin estava procurando era a Passagem Noroeste, um caminho marítimo aberto no alto do Ártico, para que pessoas, comerciantes, pudessem chegar da Inglaterra à Índia sem precisar dar toda a volta na América do Sul. Queriam ir por ali porque isso custaria menos e aumentaria seus lucros. Era uma coisa muito menos exótica que Marco Polo ou que as cabeceiras do Nilo; porém a idéia de exploração lhe fora atraente na época: subir num navio e ir para algum lugar, algum lugar fora do mapa, partir para o desconhecido. Um salto no escuro; para descobrir coisas. Havia algo ousado e nobre naquilo, apesar de todas as perdas e fracassos, ou talvez por causa disso mesmo. Era como fazer sexo, na escola secundária, naqueles dias antes da Pílula, mesmo tomando precauções. Quer dizer, se você era uma garota. Se era rapaz, para quem o risco era bem mínimo, tinha de fazer outras coisas: coisas com armas ou grandes quantidades de álcool, ou veículos de alta velocidade, que em sua escola suburbana de Toronto, lá no começo dos anos 60, queria dizer canivetes, cerveja e rachas de carro pelas ruas principais nas noites de sábado.

Agora, vendo pela televisão o losango de gelo aos poucos derreter e o contorno do corpo do jovem marinheiro ir ficando claro e nítido, Jane se lembra de Vincent, aos dezesseis anos e com mais cabelo, levantando uma sobrancelha e erguendo o lábio num esgar gozador, dizendo: "Franklin, meu caro, não ligo a mínima". Disse isso alto a ponto de ser ouvido, mas o professor de história o ignorou, sem saber mais o que fazer. Era difícil para os professores manterem Vincent na linha, porque ele nunca parecia ter medo de nada que pudesse lhe acontecer.

Tinha olhos fundos já então; muitas vezes parecia ter passado a noite inteira em claro. Mesmo naquela época, parecia um velho muito jovem, ou então uma criança dissipada. As olheiras escuras debaixo dos olhos eram a parte antiga, mas quando ele sorria tinha aqueles dentes brancos e pequenos, como nos anúncios de comida para bebê das revistas. Fazia piada de tudo e era adorado. Não era adorado do jeito que outros rapazes eram adorados, aqueles rapazes de lábio inferior derrubado, cabelo gomalinado e um ar estudado de ardente ameaça. Era adorado como um bichinho de estimação. Não um cachorro, mas um gato. Ia onde bem entendia, ninguém era seu dono. Ninguém o chamava de Vince.

O estranho era que a mãe de Jane aprovava Vincent. Geralmente não aprovava os rapazes com que Jane saía. Talvez o aprovasse porque era evidente que não haveria nenhuma má conseqüência de Jane sair com ele: nem mágoa, nem aflição, nada opressivo. Nada do que ela chamava de *conseqüências*. Conseqüências: o peso do corpo, a carne crescendo na forma de uma trouxa, a cabecinha de gnomo emoldurada de babados no carrinho. Bebês e casamento, nessa ordem. Era assim que ela entendia os homens e seus desejos furtivos, desastrados, ameaçadores, porque a própria Jane tinha sido uma conseqüência. Ela era um erro, era uma filha da guerra. Era um crime que precisava ser expiado, repetidamente.

Quando estava com dezesseis anos, Jane já tinha ouvido falar nisso o suficiente para várias vidas. No jeito de sua mãe entender as coisas, você é jovem por um breve período e então cai. É arremessada para baixo como uma maçã madura demais e se estatela no chão; você caiu e tudo à sua volta também caiu. Está com os arcos caídos, o útero caído, e o cabelo e os dentes caíram. Isso é o que o fato de ter um bebê faz com a pessoa. Sujeita você à força da gravidade.

É assim que ela se lembra da mãe, ainda: em termos de um movimento escorrido, murcho, pendular. Os seios caídos, as linhas para baixo em torno da boca. Jane a invoca: lá está ela, como sempre, sentada à mesa da cozinha com uma xícara de chá a esfriar, exausta depois do trabalho como balconista na loja de departamentos Eaton, em pé o dia inteiro atrás do balcão de jóias com o traseiro apertado numa cinta e os pés inchando enfiados dentro dos obrigatórios sapatos de salto médio, sorrindo seu sorriso invejoso e reprovador às clientes mimadas que viravam o nariz para peças de lixo cintilante que ela própria jamais teria dinheiro para comprar. A mãe de Jane suspira, belisca o espaguete em lata que Jane esquentou para ela. Palavras silenciosas flutuam para fora de sua boca como talco velho: *O que se pode esperar*, sempre uma declaração, nunca uma pergunta. Jane, a essa distância, tenta sentir piedade, mas não encontra nenhuma.

Quanto ao pai de Jane, ele fugiu de casa quando ela tinha cinco anos, deixou sua mãe desamparada. Por isso sua mãe se referia a ele — "fugiu de casa" — como se fosse uma criança irresponsável. De quando em quando, chegava dinheiro, mas essa era a totalidade da contribuição dele à vida familiar. Jane se ressentia com ele por isso, mas não o culpava. Sua mãe inspirava em quase todo mundo que a conhecia um perverso desejo de escapar.

* * *

Jane e Vincent ficavam sentados no quintal atulhado dos fundos da casa de Jane, que era um daqueles bangalozinhos de estuque com janelas apertadinhas ao pé da encosta. No alto ficavam as casas mais ricas e as pessoas mais ricas: as garotas que tinham suéteres de cashmere, pelo menos uma delas, em vez dos suéteres de orlom e de lã de carneiro tão conhecidos de Jane. Vincent vivia a meio caminho. Ainda tinha pai, em teoria.

Ficavam sentados com as costas na cerca de trás, perto das espigadas flores beijo-de-moça que passavam por jardim, tão longe quanto possível da casa em si. Bebiam gim, que Vincent decantava da reserva de bebidas do pai e trazia escondido num velho frasco de bolso militar que tinha encontrado em algum lugar. Os dois imitavam suas mães.

"Eu me mato, esfrego, ralo os dedos até o osso, e o que é que eu ganho?", Vincent dizia, rabugento. "Você não ajuda em nada, Meninão. É igualzinho a seu pai. Livre feito um passarinho, passa a noite fora, faz o que bem entende e não liga a mínima para os sentimentos dos outros. Agora leve o lixo para fora."

"É o amor que faz isso com as pessoas", Jane respondia, com a voz resignada e cansativa da mãe. "Espere para ver, minha filha. Um dia desses você vai cair do cavalo com essa pose de nem te ligo." Ao dizer isso, mesmo sendo brincadeira, Jane visualizava a palavra amor, com A maiúsculo, descendo do céu em cima dela como um pé enorme. A vida da mãe havia sido um desastre, mas a seu ver um desastre inevitável, como nas canções e nos filmes. O Amor era o responsável, e diante do Amor o que se pode fazer? O amor era como um rolo compressor. Não havia como evitar o amor, ele passava em cima da pessoa, que saía achatada do outro lado.

A mãe de Jane esperava, temerosa e sempre dando alertas,

mas com uma espécie de maligno regozijo, que a mesma coisa acontecesse com Jane. Toda vez que Jane saía com um rapaz novo a mãe o inspecionava como um possível agente da derrocada. Desconfiava da maior parte desses rapazes; desconfiava de suas bocas carnudas e amuadas, dos olhos semicerrados pela fumaça que subia dos cigarros, do jeito lento e oscilante do andar, da roupa apertada demais, recheada demais: recheada demais com o corpo deles. Eles eram assim mesmo quando não estavam fazendo manha, nem pose, quando estavam tentando parecer alertas, trabalhadores e polidos para impressionar a mãe de Jane, se despedindo na porta, com as camisas, gravatas e os ternos especiais para encontros muito bem passados. Não havia como evitar a impressão que davam, o jeito que eram. Inúteis, eram; um beijo num canto escuro os reduzia à mudez; eram sonâmbulos dentro de seus corpos líquidos. Jane, por outro lado, estava bem acordada.

Jane e Vincent não namoravam exatamente. Na verdade, se divertiam saindo juntos. Quando o caminho estava livre e a mãe de Jane não estava em casa, Vincent aparecia na porta com o rosto pintado de amarelo vivo, Jane vestia o roupão de banho de trás para a frente, pediam comida chinesa, assustavam o menino da entrega e comiam sentados no chão de pernas cruzadas, desajeitados com os hashis. Ou então Vincent aparecia com um terno surrado de trinta anos atrás, chapéu-coco e bengala, e Jane revirava o armário em busca do chapéu que sua mãe usava para ir à igreja, com violetas de pano amassadas e um véu, e os dois iam à cidade e passeavam assim, fazendo observações em voz alta a respeito dos transeuntes, fingindo ser velhos, pobres ou loucos. Era uma coisa desmiolada e de mau gosto, e por isso mesmo é que eles gostavam.

Vincent levou Jane ao baile formal de formatura e escolheram juntos o vestido dela em uma das lojas de roupas de segunda mão que Vincent freqüentava, às gargalhadas com o choque e a admiração que esperavam provocar. Hesitaram entre um vermelho-fogo com lantejoulas caindo e um preto sem costas grudado no quadril com um decote profundo na frente, e acabaram escolhendo o preto, para combinar com o cabelo de Jane. Vincent lhe mandou uma orquídea verde-limão de aspecto venenoso, da cor dos seus olhos, disse ele, e Jane pintou as pálpebras e as unhas combinando. Vincent usou gravata branca, fraque e cartola, todas as peças puídas do Exército de Salvação e ridiculamente grandes para ele. Dançaram tango pela quadra de esportes, mesmo quando a música não era tango, debaixo das flores de papel de seda, chamando a atenção naquele mar de tule em tons pastéis, sérios, projetando um cafona ar sexual ameaçador, Vincent com o longo colar de pérolas de Jane preso entre os dentes.

O aplauso foi quase inteiramente para ele, por causa da adoração de que gozava. Se bem que principalmente entre as meninas, pensava Jane. Mas ele parecia bem popular também entre os rapazes. Provavelmente contava piadas sujas para eles, no proverbial vestiário. Ele sabia muitas.

Ao curvar Jane para trás, soltou as pérolas e sussurrou no ouvido dela: "Nem cintos, nem presilhas, nem enchimentos, nem atrito". Era de um anúncio de absorventes internos, mas era também o leitmotiv dos dois. Era o que ambos queriam: liberdade do mundo de mães, o mundo de precauções, o mundo de encargos, destino, pesadas restrições femininas à carne. Queriam uma vida sem conseqüências. Até pouco tempo antes, tinham conseguido.

Os cientistas haviam degelado o jovem marinheiro inteiro agora, pelo menos a camada superior dele. Vertiam água morna em cima dele, devagarinho, com paciência; não queriam que descongelasse muito abruptamente. Era como se John Torrington estivesse dormindo e não quisessem assustá-lo.

Agora, seus pés haviam sido revelados. Estavam nus e brancos, mais que bege; pareciam os pés de alguém que esteve andando num chão frio, num dia de inverno. A qualidade da luz que refletiam: sol de verão, de manhã cedinho. Havia algo intensamente doloroso para Jane na ausência de meias. Podiam tê-lo deixado com as meias. Mas talvez outros precisassem delas. Os dedões dos pés estavam amarrados um no outro com uma tira de pano; o homem que falava dizia que isso era para manter o corpo bem apertado para o funeral, mas Jane não estava convencida. Os braços estão amarrados ao corpo, os tornozelos amarrados um no outro. Faz-se isso quando não se quer que a pessoa fique circulando.

Essa parte é quase demais para Jane; lembra muitas coisas. Procura o controle remoto, mas felizmente o programa (é apenas um programa, como qualquer outro) muda para dois peritos em história, que analisam a roupa. Há um close da camisa de John Torrington, uma camisa simples, de colarinho alto, de algodão listado branco e azul, com botões de madrepérola. As listas são estampadas, não tecidas; tecidas teriam sido mais caras. A calça é de linho cinza. Ah, pensa Jane. Figurino. Sente-se melhor: isso é uma coisa de que ela entende. Adora a solenidade, a reverência com que discutem as listas e botões. Um interesse na roupa do presente é frivolidade, um interesse na roupa do passado é arqueologia; uma questão que Vincent teria apreciado.

Depois da escola secundária, Jane e Vincent receberam, ambos, bolsas de estudos para a universidade, embora Vincent parecesse estudar menos e se saísse melhor. Naquele verão, fizeram tudo juntos. Arrumaram empregos de verão na mesma lanchonete de hambúrgueres, iam ao cinema juntos depois do trabalho, embora Vincent nunca pagasse para Jane. De vez em quando ainda se vestiam com roupas velhas e fingiam ser um casal esquisito, mas não davam mais a sensação de inconseqüência e invencionice absurda. Estava começando a ocorrer a ambos que podiam acabar parecendo ser desse jeito.

Em seu primeiro ano na universidade, Jane parou de sair com outros rapazes: precisava de um emprego de meio período para pagar a escola e isso, mais os estudos, mais Vincent, tomava todo o seu tempo. Achou que podia estar apaixonada por Vincent. Achou que talvez devessem fazer amor, para ver como era. Ela nunca havia feito aquilo até o fim; tivera medo da falta de confiança que os homens inspiravam, da gravidade do amor, temerosa demais das conseqüências. Pensou, porém, que podia confiar em Vincent.

Mas as coisas não foram assim. Ficavam de mãos dadas, mas não se abraçavam; se abraçavam, mas não se acariciavam; se beijavam, mas não se agarravam. Vincent gostava de olhar para ela, mas gostava tanto que nunca fechava os olhos. Ela fechava os dela e depois abria, e lá estava Vincent, com os olhos brilhando à luz do poste ou da lua, observando, inquiridores, como se esperasse para ver que esquisitice feminina ela faria a seguir, para seu deliciado divertimento. Fazer amor com Vincent parecia absolutamente impossível.

(Depois, quando ela mergulhou na corrente de opinião que inchou como um rio no fim dos anos 60, não falava mais "fazer amor"; falava "fazer sexo". Mas acabava sendo a mesma coisa. Você fazia sexo e o amor acabava sendo feito, você quisesse ou não. Você acordava numa cama, ou, mais provavelmente, num colchão, com um braço à sua volta, e se via perguntando a si mesma como seria continuar fazendo aquilo. Nesse ponto, Jane começava a olhar no relógio. Não tinha nenhuma intenção de que a deixassem em apuros. Ela iria embora por si mesma. E ia.)

Jane e Vincent se afastaram para cidades diferentes. Trocavam cartões-postais. Jane fez isto e aquilo. Administrou uma cooperativa de alimentos em Vancouver, fez a contabilidade de um minúsculo teatro em Montreal, trabalhou como diretora administrativa de uma pequena editora, fez a publicidade de uma companhia de dança. Tinha uma cabeça boa para detalhes e para somar quantias pequenas — e esses trabalhos estavam sempre disponíveis se você não pedia muito dinheiro por eles. Jane não via razões para se amarrar, para assumir qualquer tipo de compromisso opressivo, com nada, nem com ninguém. Era o começo dos anos 70; o velho mundo feminino com o peso de cintas, precauções e conseqüências havia sido eliminado. Havia uma porção de janelas se abrindo, uma porção de portas: dava para olhar para dentro, entrar por elas, e sair de novo.

Viveu com vários homens, mas em cada apartamento havia sempre caixas de papelão, pertencentes a ela, que acabavam nunca sendo abertas; melhor assim, porque era muito mais fácil para se mudar. Quando passou dos trinta anos, resolveu que seria legal ter um filho, em algum momento, mais tarde. Tentou descobrir um jeito de fazer isso sem ser mãe. Sua própria mãe havia se mudado para a Flórida, e mandava cartas arrastadas, resmungonas, às quais Jane raramente respondia.

Jane mudou de volta para Toronto, que achou dez vezes mais interessante do que quando fora embora. Vincent já estava lá. Voltara da Europa, onde estudara cinema; tinha aberto um estúdio de design. Ele e Jane se encontraram para almoçar e foi como sempre: o mesmo ar de conspiração entre eles, o mesmo potencial de irreverência. Podiam estar ainda sentados no quintal de Jane, ao lado das flores de beijo-de-moça, bebendo gim proibido e se divertindo.

Jane viu-se mudando para o círculo de Vincent, ou seriam órbitas? Vincent conhecia muita gente, gente de todo tipo; alguns eram artistas e alguns queriam ser, alguns queriam conhecer os que eram. Alguns tinham dinheiro desde sempre, outros ganhavam dinheiro; todos gastavam dinheiro. Falava-se muito mais de dinheiro nessa época, ou no meio dessas pessoas. Poucos sabiam como administrá-lo, e Jane se viu ajudando. Desenvolveu uma pequena empresa entre eles, manejando o dinheiro deles. Ela recolhia o dinheiro, aplicava com segurança, dizia quanto podiam gastar, estabelecia uma mesada. Observava com interesse as coisas que compravam, ao arquivar suas notas fiscais: qual mobília, qual roupa, quais *objetos*. Ficavam deliciados com o dinheiro, encantados com ele. Era para eles como leite e biscoitos depois da escola. Ao vê-los brincar com o dinheiro, Jane se sentia responsável e indulgente, e um pouco matronal. Economizou cuidadosamente seu próprio dinheiro, e acabou comprando uma casa na cidade.

Esse tempo todo estava com Vincent, mais ou menos. Tentaram ser amantes, mas não foram bem-sucedidos. Vincent concordara com o esquema porque Jane queria, mas era fugidio, não fazia declarações. O que funcionava com outros homens não funcionava com ele: apelos a seu instinto protetor, ciúmes fingidos, pedidos para abrir tampas de vidros. Sexo com ele era mais como ginástica musical. Ele não levava a sério e a acusava de ser solene demais. Ela pensou que ele podia ser gay, mas teve medo de perguntar; detestava sentir-se irrelevante para ele, excluída. Levou meses para voltarem ao normal.

Ele agora estava mais velho, ambos estavam. Ele tinha uma ligeira calvície nas têmporas e um bico-de-viúva, e os olhos inquisitivos e brilhantes tinham afundado ainda mais no rosto. O que acontecia entre eles continuava parecendo uma corte, mas não era. Ele estava sempre levando coisas para ela: uma comida nova, especial, alguma coisa grotesca para ver, uma nova fofoca, que apresentava a ela com um senso de ocasião, como uma flor. Ela, por sua vez, o apreciava. Era como um exercício de ioga apreciar Vincent; como apreciar uma anchova, ou uma pedra. Ele não era do gosto de todo mundo.

Aparece uma imagem em preto-e-branco na televisão, depois outra: a versão século XIX dela mesma, em gravuras. Sir John Franklin, mais velho e mais gordo do que Jane imaginava; o *Terror* e o *Erebus* presos nas garras do gelo. No coração do Ártico, cento e cinqüenta anos antes, em pleno inverno. Não há sol nenhum, luz nenhuma; apenas o farfalhar da aurora boreal, como música eletrônica e pequenas estrelas duras.

Como faziam em relação ao amor num navio daqueles, num tempo daqueles? Furtivo apalpar solitário, confusos e tristes sonhos, a sublimação dos romances. O normal entre os que viraram solitários.

No bojo do navio, cercado pelo madeirame a estalar e pelos odores amanhecidos dos homens presos há muito, John Torrington está morrendo. Ele devia saber; dá para ver isso na cara dele. Ele volta para Jane o seu olhar cor de chá de perplexa censura.

Quem segurou a mão dele, quem leu para ele, quem levou água para ele? Quem, se é que houve alguém, o amou? E o que lhe disseram sobre fosse o que fosse que o estava matando? Tuberculose, encefalite, Pecado Original. Todas aquelas razões vitorianas, que não queriam dizer nada e eram as razões erradas. Mas deviam ser confortadoras. Se você está morrendo, quer saber por quê.

Nos anos 80, as coisas começaram a escorregar. Toronto não era mais tão divertida. Havia gente demais, gente pobre demais. Podia-se vê-la nas ruas, entulhadas de fumaça e de carros. Os estúdios de artista baratos foram derrubados ou transformados em modestos e supervalorizados espaços de escritórios; os artistas tiveram de migrar para outros lugares. Cujas ruas eram arrebentadas ou destruídas. O ar era cheio de fuligem soprada pelo vento.

As pessoas estavam morrendo. Estavam morrendo cedo demais. Um dos clientes de Jane, dono de uma loja de antigüidades, morreu quase do dia para a noite, de câncer nos ossos. Outra, uma mulher que era advogada do mundo do entretenimento, estava experimentando um vestido numa butique e teve um enfarto. Caiu, chamaram uma ambulância e ela morreu ao chegar. Um produtor de teatro morreu de aids, e um fotógrafo também; o amante do fotógrafo suicidou-se com um tiro, ou de tristeza ou por saber que seria o próximo. O amigo de um amigo morreu de enfisema, outro de pneumonia viral, outro de hepatite contraída numa viagem aos trópicos, outro de meningite medular. Era como se estivessem enfraquecidos por algum agente misterioso, algo como um gás sem cor, sem cheiro e invisível, de forma que qualquer germe que estivesse por ali podia invadir seus corpos, tomar conta deles.

Jane começou a notar coisas sobre as quais costumava passar por cima. Bosques de bordos que morriam de chuva ácida, hormônios na carne, mercúrio nos peixes, agrotóxicos nas verduras, veneno borrifado nas frutas, sabe Deus o que na água potável. Contratou um serviço de água mineral engarrafada e sentiu-se melhor durante algumas semanas, depois leu no jornal que não haveria de lhe fazer muito bem porque, fosse o que fosse, estava contaminando tudo. A cada respiração você inspirava aquilo. Pensou em se mudar para fora da cidade, depois leu sobre os depósitos de lixo tóxico, radioativo, escondidos aqui e ali no campo e mascarados pelo luxuriante e enganoso verde das árvores ondulantes.

* * *

Vincent morrera há menos de um ano. Não foi enterrado no gelo permanente, nem congelado. Foi para o Necrópolis, o único cemitério de Toronto cujo ambiente ele aceitava; ganhou bulbos de flores plantados em cima dele por Jane e outros. A maior parte por Jane. Neste exato instante, John Torrington, recentemente descongelado depois de cento e cinqüenta anos, com certeza tem melhor aspecto que Vincent.

Uma semana antes do aniversário de quarenta e três anos de Vincent, Jane foi visitá-lo no hospital. Ele estava internado para fazer exames. Estava nada. Internara-se por causa do indizível, do desconhecido. Internara-se por causa de um vírus mutante que ainda nem tinha nome. Estava subindo por sua coluna e quando chegasse ao cérebro o mataria. Não estava respondendo ao tratamento, era o que diziam. Ficaria lá pelo tempo necessário.

Era branco no quarto dele, invernal. Ele estava embrulhado em gelo, por causa da dor. Um lençol branco enrolado nele, os pés magros e brancos saindo por baixo. Estava tão pálido e frio. Jane olhou para ele, estendido ali no gelo, como um salmão, e começou a chorar.

"Ah, Vincent", disse ela. "O que eu vou fazer sem você?" Aquilo soou horrível. Soou como Jane e Vincent brincando, como livros obsoletos, filmes obsoletos, suas mães obsoletas. Soou também egoísta: ali estava ela, se preocupando consigo própria e com seu futuro, quando era Vincent que estava doente. Mas era verdade. Haveria muito menos coisas a fazer, no geral, sem Vincent.

Vincent voltou um olhar para ela; as sombras embaixo de seus olhos eram cavernosas. "Se anime", disse, não muito alto, porque não podia falar muito alto agora. Nesse momento, ela estava sentada, inclinada para a frente; estava segurando a mão dele. Fria como a pata de um pássaro. "Quem disse que eu vou morrer?" Ele passou um momento pensando nisso, revisou a frase. "Tem razão", disse. "Me pegaram. Foi o Povo Funto do espaço sideral. Disseram: 'Eu só quero o seu corpo de funto'."

Jane chorou mais. Era pior ele tentar ser engraçado. "Mas de *que* se trata?", perguntou. "Não descobriram ainda?"

Vincent sorriu seu antigo, brilhante sorriso, seu sorriso de distanciamento, de divertimento. Ali estavam seus belos dentes, tão juvenis como sempre. "Quem sabe?", disse. "Deve ter sido alguma coisa que eu comi."

Jane ficou sentada com lágrimas nos olhos. Sentia-se desolada: abandonada, perdida. As mães dos dois por fim os alcançavam e mostravam ter razão. Havia conseqüências afinal de contas; mas eram conseqüências de coisas que você nem sabia que havia feito.

Os cientistas estavam de volta à tela. Excitados, as bocas empenhadas se mexendo, quase dava para dizer que estavam alegres. Sabiam por que John Torrington morrera; sabiam, por fim, por que a Expedição Franklin dera tão terrivelmente errado. Tinham cortado pedaços de John Torrington, a unha de um dedo, um cacho de cabelo, passaram nas máquinas e chegaram a respostas.

Há uma tomada de uma velha lata de conserva, aberta para mostrar a emenda. Parece um casco de bomba. Um dedo aponta: foram as latas de conserva as culpadas, uma invenção nova naquela época, uma nova tecnologia, a proteção definitiva contra a morte por fome e escorbuto. A Expedição Franklin estava excepcionalmente bem equipada de latas de conserva, cheias de carne e sopa, todas soldadas com chumbo. A expedição inteira foi envenenada por chumbo. Ninguém sabia. Ninguém sentia o gosto. Aquilo invadiu os ossos, os pulmões, o cérebro deles, enfraquecendo, confundindo o pensamento, de forma que por fim os que não morreram nos navios partiram numa idiota expedição pelo solo gelado, rochoso, levando um barco salva-vidas carregado de escovas de dentes, sabonete, lenços e chinelos, peças inúteis de lixo. Quando foram encontrados, dez anos depois, eram esqueletos de casacos esfarrapados, estendidos onde tombaram. Estavam indo de volta para os navios. Tinham morrido por causa do que comeram.

Jane desliga a televisão e volta à cozinha — tudo branco, reformado há dois anos, os balcões de açougueiro fora de moda dos anos 70 arrancados e levados embora — para preparar um pouco de leite quente com rum. Então resolve que não; não vai dormir mesmo. Tudo ali parece sem dono. O forninho elétrico, tão perfeito para jantares solitários, o microondas para vegetais, a máquina de café expresso — tudo ali esperando sua partida, por esta noite ou para sempre, a fim de assumir sua aparência real, final, de objetos sem finalidade perdidos no mundo físico. Podiam ser peças de uma espaçonave explodida em órbita da lua.

Pensa no apartamento de Vincent, tão cuidadosamente arrumado, cheio dos objetos tão bonitos ou deliberadamente feios que ele um dia amara. Pensa no armário dele, com as roupas particularmente esquisitas, agora vazias de suas pernas e braços. Tudo dilacerado agora, vendido, dado de presente.

Cada vez mais a calçada que passa diante de sua casa fica tomada por copos de plástico, latas de refrigerante amassadas, embalagens de comida para viagem usadas. Ela cata isso tudo, põe no lixo, mas as coisas aparecem de novo do dia para a noite, como um rastro deixado por um exército em marcha ou pelos moradores em fuga de uma cidade sob bombardeio, livrando-se de objetos que um dia foram considerados essenciais, mas que agora são pesados demais para carregar.

Traduzido do inglês por José Rubens Siqueira

Testemunhas de uma era

Günter Grass

1914

Finalmente, depois que dois colegas de nosso instituto, repetidas vezes e inutilmente, haviam se esforçado por reuni-los, consegui, em meados dos anos 60, mobilizar os velhos senhores para um encontro. Pode ser que a mim, jovem mulher, tenha cabido maior sorte e, além disso, como suíça favorecia-me o bônus da neutralidade. Minhas cartas — com que objetividade esbocei nosso plano de pesquisa! — devem ter sido acolhidas como delicada, quando não tímida, batida à porta. Em poucos dias, chegaram quase simultaneamente as confirmações.

A meus colegas, falei de uma dupla memorável, cuja presença produzia um clima um pouquinho fóssil. Tinha reservado quartos tranqüilos no hotel Zum Storchen. Ali sentávamos, na maior parte das vezes na galeria da rotisseria, com vista para o Limmat, a prefeitura em frente, do outro lado, e o restaurante e casa de banquetes Zum Rüden. O sr. Remarque — então no seu sexagésimo sétimo ano de vida — viajou de Locarno para cá. Ele, evidentemente um bon-vivant, me pareceu mais vulnerável que o robusto sr. Jünger, que já tinha atrás de si seu septuagésimo marco e mostrava-se assaz esportivo. Com residência em Württemberg, tinha viajado passando pela Basiléia, depois de haver empreendido uma caminhada a pé pelas montanhas dos Vosges até o outrora sangrento e disputado pico Hartmannsweilerkopf.

Nossa primeira roda de conversações começou verdadeiramente manquitolando. Meus senhores "testemunhas de época" conversaram com grande conhecimento e destreza sobre vinhos suíços: Remarque elogiou os vinhos do cantão de Tessino, Jünger tinha predileção pelo Dôle românico. Ambos estavam visivelmente empenhados em obsequiar-me com seu charme tão bem conservado. Graciosas, mas incômodas igualmente, foram as tentativas de tagarelar comigo em alemão suíço. Mas depois, quando citei o início de uma canção cantada com freqüência durante a Primeira Guerra Mundial, a "Dança flamenga dos mortos", cujo autor permaneceu anônimo — "A morte monta um cavalo preto,/ a morte veste um capuz opaco" —, primeiro Remarque e logo também Jünger cantarolaram a melancólica e temível melodia. Ambos conheciam os versos concluindo a estrofe: "Flandres em perigo e sem sorte,/ em Flandres cavalga a morte". Então olharam na direção da igreja Grossmünster, cujas torres destacavam-se acima das casas daquelas paisagens náuticas.

Depois dessa concentração meditativa, interrompida por alguns pigarros, Remarque disse que no outono de 1914 — sentava-se ainda no banco escolar, em Osnabrück, enquanto os regimentos voluntários sangravam em Bixschoote e às portas de Ypres — a lenda de Langemarck, segundo a qual teriam respondido às rajadas das metralhadoras inglesas com a canção alemã nos lábios, também a ele causara grande impressão. Decerto por isso, e estimulados pelos professores, alguns alunos de uma classe ginasial haviam se apresentado como voluntários de guerra. De cada dois, um ficara de fora. E os que tinham sobrevivido, como ele, que de fato não pôde freqüentar nenhum ginásio, estavam ainda hoje arruinados. Ele, de todo modo, continuava a ver-se como um "morto vivo".

O sr. Jünger, que havia considerado com um fino sorriso as vivências colegiais de seu colega escritor — notoriamente apenas a escola profissional —, deveras denominava o culto de Langemarck "asneira patriótica". Contudo, admitia que, já bem antes do início da guerra, um forte anseio de perigo e o desejo do incomum — "e fosse isto a serviço da Legião Estrangeira francesa..." — teriam-no possuído: "Quando então tudo começou, nós nos sentíamos juntos, fundidos num grande corpo. Mesmo quando a guerra mostrou suas garras, a luta como experiência interior foi capaz de me fascinar até meus últimos dias de chefe de destacamento de choque. Admita calmamente, excelentíssimo Remarque, mesmo em *Nada de novo no front*, seu magnífico livro de estréia, o senhor relatou, não sem comoção interna, a força da camaradagem entre os soldados, que se estendia até a morte".

"Este livro", disse Remarque, "não expõe o que eu próprio vivi, mas reúne a experiência de front de uma geração massacrada. Meu serviço no hospital militar foi para mim fonte suficiente."

Não que os velhos senhores começassem agora a discutir, mas, nitidamente, achavam importante o fato de sustentarem opinião diversa em coisas de guerra, cultivarem estilos antagônicos e estarem sempre situados em campos diferentes. Se um continuava a ver-se como irremediável pacifista, o outro exigia ser considerado anarquista.

"Ora, o quê!", exclamou Remarque. "O senhor, no seu *In*

Stahl Gewittern [Nas tempestades de aço], agiu como um moleque em sua ânsia de aventura até a última ofensiva de Ludendorff. Reuniu, levianamente, a toque de caixa, um destacamento de choque para, de puro prazer sangrento e astúcia, fazer logo um prisioneiro ou dois e com isto conseguir talvez uma garrafinha de conhaque...”

Em seguida, não obstante, concedeu que o colega Jünger em parte havia descrito acertadamente em seu diário a guerra de trincheiras e posições, enfim, o caráter da moderna batalha técnica.

Pelo término de nossa primeira roda de conversações — os cavalheiros tinham esvaziado duas garrafas de vinho tinto —, Jünger falou mais uma vez de Flandres: “Quando, dois anos e meio mais tarde, no front de Langemarck, construíamos trincheiras e barricadas, nos deparamos com armas, cinturões e cartuchos vazios de 1914. Até capacetes de ponta encontravam-se ali, com os quais outrora os voluntários no efetivo do regimento tinham se posto em marcha...”.

1915

Nosso encontro seguinte teve lugar no Odeon, aquele velho e venerável café no qual Lênin, até sua viagem para a Rússia sob escolta do Império alemão, já tinha lido o *Neue Zürcher Zeitung* e outros periódicos, enquanto planejava em segredo a revolução. Nós, pelo contrário, não estávamos preocupados com perspectivas futuras, mas com o tempo passado. Por enquanto, contudo, meus senhores apenas insistiam em começar nossa sessão com um café-da-manhã regado a champanhe. A mim, foi permitido um suco de laranja.

Como peça comprobatória, estavam ali sobre a mesa de

mármore, entre croissants e uma tábua de queijos, um exemplar de cada um dos livros outrora tão acaloradamente polêmicos. *Nada de novo no front* de fato tivera tiragens bastante superiores a *In Stahl Gewittern*.

"É verdade", disse Remarque, "e viu-se que era bom de corrida. Espalhou-se com rapidez. No entanto, depois de 33, quando foi queimado publicamente, meu livro teve que fazer uma pausa de uns bons doze anos no mercado editorial alemão, o mesmo sucedendo no caso de algumas traduções, enquanto o seu hino à guerra esteve todo o tempo notoriamente disponível."

Sobre isto, Jünger calou-se. Apenas quando tentei trazer para nossa conversa a luta de trincheiras em Flandres e nos solos gredosos da Champagne e depositei, sobre a mesa de café-da-manhã agora desocupada, recortes de mapas das regiões disputadas, ele, que imediatamente lembrou-se da ofensiva e da contra-ofensiva no Somme, lançou um tema para o debate, do qual não mais foi possível desembaraçar-se razoavelmente: "Este miserável capacete de ponta que o senhor, meu caro Remarque, não precisou mais usar, foi, já a partir de junho de 1915, substituído em nosso segmento do front pelo capacete de aço. Tratava-se de capacetes experimentais, que um capitão da artilharia chamado Schwerd, na corrida com os franceses, que igualmente começavam a introduzir capacetes de aço, havia desenvolvido após vários projetos fracassados. Como a Krupp não estava em condições de produzir a liga de aço cromado apropriada, outras firmas receberam a incumbência e encarregaram-se da encomenda, entre elas a usina de fundição siderúrgica Thale. A partir de fevereiro de 1916, o capacete de aço estava em uso em todos os setores do front. As tropas à entrada de Verdun e no Somme foram abastecidas com prioridade, o front a leste foi o que mais teve que esperar. O senhor não tem nenhuma idéia, caro Remarque, da polegada de sangue que, particularmente na guerra de trincheiras, nós tínhamos que pagar graças a esse inútil gorro de couro que, alternativamente, pois faltava couro, fora compactado com feltro. Cada disparo de espingarda apontada, um homem a menos, cada estilhaçozinho perfurava".

Então ele me abordou diretamente: "Também vosso capacete suíço, este modelo em voga até hoje na milícia, ainda que sob forma modificada, é na verdade copiado de nosso capacete de aço, até no pino vertical perfurado para fins de ventilação".

Objetei — "Felizmente, nosso capacete não precisou comprovar sua utilidade nas batalhas técnicas modernas, festejadas com tanta grandiloqüência pelo senhor" —, mas Jünger desconsiderou meu argumento e, a seguir, cobriu o visivelmente mudo Remarque com mais detalhes: da proteção contra a ferrugem, por um processo de embaciamento que o tornava cinza-campanha, à proteção da nuca no desembarque e o forro interno de travesseiro de crina de cavalo ou feltro pespontado. Depois, queixou-se da redução do campo de visão na luta de trincheiras porque a parte saliente da frente, na testa, devia dar proteção até a ponta do nariz.

"O senhor bem sabe que esta decisiva touca de aço me foi sobremaneira importuna nas empreitadas do destacamento de choque. Privilegiado — admita-se levianamente —, meu velho e resguardado boné de tenente possuía ademais forro de seda."

Então ocorreu-lhe ainda algo, como ele próprio julgava, divertido: "Diga-se de passagem, tenho sobre minha escrivaninha, como lembrança, um capacete Tommy totalmente diferente, de formas planas ao extremo, e perfurado, é claro".

Após longa pausa — os senhores bebiam agora um *pflümli** para acompanhar o café —, Remarque disse: "Os capacetes de aço M16, mais tarde M17, eram grandes demais para as tro-

* *Pflümli*: destilado à base de ameixa. (N. T.)

pas de reserva, que se constituíam de recrutas mal preparados. Escorregavam o tempo todo. De seus rostos de criança, via-se apenas a boca medrosa, o queixo trêmulo. Cômico e lastimável ao mesmo tempo. E que os projéteis da infantaria e mesmo metralhadoras menores, não obstante, atravessassem o aço, não preciso contar a vocês...".

Ele pediu mais um *pflümli*. Jünger aderiu. Para mim, a mocinha, foi recomendado um segundo copo de suco de laranja espremido na hora.

1916

Depois de um demorado passeio ao longo do Limmatquai, passando pelo Helmhaus e depois percorrendo o calçadão às margens do lago de Zurique — com o que o descanso decretado por mim para ambos parecia estar cumprido —, a convite do sr. Remarque, que, graças à filmagem de seus romances, contava notoriamente entre os autores abastados, jantamos no Kronenhalle, um bom restaurante burguês com ambiência artística: autênticos impressionistas, mas também Matisse, Braque, até Picasso, penduravam-se ali nas paredes em obras que pertenciam ao próprio estabelecimento. Comemos filé de peixe branco, o *coregonus*, depois grelhado de vitelo, e os senhores encerraram com *espresso* e armagnac. Eu me encarreguei de uma enorme *mousse au chocolat*, a qual ainda degustei por longas colheradas.

Depois que a mesa foi retirada e tudo arrumado, minhas perguntas concentraram-se na guerra de trincheiras no front ocidental. Ambos os senhores sabiam relatar, sem precisar consultar seus livros, sobre dias inteiros de fogo cruzado de artilharia que, vez por outra, atingia as próprias trincheiras. Sobre sistemas de trincheiras escalonadas com defesa para ombros, peito e costas; sobre cabeças ou fundos de sapa; abrigos descobertos; galerias situadas profundamente na terra; passagens subterrâneas, galerias de minas; as sentinelas avançadas, quase dentro da linha inimiga; o emaranhado de obstáculos de arame farpado... E, ainda, as trincheiras e abrigos soterrados e afogados, sobre isso eles também sabiam informar. Suas experiências davam a impressão de guardar seu frescor intacto, ainda que Remarque, reduzindo, dizia apenas ter estado nas trincheiras em prontidão: não fora nenhum lutador das barricadas. O que viu, de fato, foi o que restou.

Trabalho de construção de barricadas e trincheiras, busca de comida, colocação de arames durante a noite — não importava qual fosse, todo detalhe era recuperável. Lembravam-se com precisão e apenas ocasionalmente perdiam-se ambos em anedotas, por exemplo, em conversas que Jünger teve da ponta mais avançada dos fossos escavados com os Tommy ou Franz, nem bem trinta passos distantes, para isso fiando-se nos cursos de língua estrangeira do tempo de escola. Enquanto descreviam dois ataques e contra-ataques, reconstituindo as cenas, tive a vívida sensação de ter estado ali presente. Em seguida, falaram das minas-bala inglesas e sua ação, dos assim chamados "matraqueadores", minas de garrafa, obuses à bala, granadas não explodidas e as pesadas, com detonador de choque, queima e retardo, e os barulhos de projéteis de diferentes calibres aproximando-se.

Ambos os senhores começaram então a imitar as vozes isoladas desses concertos tão aflitivos, denominados "trancas de fogo".

"E apesar disso", disse o sr. Jünger, "um elemento vivo estava em todos nós, que acentuava e espiritualizava a brutalidade da guerra, a euforia física do perigo, o impulso cavalheiresco de resistir e vencer uma luta. Sim, posso dizer. No correr dos anos, o fogo dessa batalha incessante fundiu e moldou um cada vez mais puro e sempre mais ousado reino da guerra..."

O sr. Remarque riu na cara de seu interlocutor: "Ah, o quê, Jünger! O senhor fala como um cavaleiro feudal. Esses porcos do front, nas suas botas grandes demais e com os corações soterrados, eram via de regra embrutecidos. Pode ser: a essa altura, quase não conheciam mais temores. Mas o medo da morte continuava sempre ali. Que podiam fazer? Jogar cartas, praguejar, imaginar para si mulheres deitadas de pernas arreganhadas e fazer a guerra, em resumo, assassinar sob as ordens do comando. Ao mesmo tempo, também havia ali conhecimento especializado: conversavam, por exemplo, sobre as vantagens excepcionais da pá de corte em comparação com a baioneta, pois com a pá podia-se não apenas bater sob o queixo, mas, com a mais forte violência, aplicar um golpe algo enviesado entre o pescoço e os ombros. Ela atravessava mais facilmente até o peito, enquanto a baioneta com freqüência ficava prensada entre as costelas e precisavam pisar contra a barriga para retirá-la...".

Como nenhum dos garçons particularmente reservados do Kronenhalle se arriscava a vir à nossa ruidosa mesa, Jünger, que havia escolhido um tinto leve para a nossa, como ele disse, "conversa de trabalho", regou nossos copos e tomou um gole com acentuada e propositada lentidão.

"Tudo certo, meu querido Remarque. Apesar disso, continue aí e me escute. Quando vi meus homens em imobilidade pétrea nas trincheiras, quando os vi, espingarda na mão, as baionetas levantadas e, sob o brilho de um projétil luminoso, capacetes lado a lado, espadas contra espadas, reluzir, um sentimento de invulnerabilidade me invadiu e preencheu. Sim. Nós podíamos ser esmagados, mas não vencidos."

Depois de um silêncio que não fora possível romper ou

transpor — o sr. Remarque bem que teria querido dizer alguma coisa, mas então apenas meneou negativamente a cabeça —, ambos ergueram seus copos, desviaram contudo os olhares e, não obstante, entornaram ao mesmo tempo para dentro de si o conteúdo restante. Remarque continuava a puxar levemente seu lencinho de cavalheiro. Às vezes, Jünger me examinava como a um raro escaravelho que evidentemente faltava à sua coleção. Eu prosseguia bravamente a luta contra minha desmesurada porção de *mousse au chocolat*.

Mais tarde, meus senhores falaram, tranqüilos e divertidos, sobre o jargão dos "porcos do front". A conversa foi sobre os "boatos da latrina". Desculparam-se de modo cavalheiresco pelas expressões demasiado grosseiras perante mim, a *estrangeira*, como Remarque gracejou em alemão-suíço. Por fim louvaram reciprocamente a clareza de seus relatos do front. "Quem existe ainda, além de nós?", perguntou Jünger. "Entre os franceses, eventualmente, talvez este louco Céline..."

1917

Logo após o café-da-manhã — desta vez não opulento e sem champanhe, pelo contrário, os dois senhores estavam de acordo em pedir o *musli bircher* recomendado por mim —, prosseguimos nossa conversa, em cujo decorrer ambos cuidadosamente me esclareceram, como se eu fosse uma mocinha de colégio que não deve ser chocada, sobre a guerra de gás, a emissão de gás de cloro e o uso direcionado de munição cruzada, azul, verde e finalmente amarela, sobre o que, em parte por experiência própria, mas também pelos casos narrados por terceiros, sabiam relatar.

Havíamos chegado ao assunto da guerra química diretamente, sem mais rodeios, depois que Remarque mencionou a Guerra do Vietnã, que se desenrolava à época de nossa conversa, e qualificou de criminosos tanto o uso de napalm como do agente laranja. Ele disse: "Quem foi capaz de jogar a bomba atômica não conhece mais nenhum limite". Jünger julgava o desfolhamento sistemático da floresta, por aspersão de substância tóxica sobre sua superfície, um prosseguimento conseqüente da utilização dos gases de guerra do seu tempo, mas nisso, entretanto, era de opinião, em consonância com Remarque, que "o americano", a despeito da superioridade material e técnica, perderia essa guerra suja, que não mais permitia nenhuma ação militar humana.

"Acrescente-se, contudo: primeiro lançamos gás de cloro contra os franceses em abril de 1915, às portas de Ypres", disse Jünger. E aqui Remarque gritou tão alto que uma garçonete nas proximidades da nossa mesa deteve-se espantada, logo porém afastando-se precipitadamente: "Ataque de gás! Gás! Gaaás!", gritara, no que Jünger, com a ajuda da colher de chá, imitou o repicar dos sinos de alarme. De súbito, entretanto, como se obedecendo a um comando interno, tornou-se objetivo e prosseguiu: "Conforme instrução, começamos imediatamente a untar nossos canos de espingarda, cada metal. Em seguida, afivelamos as máscaras protetoras na frente. Mais tarde, vimos em Monchy — isto foi pouco antes do início da batalha do Somme — uma multidão de enfermos que gemiam e asfixiavam-se ali sentados, intoxicados pelo gás, enquanto a água corria-lhes dos olhos. Mas, sobretudo, o gás de cloro agia por corrosão e queima dos pulmões. Vi esse efeito também nas trincheiras inimigas. Logo depois, fomos brindados por ingleses com gás fosgênio, que recendia docemente.

Agora Remarque entrava de novo na conversa: "Num estrangulamento de dias inteiros, eles vomitavam pedaço a pedaço seus pulmões queimados. Mais terrível era quando, sob fogo cruzado simultâneo, não conseguiam sair para fora das valas, porque a nuvem de gás depositava-se como uma enorme medusa em cada reentrância do chão. Soprava então sobre o que arrancasse sua máscara cedo demais... Sempre abateu-se de modo implacável sobre os reservistas inexperientes... Esses jovens e desamparados rapazes vagando perdidos ao redor... Esses rostos pálidos de nabo... Nos seus uniformes largos demais... Ainda vivos, tinham a desesperada inexpressão das crianças mortas... Como se na trincheira nos deparássemos com nossa linha de frente reduzida a um refúgio repleto desses pobres cães... Os encontrássemos com as cabeças azuis e os lábios negros... E em uma cratera eles haviam arrancado as máscaras cedo demais... Sufocavam-se com hemorragias até a morte...".

Ambos me pediram desculpas: isto era demasiado excessivo para de manhã cedo. Aliás, era surpreendente que uma jovem senhora mostrasse interesse por semelhantes bestialidades que a guerra traz consigo. Tranqüilizei Remarque, que se tinha na conta de um senhor da velha escola, neste aspecto superando Jünger. Não precisavam tomar nenhum cuidado especial em relação a mim, por favor. A pesquisa que nos havia encomendado a firma Bührle exigia fidelidade de detalhes, eu disse. "Os senhores certamente sabem qual calibre produziam para exportação em Oerlikon, ou não?" Então solicitei mais pormenores.

Como o sr. Remarque se calou e, desviando o olhar, fixou a ponte da Prefeitura, que vinha dar no Limmatquai, o sr. Jünger, que passava uma impressão de maior serenidade, me esclareceu sobre o desenvolvimento da máscara contra gás e em seguida sobre a arma gás de mostarda, que foi utilizada pela primeira vez — e pelo lado alemão — em junho de 1917, durante a terceira batalha de Ypres. Tratava-se de uma névoa de gás quase inodora e imperceptível, por assim dizer de uma cerração rasteira aderida ao chão, cujo efeito corrosivo para as células começava apenas três a quatro horas depois. Sulfeto diclorodietílico, um composto oleoso, pulverizado em minúsculas gotinhas, contra o qual nenhuma máscara de gás podia ajudar.

Então o sr. Jünger me esclareceu ainda como, por bombardeamento cruzado amarelo, sistemas de trincheiras do inimigo foram contaminados, após o que tiveram que ser abandonados sem luta. Ele disse: "Mas, no final do outono de 17, um inglês perto de Cambrai apreendeu um depósito ainda maior de granadas de gás de mostarda e imediatamente utilizou-o contra nossas trincheiras. Muitos ficaram cegos... Diga, Remarque, isto, de uma forma ou de outra, não apanhou de surpresa o maior cabo de todos os tempos? Veio por causa disso para o hospital em Pasewalk... Ali viveu o fim da guerra... Ali decidiu tornar-se político...".

Traduzido do alemão por Laura Barreto

A jornada para os mortos

John Updike

Morando sozinho depois de quase trinta anos casado, Martin Fredericks era perturbado por eventuais importunações. Uma amiga de faculdade de sua ex-mulher — uma robusta e vigorosa senhora formada em literatura comparada que se chamava Arlene Quint — telefonou um dia no começo da primavera e pediu que a levasse de carro ao hospital. Ele não tinha certeza de ter entendido. "Agora?"

"Daqui a pouquinho, sim, se puder." O pedido em sua voz vinha cercado de algo firme e cerimonioso de que ele se lembrava nos tempos de faculdade. "Pensei assim, você tem esse carrinho estacionado aí nos fundos do seu prédio e nesta cidade quando se chama um táxi leva horas e eles dirigem como loucos. Preciso que me levem com cuidado."

"É?"

"É, sim, Marty", disse ela. "Nada de suas freadas e partidas bruscas."

Tinham se reencontrado recentemente, depois de muitos anos, numa festa no loft de um artista uns quarteirões adiante na direção da cidade; ela ficou menos surpresa de vê-lo do que ele a ela, uma vez que ela estivera em contato com sua ex-esposa, Harriet, e sabia que ele havia se mudado do subúrbio. Ela também morava na cidade agora. Ela e Sherman Quint — químico formado — haviam se divorciado há vários anos. Adorava estar na cidade, e livre, disse Arlene a Fredericks. Parecia pálida e o cabelo preto puxado para trás havia ficado grisalho em estranhas faixas isoladas, mas parecia estar exatamente como ele se lembrava dela, sólida e cheia de energia, com um certo ar de benigno desafio. Assim como sua ex-esposa, tinha sido uma universitária do tipo artístico, de rabo-de-cavalo e saia de camponesa. Agora, ainda de rabo-de-cavalo, estava sentada em cima de uma mesa a balançar as pernas grossas, aparentando total felicidade por estar viva, solteira e ali presente.

Era uma pesada mesa maciça onde trabalhava o artista, um homenzinho de cavanhaque; estava salpicada de buracos de percevejos e coberta de acidentes com tinta líquida e em pasta. Às costas de Arlene pendiam esboços a carvão de nus masculinos idealizados. Ao lado dela, despencava o espaço de uma grande janela industrial de barras de aço para as luzes da cidade, âmbar, platinada e riscos borrados de néon vermelho, que se estendiam até longe; a cidade não era Nova York, mas Boston, e nada nessa direção parecia mais alto que suas próprias janelas, as ruas e as fileiras de tijolos correndo por baixo delas como as luzes de um aeroporto durante a decolagem. A felicidade dela rebrilhava em sua pele não exatamente saudável e as pernas ficavam chutando alegremente — as batatas da perna em forma de baquetas, as sapatilhas Capezio pequenas, de bico redondo. Aqueles pés revelavam sua época; a ex-esposa de Fredericks também usava sapatilhas de bailarina com qualquer tempo, na chuva ou na neve, como se a vida a qualquer momento pudesse virar uma dança.

A multidão dessa festa parecia jovem — jovens pretensos artistas com feios cabelos de corte punk, raspados acima das orelhas e tingidos em tufos de cor pastel, rapazes e garotas iguais, com suéteres largos e mais ruidosos e excitados à medida que bebiam vinho em copos plásticos vagabundos. Um rapaz pegou uma pilha flexível desses copos e fingiu tocar como um acordeão. A voz do anfitrião, anasalada e alegre, se recortava no barulho. Só o anfitrião e seu namorado japonês pareciam próximos da idade de Fredericks e, embora isso o incomodasse, a juventude da reunião parecia aumentar a felicidade de Arlene, sua felicidade sem rumo de pernas balançando, como uma menininha em cima de um muro alto. "Ei. Acho que eu vou, como dizem, me mandar", ele lhe disse, afinal, numa ligeira paródia da ânsia dela em assimilar aquele ambiente juvenil. "Quer que acompanhe você até em casa?"

Os olhos dela de repente fecharam o foco em cima dele. As sombras abaixo deles traíam fadiga. "Ah, não, Marty, é muito cedo!" A voz saiu-lhe alta e como se viesse de longe. Os lábios demoraram a se fechar sobre os dentes, que eram um pouco salientes e manchados, como de fumante, embora ela não fumasse mais. "Bondade sua, mas posso ir sozinha. Este lado da cidade é bem seguro."

Ele ficou contente de ela recusar; estava envolvido com outra mulher e se oferecera com um espírito genuinamente protetor, num gesto voltado obscuramente a sua ex-esposa. Porque as duas moças tinham sido próximas, um tabu de incesto havia se desenvolvido entre ele e Arlene na faculdade; era estranho sentir aquele tabu suspenso; e uma incômoda liberdade cair sobre eles todos, relativamente tarde na vida. Liberdade — era isso que expressavam suas pernas gordas balançando. Mas americanos supervalorizam a liberdade, Fredericks pensava, e disponibilidade não é a mesma coisa que atração. Havia um fulgor pouco saudável em Arlene e ela havia engrossado na cintura.

Quando descreveu o encontro para Harriet pelo telefone, ela disse que Arlene levara um susto com um câncer, mas que a quimioterapia parecia ter funcionado. Na cabeça dele, a doença figurava como mais uma razão para deixar Arlene em paz. Ela estava comprometida. Aos poucos, sumiu de sua cabeça que ela morava a um quilômetro, que trabalhava meio período numa loja de suprimentos para pintores perto da universidade local, até aquele súbito telefonema.

Era fim da tarde, quase anoitecendo. Os edifícios do centro da cidade visíveis de sua janela partiam-se em grandes blocos de sombras e brilho alaranjado à medida que o sol se punha atrás do Fens. Quando ele chegou ao seu automóvel — um decrépito Karmann-Ghia conversível, o pára-lama dianteiro amassado, a capota de lona rasgada uma noite por um ladrão em busca de drogas ou de um rádio caro — já estava escuro a ponto de precisar acender os faróis. Irritado e lisonjeado, arrastou-se pelo trânsito da hora do rush até o endereço que Arlene havia lhe dado.

Ela estava parada no saguão do prédio e saiu com uma maleta pequena, andando com muito cuidado, em passos lentos e curtos. Quando ele se desdobrou desajeitadamente de dentro do carro e foi até ela para pegar a mala, ela levantou a mão em alarme, como se temesse que ele a derrubasse. Estava usando um pesado casaco de tricô, solto, mas mesmo assim dava para perceber que a forma de seu corpo não estava bem — a cintura não estava apenas grossa, mas inchada. As luzes da rua não ajudavam seu colorido: o rosto parecia esverdeado, ceroso, e, debaixo dos olhos, havia depressões iguais a marcas de polegar na cera. Ela sorriu da intensidade da inspeção dele. Arlene, cujos avós maternos tinham emigrado da Macedônia, tinha um certo formalismo rígido de Velho Mundo, e Fredericks sentiu sua determinação de deixar esse formalismo exercitar-se entre eles. Embora seu carro, parado em fila dupla, obrigasse as duas faixas de trânsito da rua a se apertar em uma única, com buzinas indignadas, ele fez seus movimentos serem tão pouco apressados quanto os dela e colocou a maleta no banco de trás com tanta delicadeza como se a maleta contivesse sua dor.

Ela bateu a porta de seu lado, mas ficou um pouco curvada para a frente, o perfil silhuetado contra a janela lateral, debaixo da lona cortada e remendada com fita: o nariz fino de ponte alta, os lábios comportadamente fechados sobre os dentes ligeiramente protuberantes. Ele perguntou, antes de soltar a embreagem: "Tudo bem?".

"Bem", ela respondeu numa voz surpreendente pela normalidade. "Bondade sua fazer isto, Marty."

"Não é nada. Qual hospital?"

Ela disse o nome de um que ficava a menos de três quilômetros. A hora do rush estava no auge, com o escuro caindo, e houve muitas paradas e partidas. Ela apoiou uma mão no painel a certo momento, como se quisesse se apoiar, depois abandonou a postura, talvez por ser mais incômoda do que o apoio que fornecia. O carro era velho e enferrujado, rodava aos solavancos por mais delicadamente que ele mudasse a marcha. "Desculpe", ele disse, mais de uma vez.

"Está indo bem", disse ela, quase condescendente.

Ele não podia acreditar que um táxi não teria sido melhor. Era como se ela tivesse resolvido aceitar, agora, o seu convite rejeitado para levá-la até em casa. "Desculpe o frio do carro; o aquecedor deve começar a funcionar a qualquer minuto."

"Não estou com frio."

"Esse... foi, ahn, alguma coisa repentina?"

"É uma coisa que vem vindo."

"Eles sabem, no hospital, que você está indo?"

"Ah, sabem. Sabem, sim."

"Vai ficar muito tempo?"

"Depende deles. Minha tarefa é entregar o corpo."

O corpo. "Sinto muito", ele disse.

"Sente o que, Marty?" Tinham se livrado do trânsito por um quarteirão e estavam deslizando tranqüilos, entre os prédios arqueados de quatro andares, debaixo de árvores que dentro de um mês teriam folhas.

"É o seu corpo, ahn, aprontando."

A folga terminou; o cruzamento com uma artéria principal estava paralisado. "Acho que vai dar tudo certo", Arlene disse depois de um segundo de silêncio tenso, durante o qual ela viu que a parada não ia ser difícil. Sua voz tinha um ritmo falso, leve, de alguém que tranqüiliza uma criança.

"Espero que sim", disse Fredericks, sentindo-se tolo e insignificante diante dos imensos movimentos, das revoluções da mortalidade que ocorriam dentro dela ali a seu lado, na caverna tremulante, fria, cortada, daquele carro.

Ela disse, mais informalmente: "A gente se adapta. Entra em acordo com ele".

"É mesmo?"

"Ah, é", Arlene disse, com simplicidade, como se ele já estivesse informado do segredo — como se ele e ela estivessem agora do mesmo lado do mistério que crescia dentro dela. Mas ele não conseguia imaginar a morte tendo uma dimensão humana, finita o bastante para se entrar em acordo com ela. O aquecedor do carro por fim começou a produzir calor quando as luzes do hospital apareceram. Ela o orientou para uma rua lateral em curva que se transformava numa rampa. Ao parar devagarinho na entrada, Fredericks teve a impressão da luminosidade sempre movimentada que produz um aeroporto, ou um terminal rodoviário dos velhos dias — a constante vivacidade grandiosa do ir e vir.

Disse, lutando para se extrair de trás da direção: "Deixe eu abrir a porta para você".

"Eu consigo." Ela levantou a trava e estava do lado do carro quando ele deu a volta para pegar a mala. Tinha a aparência rígida e sem cintura que têm as mulheres dos Bálcãs, nas muitas camadas de suas roupas de camponesas. Ela se virou. O rosto voltou-se para a luz que vertia das portas de vidro do saguão do hospital.

"Quer que entre com você?"

"Não." A resposta foi tão abrupta que ela tentou suavizar em seguida. "Não pode estacionar aqui. Eu consigo." Ao ouvir a repetição, ela repisou: "Quero conseguir. Escolhi viver sozinha". Olhou depressa para ele, com um ar desconfiado nos olhos, e deu seu sorriso gracioso, dentuço, direto. "Obrigada, Marty. Foi uma boa corrida."

"Quer receber visitas?"

"Vou ter muitas, obrigada. Todos aqueles filhos nós tivemos por alguma razão."

"Me ligue quando terminar e eu venho buscar você."

Seus lábios fecharam-se sobre os dentes. "Já vou agüentar um táxi então." Não houve a proposta de um beijinho de despedida, embora ele fosse ter o cuidado de não dar um tranco nela. Mas se o próprio corpo a traía, Fredericks pensou, por que haveria de confiar nele? Ela entrou pelas portas de vidro e não olhou para trás. Por trás, com sua malinha e casaco volumoso, parecia uma imigrante, acabada de chegar.

Arlene não foi a primeira mulher moribunda de sua idade que Fredericks conheceu. No subúrbio onde ele e Harriet moravam juntos, uma amiga comum, a esposa mais feliz de seu círculo, teve um seio removido aos quarenta e poucos anos. Durante muito tempo, aquilo pareceu resolver o problema; então, com voz rouca, ela confidenciou a eles na frente do supermercado local: “A droga do negócio voltou!”. A última vez que a viram foi num pequeno churrasco que todos os convidados sabiam tacitamente, mas nenhum admitia em voz alta, ser um adeus a sua anfitriã.

Naquele domingo de verão, quando Fredericks e a mulher entraram na propriedade, uma mangueira verde nova, esticada para chegar a um canteiro de flores, atravessava o caminho asfaltado e ele freou. A anfitriã, de chapéu de sol e bata berrante, estava parada no gramado, acenando vigorosamente para ele seguir até um trecho do terreno que reservara para estacionar. Hesitante, ele guiou o carro — uma perua Volvo dura como um caminhão para dirigir — para o ponto que ela indicava, temendo que o pé escorregasse e o pára-choque atingisse essa mulher já atingida pela doença.

Desceu e beijou o rosto que ela voltou para ele, que na doença havia se tornado redondo e brilhante, e explicou que tinha evitado passar em cima da mangueira. “Arre, a mangueira!”, ela exclamou com uma surpreendente força gutural e um gesto engraçado e amplo. “Dane-se a mangueira!”

Mesmo assim, Fredericks voltou e removeu a mangueira para o carro seguinte não passar em cima, tentando ao mesmo tempo imaginar que sentido teriam para alguém cuja morte é iminente esses acessórios do dia-a-dia, pacientemente valorizados, armazenados, enrolados e consertados como se sua utilidade fosse eterna. A mangueira. As flores. A pazinha abandonada, cujo cabo amarelo-canário piscava no meio das ervas daninhas do canteiro lateral de floxes. A própria grama, o sol, o céu e as árvores como imensas peças de cenário pintadas — danem-se eles. O valor dessas coisas estava para sofrer uma revisão tão vasta e esmagadora que Fredericks não conseguia imaginá-la. Certamente não conseguia imaginá-la em relação à alegre presença que os recebia, sentada com seus convidados na varanda cercada de tela, enquanto o marido cozinhava na grelha lá fora, numa nuvem de mosquitos. Como concessão a sua fragilidade ela se recostara numa chaise longue de alumínio, os pés calçados em grossas meias-chinelo de lã, embora o dia estivesse quente, e ainda de chapéu de sol, talvez para esconder o cabelo eliminado pela quimioterapia. A festa, à medida que os convidados bebiam vinho, ficou ainda mais relaxada e risonha, a anfitriã puxando a conversa para questões mundanas — problemas com o zoneamento local, os filmes a que assistira. Estendeu-se com tamanho sentimento sobre os horrores de uma proposta de instalação de um condomínio que esqueceram que ela não estaria lá para ver aquilo ou para combater os problemas de estacionamento que provocaria. Quando outra mulher protestou que todos os filmes pareciam ser — enfaticamente — *achincalhes*, a moribunda, rápida, disse de piada "*Saúde!*" e acrescentou, alegremente: "Adoro achincalhes. Achincalhar", disse, "é dizer a verdade. O achincalhe", prosseguiu, num crescendo de excitação motivado pelas risadas que a cercavam, "há de nos libertar!".

Três meses depois, em seu funeral, tentando imaginá-la se deslocando em algum lugar de força em força como dizia o sermão, Fredericks se perguntou se nenhum deles aquela tarde conseguira encontrar algum assunto mais elevado, mais afetuoso como despedida, do que condomínio e filmes sórdidos, se perguntou onde aquela mangueira de jardim, com a qual fora tão solícito, podia estar enrolada agora.

Os moribundos, deslumbrou-se, parecem não habitar um mundo muito diferente do nosso. Seus vizinhos velhos nesse subúrbio juntavam as folhas do gramado com um rastelo, passeavam seus velhos cachorros mansos e conversavam sobre a viagem à Flórida marcada para o inverno como se diante das portas da morte não houvesse nada a fazer senão continuar vivendo, vivendo nos mesmos velhos trilhos. Fofocavam, faziam cerâmica, assistiam televisão. Nenhum insight radical iluminava suas conversas, embora Fredericks escutasse com expectativa. Na faculdade, estudara letras clássicas e lembrava-se vagamente da parte da *Odisséia* em que os mortos olham, mudos, para Odisseu, sem poder falar até que tenham bebido o sangue de carneiro com que o herói encheu, por orientação de Circe, um poço de um cúbito quadrado de área e um cúbito de profundidade. A própria mãe do herói, Anticléia, se agacha, muda e irritada, até ele permitir que beba "o sangue escuro como uma tormenta". Os mortos de Homero se sentem inferiores, até mesmo — na tradução de T. E. Lawrence para o inglês — tolos. Aquiles morto, gozador, pergunta a Odisseu: "Que louca aventura você vai encontrar que supere esta de descer vivo ao Hades, entre os tolos mortos, cansados objetos de mofa dos homens?". E Enéias, no Averno de Virgílio, não consegue arrancar uma palavra da raivosa Dido, que escuta suas ameaças e desculpas de olhos fixos, cara de pedra, e foge ainda a odiá-lo — *inimica* — de volta para os sombreados bosques onde Siqueu, seu ex-marido, corresponde a suas carícias e retribui seu amor — *inimica refugit/ in nemus umbriferum coniunx ubi pristinus illi/ respondet curis aequatque Sychaeus amorem.* A versão de Virgílio para o submundo se torna implausivelmente detalhada, com o futuro de Roma estabelecido minuciosamente por Anquises e vários anéis e compartimentos todos prontos, como se à espera do mapeamento definitivo de Dante. Enquanto Gilgamesh, um viajor ainda mais antigo, encontrou apenas, até onde se podem decifrar as tabuletas de sua história, confusão e evasão ao fim de sua apaixonada missão: "A tristeza penetrou em meu ventre. Tenho medo da morte; vago pelas montanhas. Tomarei a estrada; depressa irei para a casa de Utnapishtim, rebento de Ubaratutu...".

Utnapishtim responde a Gilgamesh em fragmentos de barro: "Como não existe... Não existe conselho... Desde o princípio não existe permanência... Quanto à morte, seu tempo é secreto. O tempo da vida é mostrado com clareza".

Fredericks ficou intimidado de ligar para Arlene, temendo que parecesse uma espécie de corte. Porém por polidez devia perguntar, depois de sua perigosa viagem juntos, como ela estava indo. Durante várias semanas o telefone dela não atendeu; aí, um dia, atenderam. "Ah", ela respondeu com uma cadência pensativa, melodiosa, preguiçosa na voz que parecia nova, "não estou mal. Tem dias bons e dias ruins. Me deram uma misturada de coisas e durante algum tempo lá a mistura estava toda errada. Mas agora resolveram. Me sinto bastante bem, Marty."

"Está em casa agora", disse ele, como para fixar um fato nesse fluxo de inimaginável terapia. O som vagaroso e drogado da voz dela despertava firmeza na dele. "E você vai trabalhar?"

"Ontem, que estava fazendo sol, fui até a loja de material artístico, e ficaram contentes de me ver, mas na realidade ainda não estou pronta para ficar de pé o dia inteiro. Meu objetivo é alguma tarde da semana que vem. A gente aprende a estabelecer objetivos."

"É." A firmeza dele pareceu se abortar — um soco no ar. "Bom, vá levando um dia depois do outro."

Houve uma pausa. "Não acho ruim receber visitas", disse ela.

Ele pensou no loft do artista e naquela multidão ruidosa, na alegria dela por estar entre eles, e sentiu raiva. Se eram todos tão maravilhosos, onde é que estavam agora? "Bom, posso aparecer um dia desses", disse. "Se não vai cansar você."

"Ah, não, Marty", disse ela. "Seria um prazer."

Fredericks sentiu-se incomodamente obrigado a marcar

uma data, um fim de tarde, depois do trabalho. Não se sentia, nesse preciso instante de sua vida, inteiramente livre — a mulher com que estava envolvido era possessiva com seu tempo e o vigiava. Sua vida parecia destinada a nunca ser inteiramente sua. Por escolha dele, claro. Arlene lhe dissera: *Escolhi viver sozinha*.

Na hora em que rodava para o endereço de Arlene, carros deixavam as ruas para voltar aos subúrbios e ele não teve problema para encontrar um espaço vazio perto de um parquímetro. A cada dia a luz do sol apegava-se à cidade uns minutos mais. A casa dela era num prédio de pedra marrom e frente em arco, mais bonito que o seu prédio de tijolos, e dava não para o pequeno nó de arranha-céus do centro da cidade, mas para uma faixa de parque antiquado, parte do Fens, com postes de iluminação de ferro e uma ponte de pedra em arco sobre o regato lodoso, pontilhado de latas de cerveja e caixas de comida para viagem de isopor branco-neve. Uma faia muito aberta, cujas raízes bebiam à margem do regato, estava cheia de botões. *O tempo da vida é mostrado com clareza*.

Inesperadamente, Arlene o recebeu no elevador, e ele quase se chocou com ela. Quando foi lhe dar um beijo no rosto, ela se manteve encurvada, de forma que ficou desajeitado tocar nela os lábios. Seu rosto estava seco e um pouco quente demais.

Ela usava uma espécie de agasalho de corrida azul-marinho e parecia muito mais magra. A pele do rosto, empalidecida, havia esticado e os olhos — de um surpreendente castanho-claro, cor de caramelo pintalgado — espiavam desconfiados das órbitas fundas, de um canto fantasmagórico. Curvada e arrastando os pés, ela o conduziu à sala da frente com sua vista do parque. Pelas janelas, dava para enxergar, através da faia em botão, um caminho diagonal e, a meia distância, um coreto de ferro. O apartamento dela era num andar mais alto que o dele, embora não tão alto quanto o loft do artista, e abundantemente mobiliado com mobília surpreendentemente cara: butim de seu casamento, pensou ele. Ela deixou que Fredericks preparasse um drinque enquanto se deitava no sofá de brocado, com os pés para cima, bebendo água Perrier. "Que lugar *adorável*", disse ele e então temeu que a ênfase traísse uma suposição de que ela morava pobremente, ao estilo boêmio.

"Senti falta disto nessas semanas em que estive fora. Minhas plantas ficaram muito contentes de me ver. Um ciclâmen morreu, apesar de eu ter pedido para a mulher do zelador vir molhar duas vezes por semana."

"Harriet já esteve aqui?"

"Ah, já — diversas vezes. Ela gosta daqui. Disse que detesta viver presa naquele lugar caindo aos pedaços de vocês. Quer dizer, que vocês dois tinham."

"Os meninos ainda não estão independentes. E, se ela mudar para a cidade também, vamos ter um problema de superpopulação."

"Ah, Marty, você sabe que ela não vai mudar nunca. Harriet precisa de todo aquele espaço campestre e vistoso. Ela precisa de bichos."

A conversa começou a ficar estimulante para ele. Sentou-se numa poltrona tão inesperadamente macia que quase derramou a bebida. De um ângulo mais baixo, as janelas de Arlene ficaram tomadas pelo céu, só céu, com nuvens brancas de primavera próximas umas das outras como pedras de calçamento e correndo assim juntas numa direção que fazia a sala parecer estar viajando, empurrando suavemente as paredes, mobília e sombras do fim da tarde para trás, para o passado, para o tempo em que estavam todos na faculdade, jovens que acabavam de se conhecer, os olmos não estavam doentes, os carros eram enormes, as audiências Exército-McCarthy rumorejavam seu fascínio pelo rádio nas tardes de primavera em que deviam estar estudando Chaucer. E depois, mais tarde, ainda em contato, Arlene e Sherman, Harriet e Martin compartilhando o incrível feito de fazer bebês — criar pessoas novas, cidadãos, a partir do nada, mas bebês deles, próprios — e a conquista nada menos maravilhosa de possuir casas e cuidar delas, de ter amigos que às vezes eram maldosos, e de dar festas. Embora vivessem em cidades diferentes, em círculos diferentes, de vez em quando se convidavam. Os Quint tinham construído uma piscina e Fredericks se lembrava dos almoços ao ar livre aos domingos, no gramado falhado onde a escavação recente havia deixado cicatrizes, debaixo de um céu manchado de fumaça de carvão e o preguiçoso *bop-pop* do jogo de tênis na quadra de terra do vizinho. O sol da juventude salpicava suas reminiscências, enquanto Arlene ajeitava rigidamente as pernas no sofá de quando em quando e Fredericks afundava mais na poltrona na benignidade alcoólica e o céu, com suas nuvens viajantes, mergulhava no azul da noite. A voz de Arlene tinha uma qualidade aguda e distante, como se ela estivesse lendo as palavras num cartão mantido quase fora do alcance da visão. "Harriet teve uma quedinha por nosso ministro", disse ela, quando Fredericks relembrou os almoços ao ar livre.

"Teve?" Embora ele tivesse ficado adepto de receber os sinais emitidos por mulheres, nunca pensara que Harriet emitia sinais.

Arlene riu, numa nota aguda, alta e prolongada, e em seguida os lábios se fecharam devagar sobre os dentes proeminentes. Ela disse: "O reverendo Propper — não que ele *fosse* assim tão próprio, como se descobriu. Era um unitarista, claro. Já na faculdade Harriet gostava desse tipo de rapaz — um rapaz *sério*. Você não era sério o bastante para ela, Marty".

"Gostava? Eu não era?" Ele se culpava pela separação e ficou prazerosamente surpreso de saber que a rejeição não havia sido toda do seu lado.

"Não de fato. Ela adorava idealistas. Líderes sindicais, padres renegados e Erik Erikson — esses tipos curadores. Foi isso que atraiu Harriet para Sherm, antes de ela descobrir que ele era apenas mais um nerd da química. Acho que não existia a palavra 'nerd' naquela época, existia?"

"Esqueci que ela tinha saído com ele durante um tempinho."

"Um tempinho! O segundo ano inteiro. Foi assim que eu conheci o Sherman, através dela."

"Eu sabia disso?"

"Devia saber, sim, Marty. Ela sempre dizia que adorava o jeito que o cabelo dele tinha começado a cair já na faculdade. Achava que isso era sinal de seriedade. Mostrava que o cérebro dele estava funcionando para salvar a humanidade. Todo aquele pessoal da sociologia queria salvar o mundo."

Ele havia esquecido que Harriet se formara em sociologia — não esquecido, exatamente, mas não havia trazido o fato de volta à vida. Tinha havido um momento, naqueles anos 50, em que a sociologia, combinando psicologia, antropologia, história e estatística, parecia capaz de salvar o mundo daqueles obscuros monstros peludos do tribalismo e da religião. Harriet tinha sido, com seu sorriso tímido de pérolas, rabo-de-cavalo e tênis detonados, um apóstolo da luz, naqueles dias sem foco do pré-protesto. "Eu não me lembrava de ela e Sherm terem namorado assim tão sério."

"*Sério*. Nem fale. Ele nunca sorria, a não ser que você contasse para ele que alguma coisa era uma piada. Meu Deus, foi tão bom me separar afinal. Foi uma *tamanha* felicidade, Marty — e no entanto não havia quase nada a reclamar daquele homem."

Ele não queria falar de Sherman. "Você algum dia notou", perguntou, "como os dentes de Harriet eram brancos?"

"*Notei*. E ela sabia disso também. Sempre me dizia que eu estava manchando meus dentes com o cigarro. Eu devia ter escutado. Ninguém acreditava em câncer naquela época."

A palavra foi especialmente chocante, vinda dela. Ele disse: "Mas não é em seu pulmão que...".

"Ah, mas está tudo ligado, não acha?", Arlene perguntou, leve. "E é muito provável que seja basicamente psicossomático. Eu fiquei feliz demais de me livrar de Sherman. Meu corpo não conseguiu agüentar minha felicidade. Pirou."

Fredericks riu, tentou se levantar de sua poltrona macia, irresistível. "Lembra quando diziam para a gente que fumar retardava o crescimento? Escute, Arlene, tenho de ir embora voando. Tem alguém me esperando. Mas foi uma delícia. Quem sabe eu possa aparecer outra vez."

"Venha, sim", disse a mulher, apertando os olhos como se quisesse ler um cartão de texto especialmente distante. "Vou estar aqui."

Mas quando algumas vezes apareceu, ela não estava — na loja de materiais artísticos talvez, ou visitando os filhos, que eram adultos e moravam num raio de setenta quilômetros. Ou então estava doente demais para atender o telefone. Tinha altos e baixos, mas a tendência era para baixos. Talvez tenha estado com ela seis ou sete vezes no decorrer do verão; de cada vez, havia algo do encantamento inicial — o dia mudando de tom pelas janelas grandes, a voz dela, fina, distante, mas ágil, evocando os velhos dias, aqueles anos 50 e começo dos 60 em que se avançava para a própria vida com uma liberdade não expressa que, agora, ninguém que não tivesse sido jovem naquela época conseguia entender. Havia menos lado de fora naquele mundo — menos dinheiro, menos carros, pessoas, prédios — e mais dentro, mais sangue e mais esperança. Nada, realmente, custava tanto em relação a agora, e nada, nem amor, nem política, era sequer metade do que era supervalorizado agora. Havia um estilo, de sapatilhas na lama, que para Fredericks resumia aquele algo descuidado, não premeditado, uma branda graça, daqueles anos. Havia nomes que tinha praticamente esquecido, até que Arlene os mencionava casualmente. "E tinha o Brett Helmerich, que se encarregava de Chaucer, ele era outro em quem Harriet estava de olho..."

"Estava? Brett... Helmerich. Espere. Eu lembro mesmo dele. Reforço de couro no cotovelo e sempre um cachecol vermelho dando algumas voltas no pescoço, e o nariz vermelho como Punch, meio assim."

Ela sacudiu a cabeça de mansinho, com aquele olhar distante, o rosto amarelecido meio iluminado pela janela. Seus pés, com meias grossas de atleta, listadas, apoiados numa almofada, os joelhos para cima. Os tornozelos, pulsos e o rosto tinham inchado numa fase da luta de seu corpo contra o invasor e depois sua silhueta cedera ao emagrecimento. Ela se deslocava cada vez mais rígida, curvada. Enquanto ele bebia uísque ou gim, ela tomava uma xícara de chá tão fraco que parecia apenas água morna. Mas sua menção a Brett Helmerich invocara as desaparecidas tropas que um dia marcharam entrando e saindo das aulas sobre Chaucer, dadas por um professor indiferente que nas décadas em que durara aquele curso se tornara mais e mais medieval, mais áspero, escatológico e visionário. "Acha mesmo que ela estava de olho em Brett? Mas ele era dez anos mais velho que a gente, tinha mulher e filhos bebês."

"Os bebês dos outros não eram muito reais para nós, até você ter o seu. Nem esposa, também, até você ser uma. Mesmo assim... Ex-esposas eram o pior de tudo, o jeito como elas ficavam penduradas na cabeça dos homens."

Quando Arlene falava de Harriet, Fredericks ficava fascinado, como se sua ex-esposa pudesse lhe ser mostrada sob uma luz inteiramente nova — ressuscitada, por assim dizer, por uma nova perspectiva. Ela, que lhe parecera tão tímida e desajeitada sexualmente, havia vivido diversos relacionamentos e flertes naqueles anos de faculdade e nos anos de seu jovem casamento não estivera inteiramente preocupada com ele e seus queridos bebês. Fredericks perguntou: "Houve realmente alguma coisa entre ela e o reverendo Propper?".

Arlene abriu bem a boca, mas a risada foi inaudível, como um grito de morcego. "Ah, não sei se chegou ao estágio físico, mas você nunca se perguntou por que ela dirigia quarenta quilômetros de ida e quarenta de volta para cantar no nosso coro desafinado?"

"Achei que era pela amizade com você — assim tinha a chance de manter contato com você."

"Ela mantinha contato comigo quando interessava a ela", disse Arlene, e bebericou o chá frio, e fez um gesto de projetar os lábios como para registrar a insaciável secura da boca. "E ainda hoje é assim."

"Harriet mantém contato com você?"

"Ela telefona. Com bastante freqüência."

"Com freqüência bastante para quê?"

"Para saber de você."

"De mim? Não!"

"É, sim."

"Mas ela está tão bem casada."

"Acho que sim. Mas uma mulher é como uma aranha, Marty. Tem a sua teia. Gosta de sentir vibrarem diferentes fios."

O telefone tocou, na mesa poucos metros diante dela, mas Arlene deixou que tocasse até que, por fim, parou. Fredericks se perguntou quantas vezes teria sido ele a pessoa do outro lado da linha, achando que ela estava doente demais para atender. Diversas vezes, quando ela atendia, a voz rachava, se arrastava, e ele sabia que a tinha arrancado de um sono narcotizado. Pedia desculpas e se oferecia para ligar outra hora, mas ela dizia que era *um prazer* falar com ele, e a voz dela aos poucos clareava, cheia de animação.

Pouco antes do Dia do Trabalho, porém, ela atendeu quando ele estava a ponto de desligar e ele conseguiu ouvir a aspiração dela depois de cada frase. O remédio que estava tomando tinha "pirado". Dois dias antes, a filha viera do subúrbio distante e a levara ao hospital bem a tempo. "Assustador." Arlene nunca antes havia mencionado medo a Fredericks. Ele perguntou se ela gostaria que ele aparecesse para uma visita rápida.

Ela disse, quase ralhando: "Marty, eu simplesmente não posso me fazer de Harriet para você hoje. Estou cansada demais e cheia de comprimidos. Estou esgotada".

Fazer-se de Harriet? Ao desligar, ele se assombrou de saber que era isso que a levara a fazer. Harriet quando jovem e todo aquele vasto reino dos mortos, inclusive ele próprio quando jovem. O rosto dele esquentou de vergonha e de uma certa raiva pela censura de Arlene, por seu tom. Não que ele não tivesse mais nada a fazer além de visitar doentes.

Foi Harriet quem lhe contou, pelo telefone, que Arlene tivera um derrame e estava no hospital.

"Para sempre?"

"Parece que sim."

"Você esteve lá com ela?"

"Uma vez. Devia ir mais, mas..." Não precisava explicar; ele entendia. Ela morava longe, os vivos eram mais ocupados que os moribundos, era assustador.

Ele também não queria visitar Arlene no hospital; o apartamento dela — aquele ar de sombrio luxo expectante, como um teatro onde a representação era feita para ele — havia sido uma das atrações. Mas Harriet insistiu com ele para ir, "por nós dois", e então ele se viu a caminho de um grande edifício de concreto úmido, cheio de rampas inclinadas e carros estacionados. Desceu num elevador cujo interior era pintado de vermelho e seguiu flechas amarelas por escuros corredores de cimento e azulejos. Ao emergir brevemente acima do chão, reconheceu a rua lateral curva para a qual, seis meses antes, Arlene havia orientado o Karmann-Ghia. O carro desde então caíra aos pedaços, o casco tão enferrujado que dava para ver o asfalto passando abaixo dos pés, mas o saguão cavernoso do hospital ainda irradiava seu ar de furor sanitário, de bem iluminadas idas e vindas, de imigrantes chegando a uma costa movimentada.

Fredericks passou pelas portas de vidro, informou-se e tentou seguir a orientação. Trilhou seu caminho por corredores cheios de pálidos espectros — enfermeiras de branco com sapatos de solas grossas, médicos com jalecos adejando, pacientes inconscientes empurrados em macas iguais a barcos com postes de soro intravenoso no lugar de mastros, visitantes aflitos agarrados uns aos outros em blocos familiares, parecendo perdidos e desbotados na dura luz fluorescente. *Assolaram-me dez mil débeis fantasmas, gritando, desumanos*. Embora o hospital tivesse doze andares, dava a sensação de ficar no subsolo, como um labirinto. Ele passou por lojas de flores, lojas cheias de revistas, doces e cartões engraçados, uma entrada de café, incontáveis portas numeradas e diversas fileiras de elevadores suspirantes, estrepitosos. Entrou num elevador e se viu amassado contra os outros passageiros pela entrada, no andar seguinte, de uma pessoa em cadeira de rodas, um homem murcho com um tubo no nariz, empurrado por um atendente obeso. No décimo primeiro andar, ao entrar numa perturbadora confusão de mesas, perguntou por Arlene. Disseram-lhe um número e apontaram numa direção.

A porta estava entreaberta. Ele empurrou de leve e viu primeiro uma cama vazia e uma grande janela de moldura de metal dando para a cidade a uma altura ainda maior do que a do loft do artista muitos meses antes. Mas a perspectiva era dominada por uma grande e feia ponte de ferro manchada de tinta vermelha antiferrugem e fervilhante de carros.

Ela estava atrás da porta, sentada numa cadeira ao lado da cama. O cabelo cortado rente estava quase todo branco e uma catástrofe havia tomado seu rosto: um lado dele, pálpebra e canto da boca, repuxados fortemente para baixo. Os olhos macedônios queimaram olhando para ele de dentro de uma fúria perplexa, pétrea. Ela não conseguia falar. O derrame havia tirado sua viva capacidade de fala. Em seu colo e espalhados pela cama, havia uma porção de livros para crianças e alguns cartões feitos à mão, cada um com uma letra do alfabeto.

Fredericks entendeu. Ela estava tentando aprender a ler, para se expressar. Os filhos — agora pais de seus próprios filhos — tinham amorosamente feito os cartões do alfabeto e trazido os livros. Ele entendeu tudo isso, mas também não conseguiu falar. Sua língua congelou depois de poucas palavras, altas demais, de saudação e, quando ela mostrou algumas letras como se quisesse indicar palavras, ele não conseguiu entender o que ela soletrava.

Tentou, freneticamente, conversar por ambos. "Harriet me contou que você estava aqui. Sinto muito. Deve ter sido... deve ter sido duro. Quando vai sair? A vista é fantástica."

Numa tentativa de responder a suas perguntas — ele ficou vermelho com a própria burrice de fazer uma pergunta que ela devia tentar responder —, ela apontou para o relógio na mesade-cabeceira e depois embaralhou os cartões no colo, procurando um que não conseguia encontrar. Levantou um deles de cabeça para baixo e, então, com uma careta no lado da boca que não estava morto, jogou o cartão longe. Ele se lembrou do gesto. *Dane-se.*

Praticamente em pânico, vermelho e gaguejante, falou inutilidades, e encontrou, ao procurar dentro de si um assunto que ele e Arlene pudessem ter em comum, apenas o próprio hospital, sua complexidade e estranheza para ele, e a sombria comédia de se ver apertado num elevador por uma cadeira de rodas e um empurrador gordo. "Podíamos ter sido todos espremidos até a morte. Uma garota estava com uma bandeja de papelão cheia de copos de café e teve de levantar até o teto." Ele imitou a pose heróica, como a Estátua da Liberdade, e baixou o braço, envergonhado pela brilhante fúria fixa nos olhos de Arlene, um olho meio fechado. Os mortos nos odeiam e nós odiamos os mortos. *De medo empalideci, podia a hórrida Perséfone ter-me do inferno enviado a cabeça da Górgona, aquele horror fabuloso.* De pé, sentiu um líquido elemento de outro mundo vazar depressa de dentro dele, esfriando a pele de suas pernas. "Acho que vou ter de, como dizem, me mandar." Fredericks se perguntou se ela lembraria dessa frase dita tanto tempo antes, com ligeiro sarcasmo, e tentou sorrir. Arlene ficou olhando sem sorrir. *Nada das suas partidas e freadas bruscas.* Ele prometeu, insincero, voltar outra vez e, como outros heróis antes dele, fugiu.

Traduzido do inglês por José Rubens Siqueira

Sugar Baby

Chinua Achebe

Peguei a expressão feroz do rosto dele no breve momento impulsivo daquele estranho ato; e entendi. Não falo do simbolismo enquanto tal; isso, para mim, era bem superficial e óbvio. Não. Foi mais a sua mortal seriedade.

Não durou mais que um segundo ou dois. Só o tempo que levou para enfiar a mão no pote de açúcar, agarrar um punhado e atirar pela janela, o queixo quadrado duro de maldade. Ele, então, se desmanchou de novo no suave solvente de um vago sorriso.

"Ah-ha; por quê?", perguntou um dos outros dois presentes, ou talvez ambos, perplexos e completamente confusos.

"Só para mostrar ao açúcar que hoje eu sou maior que ele, que chegou o dia em que posso pagar o açúcar e, se eu quiser, jogar açúcar fora."

Então, rolaram de rir. Cletus aderiu, mas riu só moderadamente. Então, aderi também, escassamente.

"Você é engraçado, Cletus", disse Umera, seu tronco gigantesco sacudindo de alegria e os olhos brilhando.

Logo estávamos tomando o chá de Cletus e mastigando pedaços de pão. Com uma grossa camada de margarina.

"É", disse o amigo de Umera cujo nome não peguei, "que uma bala arrebente a cabeça do açúcar!"

"Amém."

"Um dia desses, vai ser a vez da manteiga", disse Umera. "Por favor, desculpe o mau hábito." Ele havia mergulhado uma fatia de pão no chá e a levara, pingando, à sua enorme boca, a cabeça jogada para trás. "Foi assim que aprendi a comer pão", pronunciou com a boca cheia, empapada. Cortou outro pedaço — bem pequeno, dessa vez — e jogou pela janela. "Vá e encontre com o açúcar e que uma bala arrebente a cabeça de vocês!"

"Amém."

"Conte para eles de mim e do açúcar, Mike, conte para eles", Cletus disse para mim.

Bom, eu disse, não havia realmente nada a contar a não ser que meu amigo Cletus tinha o que nossos amigos ingleses chamariam de *sweet tooth*, "dente doce", boca para doces. Mas é claro que os ingleses, uma raça muito moderada, não poderiam ter um nome para nada como Cletus e sua dentição completa de trinta e dois dentes doces.

Era uma velha piada minha, mas Umera e o amigo não sabiam e então a agraciaram com mais risadas tumultuosas. O que foi bom porque eu não queria contar nenhuma das histórias reais que Cletus estava cobrando. E, felizmente, também Umera e o amigo estavam estourando para contar mais e mais das histórias de seu próprio sofrimento; porque a maioria de nós tinha virado naqueles dias meio um bando de velhas mulheres hipocondríacas competindo para contar os detalhes mais lúgubres de suas próprias enfermidades.

E eu achava aquilo tudo dolorosamente, insuportavelmente patético. Nunca tive a habilidade de algumas pessoas (de Cletus, por exemplo) para transformar tudo num bom relato. A dor dói muito mais em mim do que nele mesmo quando — estranho dizer — é a dor dele. Não teria me ocorrido, nem em mil anos, encenar aquela farsa de comemoração da vitória sobre o açúcar. Só de assistir fazia eu me sentir mal. É como um homem que lhe oferece um drinque porque algum sujeito que um dia seduziu a mulher dele acabou de morrer, segundo os jornais da manhã. O drinque ficaria entalado na minha garganta porque a minha piedade e o meu desprezo cairiam em cima do sujeito que comemorava e minha admiração em cima do homem galante que um dia tão justamente o corneou.

Para Cletus, açúcar não é simplesmente açúcar. É o que torna a vida suportável. Vivemos e trabalhamos juntos nos últimos dezoito meses da guerra, então sou bem próximo da agonia dele, de suas muitas derrotas humilhantes. Nunca consegui entender nem me solidarizar inteiramente com o vício dele. Contanto que eu tivesse a minha refeição *gari* única à tarde, não pedia nem café-da-manhã, nem jantar. De primeiro, eu sofria com a falta de carne ou peixe e, pior de tudo, de sal na sopa, mas no segundo ano da guerra eu notava isso cada vez menos. Cletus, porém, ficava mais obsessivamente preso a seu açúcar e chá a cada dia de privação, um caso perigoso de um apetite que crescia por uma coisa da qual não se alimentava. Como foi que ele adquiriu um gosto tão estranho, eu nem me dei ao trabalho de investigar; provavelmente começou como uma célula cancerosa solitária nos solitários dias e noites de inverno no cinturão preto de Ladbroke Grove.

Outros bebedores de chá e café, se ainda encontravam algum café e chá para beber, tinham aprendido há muito tempo a beber preto e amargo. Então algum gênio não reconhecido aliviou ainda mais a sua carga com a descoberta de que o café mais preto do mundo tomado junto com um pedaço de coco perdia uma boa dose de seu amargor. E assim nasceu um novo, substancioso *petit déjeuner*. Mas Cletus, feito um condenado, tinha de conseguir a coisa em si ou nada de nada. Já disse que perdi a paciência com ele? Bom, às vezes. Em momentos mais caritativos e mais meditativos eu tinha mais pena do que raiva dele, porque: alguém poderia honestamente dizer que um vício em açúcar fosse mais irracional do que todos os outros muitos vícios que rolavam na época? Não. E não constituía ameaça para ninguém, o que não se podia dizer de todos aqueles outros.

Um dia, ele voltou para casa muito animado. Alguém que acabara de voltar do exterior tinha trazido para ele duas dúzias de pastilhas de um adoçante artificial de três libras. Foi direto para a cozinha ferver água. Aí, tirou de algum canto seguro da bolsa a velha lata de café instantâneo — ele não tomava mais chá —, que já estava duro. "Não tem nada de errado com o café", me garantiu insistentemente mesmo eu não tendo dito nem uma palavra. "É a umidade; o cheiro não está nada comprometido." Cheirou dentro e depois quebrou com a faca dois pedacinhos iguais a duas pedras e fez duas xícaras de café. Aí sentou com a cara luminosa.

Eu mal conseguia agüentar o gosto do adoçante. Carregava cada gole com um gosto enjoativo e insistente e fazia brotar insuspeitadas fontes de saliva em minha boca. Bebemos em silêncio. Então, de repente, Cletus se levantou e correu para fora para liberar um estridente paroxismo de vômito. Eu parei de tentar beber o que restava na minha xícara.

Quando ele voltou, eu disse que sentia muito. Ele não disse uma palavra. Foi direto para o quarto, pegou uma xícara de água e saiu de novo para lavar a boca. Depois de uns gargarejos virou o resto da água na concha da mão e lavou o rosto. Eu disse de novo que sentia muito e ele fez que sim com a cabeça.

Depois, veio até onde eu estava sentado. "Quer isto aqui?"

Levantou as pastilhas com palpável asco. Estranho como até mesmo um ataque de vômito podia rebaixar a tal ponto um homem. "Não, não quero, não. Mas fique com elas. Tenho certeza que não vamos ter de esperar muito para achar amigos que vão querer."

Ou ele não estava ouvindo ou simplesmente não conseguia mais viver com aquela coisa nem mais um minuto. Deu sua terceira saída e jogou as pastilhas no mesmo trecho de ervas daninhas em que tinha acabado de vomitar.

Devia ter gerado em si mesmo uma tamanha expectativa pelo maldito substituto do açúcar que caiu então de cabeça num quase colapso nervoso. Durante os dois dias seguintes ficou de cama, sem nem aparecer de manhã no Diretorado onde trabalhava, nem ir à noite visitar a namorada, Mercy, como era seu costume.

No terceiro dia, eu realmente perdi a paciência com ele e disse umas coisas duras sobre a luta na guerra pela sobrevivência, chamando em meu auxílio, mais ou menos, a retórica pela qual eram famosos seus roteiros de rádio. "Foda-se a guerra! Foda-se a sobrevivência!", ele gritou para mim. Mesmo assim, melhorou depois disso, convenientemente envergonhado. Então, cedi um pouco e comecei, em particular, a fazer por ele uma série de pesquisas sobre o açúcar.

Um outro amigo do Diretorado me falou de um certo padre Doherty, que morava a uns quinze quilômetros e que controlava as lojas de ajuda Caritas do distrito inteiro. Um bem conhecido e conhecedor católico romano, meu amigo me alertou que o padre Doherty, embora um homem bom e generoso, tendia a ser um tanto imprevisível e estava ainda mais assim ultimamente desde que havia sido atingido por um estilhaço na cabeça no aeroporto.

Cletus e eu fizemos a viagem no sábado seguinte e encontramos o padre Doherty em razóavel bom humor para um homem que tinha acabado de passar seis noites correndo no aeroporto a descarregar aviões de ajuda no escuro de breu, sob constante bombardeio aéreo, só chegando em casa às sete toda manhã para dormir duas horas. Ele dispensou nossos elogios dizendo que só fazia isso semana sim, outra não. "Depois desta noite vou poder gozar meu sono de beleza durante sete dias inteiros."

A saleta dele tinha cheiro de peixe seco, leite em pó, gema de ovo em pó e outros odores que juntos podem deixar irrespirável o ar de um local. O padre Doherty esfregou os olhos com as costas da mão e perguntou o que podia fazer por nós. Mas antes que qualquer um de nós pudesse responder ele se levantou, sonolento, pegou uma grande garrafa térmica de cima de uma estante vazia que abrigava apenas um minúsculo crucifixo e perguntou se gostaríamos de um café. Dissemos que sim pensando que ali, no lar e fortaleza da Caritas, onde o próprio ar era duro com o cheiro da ajuda, com toda certeza café queria dizer com leite e açúcar. E pensei também que estávamos nos dando excelentemente com o padre Doherty, e voltamos à nossa política de admiração por sua dedicação e coragem a serviço de nosso povo, pois, embora ele parecesse ter dispensado nossos judiciosos elogios (senão lisonjas), isso era uma arma à qual até os santos podiam ser vulneráveis. Ele desapareceu dentro de um quarto e trouxe de volta três xícaras de plástico azul desbotado de aspecto vagabundo e serviu o café, um pouco em cima do dedinho primeiro, depois nas xícaras, pedindo desculpas pela incompetência de sua velha garrafa térmica.

Comecei a engolir meu café polidamente e espiei Cletus com o rabo dos olhos. Ele deu um gole de passarinho e guardou na boca.

Então, como podia nos ajudar?, perguntou o padre Doherty de novo, cobrindo três quartos de um imenso bocejo com as costas da mão. Eu falei primeiro. Tinha um problema de febre do feno e queria uns comprimidos de anti-histamínico, se ele tivesse em estoque. "Claro", disse ele, "com toda certeza. Tenho exatamente o que você precisa. Padre Joseph sofre da mesma coisa, então sempre tenho um pouco." Desapareceu de novo e o ouvi dizendo: "Febre do feno, febre do feno, febre do feno", como alguém que procura um título numa estante bem suprida, e depois: "Isto!". Logo apareceu com um frasquinho. "Aqui está tudo em alemão", disse, estudando o rótulo com os olhos apertados. "Sabe ler alemão?"

"Não."

"Nem eu. Experimente tomar um comprimido três vezes por dia e veja como se sente."

"Obrigado, padre."

"Próximo!", disse ele, alegremente.

A breve ausência para pegar os comprimidos permitiu que Cletus transferisse a maior parte do café da xícara para a boca e, indo rapidamente até a janela baixa atrás dele, com o pescoço para fora, cuspir depressa lá fora.

"Diga qual o seu desejo. Apenas um desejo, não esqueçam", disse o padre Doherty, agora realmente alegre.

"Padre", Cletus disse, quase solene, "preciso de um pouco de açúcar."

Desde que chegamos, eu estava pensando como ele ia formular o pedido, qual forma de palavras ia usar. Agora a coisa saíra tão pura e simples como a verdade nua da alma. Admirei o desempenho dele, pois sabia que eu nunca teria conseguido aquilo. Talvez o próprio padre Doherty tivesse ajudado inconscientemente, emprestando à situação, embora com alegria, uma grande simplicidade mitológica. Mas então demoliu aquilo tudo tão depressa e tão completamente como uma criança caprichosa pode, aos chutes, transformar de volta em areia o castelo mágico que acabou de construir. Pegou Cletus pelo cangote e gritando "Canalha! Canalha!" jogou-o para fora. Então veio para cima de mim; mas eu já tinha encontrado outra saída. Ele berrou e xingou como um homem realmente maluco. Pediu a Deus para se lembrar desse ultraje contra o Seu Santo Espírito no dia do Juízo Final. "Açúcar! Açúcar!! Açúcar!!!", berrou num rouco crescendo. Açúcar quando milhares de inocentes de Deus pereciam diariamente por falta de um copo de leite! Agora estimulado além do suportável por suas próprias palavras, ele saiu correndo e veio para cima de nós. E não havia nada a fazer senão correr, suas imprecações sagradas ressoando em nossos ouvidos.

Passamos uma hora horrível, de boca fechada num cruzamento da estrada à espera de uma carona de volta para Amafo. No fim, caminhamos quinze quilômetros outra vez, mas agora no pico do calor e com medo do ataque aéreo do meio-dia.

Essa é uma história que acho que Cletus gostaria que eu contasse para comemorar nosso primeiro chá. Como poderia? Não conseguia lembrar daquilo como uma vitória, apenas como derrota. E havia muitas outras, as piores ainda por vir.

Não muito depois de nosso encontro com o padre Doherty, o pessoal das Relações Exteriores me selecionou "para sair em missão". Embora fosse uma espécie de missão de pobre, que durava apenas uma semana e não me levava além da ilha portuguesa de São Tomé, fiquei mesmo assim exultante porque o estrangeiro era o estrangeiro e eu nunca tinha botado o pé fora de Biafra desde o começo da guerra — fato que bastava para, na opinião dos companheiros, eliminar inteiramente a pessoa como homem de nenhuma conseqüência, porém, mais importante, queria dizer que o sujeito nunca tivera a chance de gozar a glória de voltar com aquelas pequenas amenidades que, de repente, tinham passado a ser sinais de classe e boa vida, como sabonete de banho, toalha, barbeador etc.

Na véspera de minha viagem, amigos chegados e não tão chegados, meros conhecidos e até gente totalmente estranha e quase inimigos vieram me dizer quais eram seus desejos. Aquilo se transformou num ritual, quase um festival cujo ancestral significado estivesse enterrado no fundo da memória popular. Um felizardo ia sair em missão para um mundo quase mítico, há muito colocado além do alcance humano normal, mundo onde os bens ainda eram abundantes e a vida, segura. E todo mundo vinha para expressar seus desejos. E a cada pedido o felizardo respondia: "Vou tentar, sabe, o problema de...".

"Ah, claro, eu sei, mas tente..." Nenhuma esperança real, nenhuma obrigação ou compromisso.

De vez em quando, porém, era feito um pedido sério e firme quando vinha alguma das pessoas mais felizes. Para essas, palavras eram supérfluas. Apenas um pedaço de papel com "dinheiro estrangeiro" preso a ele. Alguns queriam sal, inteiramente fora de cogitação por causa do peso. Muitos queriam roupas de baixo para si mesmos ou para suas filhas e algum miserável pediu até anticoncepcionais, que eu disse achar que era para seu planejamento profissional (e não familiar), para grande divertimento de minha multidão. Eu entrava e saía de meu quarto alegremente com meu caderno, dizendo: "Só um pedido!".

É, quase inimigos também vieram. Como nosso grande homem do outro lado da rua, um ex-pastor protestante, diziam, agora sem batina, o maior babaca posudo que já se viu, que no começo da guerra tinha cavado para si a posição venal de controlar e distribuir escassos materiais importados pelo governo, principalmente tecidos femininos. Ele veio como um Nicodemos quando eu estava a ponto de ir para a cama. Pensei que ele nem sabia que nós existíamos. Mas veio, balançando a cabeça com seu andar de emir a cavalo, deixando um rastro do aroma de seu tabaco Erinmore. Queria saber se eu podia comprar para ele dois frascos de um creme especial para tingir cabelo grisalho e estendeu uma nota de cinco dólares. Era o mesmo patife que, uma vez, quando minha namorada foi preencher um formulário para comprar um sutiã, convidou-a para passar um fim de semana com ele em alguma aldeia remota!

Pulando o almoço todos os dias em São Tomé, ao fim de uma semana consegui economizar de minha miserável mesada moeda estrangeira suficiente para comprar para mim algumas coisas, inclusive aqueles comprimidos anti-histamínicos (porque em nossa saída precipitada eu havia deixado para trás o frasco que padre Doherty me dera). Para Cletus — e isso me deu a maior felicidade —, comprei uma lata de chá Lipton e dois pacotes de meio quilo de açúcar. Imagine então a minha horrorizada fúria quando, na volta, um dos pacotes foi roubado no aeroporto enquanto (olhos momentaneamente desviados da bagagem) passava pela alfândega de mentirinha. Talvez, se o pacote não fosse roubado, Cletus tivesse sido poupado da derrota mais humilhante que o açúcar ainda viria a lhe infligir.

Mercy veio fazer uma visita a ele (e a mim) no dia em que voltei de São Tomé. Eu tinha trazido um sabonete Lux para ela e um tubo pequeno de creme para mãos. Ela entrou em êxtase.

"Quer chá?", Cletus perguntou.

"Ah, quero", ela disse com sua voz macia e ronronante. "Você tem chá? Ótimo! E açúcar também! Ótimo! Ótimo! Eu quero um pouco."

Eu não estava olhando, mas acho que ela enfiou a mão no pacote de açúcar aberto, pegou um punhado e estava para colocar dentro da bolsa. Cletus derrubou a chaleira de água quente que estava trazendo e deu um soco nela. *Isso* eu vi claramente. Por um breve momento, ela deve ter pensado que era algum tipo de piada grotesca. Eu sabia que não era e naquele momento cheguei muito perto de abominar Cletus. Ele pegou a mão dela que continha o açúcar e começou a abri-la, de dentes cerrados.

"Pare, Cletus!", eu disse.

"Pare, o caralho", disse ele. "Estou de saco cheio dessas meninas que agarram tudo."

"Me deixe em paz", ela gritou, súbitas lágrimas de raiva e vergonha a correr pelo rosto. De alguma forma conseguiu libertar a mão. Aí deu um passo para trás e jogou o açúcar bem na cara dele, agarrou a bolsa e saiu correndo, chorando. Ele catou o açúcar, uma meia dúzia de cubinhos.

"Sam!", Cletus gritou para seu criado. "Ponha mais água no fogo." E depois virou para mim e disse de novo, os olhos brilhando em louca reminiscência: "Mike, você tem de contar para eles da luta que eu travei com o açúcar".

"Ele era chamado de Sugar Baby na escola", eu disse, me esquivando outra vez.

"Ah, Mike, você é uma porcaria para contar histórias. Eu me pergunto quem foi que recomendou você para o Diretorado de Propaganda." Os outros dois riram. Gotas de suor tremiam em sua testa. Ele estava desesperado. Afogueado, pedindo, implorando, suplicando pela suntuosa agonia da flagelação.

"E ele perdeu a namorada", eu disse, ficando brutal. "É, perdeu uma garota boa e decente porque não quis dar meia dúzia de cubinhos de açúcar que eu comprei para ele."

"Você sabe que isso não é justo", disse ele, virando rápido para mim. "Boa moça! Mercy era uma sem-vergonha que passava a mão igual a todo mundo."

"Igual a nós. O que me intriga, Cletus, é que você não descobriu isso em todos aqueles meses que saiu com ela e foi para a cama com ela, até eu comprar o pacote de açúcar para você. Aí você abriu os olhos."

"Nós já sabemos que *você* comprou o açúcar, Mike. Já disse isso. Mas não se trata disso..."

"Então do que se trata?" Compreendi, então, como era bobagem e como era fácil, mesmo agora, escorregar outra vez para aquela súbita irritação irracional de nossos recentes dias de desespero em que uma palavra dura inesperada podia dar início a uma guerra feroz como a passagem de Exun entre dois amigos pacíficos. Então me escondi atrás de uma piada tentando remendar, mas um remendar cortante.

"Quando Cletus estiver pronto para casar", eu disse, "vão ter de inventar um voto de casamento especial para ele. Todos os meus bens terrenos — menos o meu açúcar Tate and Lyle — a ti ofereço. O padre Doherty, se deixarem ele entrar de novo no país, sem dúvida vai entender."

Umera e seus amigos riram de novo.

Traduzido do inglês por José Rubens Siqueira

Direção do vento*

Amós Oz

1.

O último dia de Guideon Shenhav começou com um esplêndido alvorecer.

Suave, a madrugada tinha sido quase outonal. Toques de luz esmaecida fluíam pela muralha de nuvens que vedava o horizonte a oriente. Como por malícia, o novo dia ocultou suas intenções sem dar nenhum sinal do braseiro que guardava.

O fulgor violeta se acendeu nas montanhas orientais. A brisa matinal o despertara. Raios de luz romperam a muralha das nuvens. Era dia. Buracos sombrios se abriam aos dedos luminosos. Por fim, a bola incandescente foi arrojada contra as montanhas de nuvens e as fendeu. O horizonte oriental brilha-

* Esta é a segunda versão do conto para o português. A primeira foi feita pela equipe da prof. Rifka Berezin e publicada no volume *O novo conto israelense* (Símbolo, São Paulo, 1978), sob o título "O caminho do vento", que reproduz literalmente o original, "Derech haRuah". Apesar da diferença de orientação, coincidências no correr da narrativa são inevitáveis. (N. T.)

va a ponto de cegar. O meigo violeta recuou, vencido pelo clarão rubro e terrível.

O toque do despertar estremeceu o acampamento pouco antes da alvorada. Guideon levantou-se, caminhou descalço e sonolento para fora da barraca e observou o acúmulo de luz. Com a mão magra, trigueira, cobriu os olhos que ainda queriam dormir. A outra mão abotoou o uniforme de modo inconsciente. Já se ouviam a voz das pessoas, o ruído de metais, e havia uns poucos mais espertos já sentados, limpando as armas para a revista matinal. Mas Guideon era lento. A visão da luminosidade provocava nele certa emoção cansada, talvez saudades confusas. O amanhecer já se completara e o rapaz começou a cochilar em pé até que o empurraram por trás dizendo, e então, mexa-se.

Ele entrou na barraca, arrumou a cama de campanha, limpou a submetralhadora e pegou o aparelho de barbear. No caminho, entre os eucaliptos caiados e muitos cartazes de advertência sobre asseio e disciplina, Guideon de repente lembrou que hoje era o Dia da Independência, dia 5 de Iar.* E o pelotão faria um salto de pára-quedas comemorativo no vale de Izreel. Ele entrou na barraca do banheiro, onde esperou até que um espelho ficasse livre. Enquanto isso, escovou os dentes e pensou nas garotas bonitas. Dentro de hora e meia terminaria a preparação, o pelotão embarcaria nos aviões e decolaria rumo à área do salto. Muitos moradores animados esperariam os pára-quedistas, entre eles também as garotas. O salto se realizaria ao lado do *kibuts* Nof Harish, que é o lar de Guideon, onde nasceu e cresceu até o dia de seu alistamento. Quando seus pés tocassem os torrões do campo, as crianças do *kibuts* o cercariam pulando em cima dele e gritando “Guideon, olha aqui o nosso Guideon!”.

* No calendário judaico, o mês de Iar coincide mais ou menos com maio. (N. T.)

Espremeu-se entre dois soldados muito maiores que ele. E, prensado, começou a ensaboar o rosto e se barbear. Guideon disse: "Dia quente".

Um dos soldados respondeu: "Ainda não. Mas ficará".

Outro soldado murmurou de trás: "Quem sabe não termina logo, em vez de falar e falar desde manhãzinha".

Guideon não se ofendeu. Pelo contrário: por algum motivo aquelas palavras despertaram nele uma forte alegria. Enxugou o rosto e saiu para o campo de paradas. A luz azul se tornara no meio-tempo um cinza esbranquiçado, luz de calor infernal do siroco, nada limpa.

2.

Ainda à noite Shimshon Sheinboim pensara que certamente o calorão se aprontava e viria. Por isso correu para a janela assim que se levantou pela manhã e se convenceu com satisfação silenciosa de que dessa vez também estava correto. Fechou então as persianas a fim de defender o quarto da canícula, depois lavou o rosto, os ombros e o peito cobertos de espessos pêlos brancos, barbeou-se e preparou o café com o pãozinho que trouxera à noite do refeitório. Shimshon Sheinboim odiava mortalmente o desperdício de tempo, ainda mais nas horas profícuas da manhã: sair, caminhar até o refeitório, conversar, ler jornal, trocar idéias, e eis metade da manhã perdida. Portanto conduzia-se de modo a se satisfazer com café mais um pãozinho e às seis e dez, depois do primeiro resumo do noticiário, o pai de Guideon sentava-se à escrivaninha. Verão ou inverno, sem desculpas.

Sentou-se à escrivaninha e por alguns instantes ficou olhando o mapa dos assentamentos em nosso país, pendurado na parede diante dele; esforçava-se para recordar certo sonho opressivo que o apanhara na madrugada, bem pouco antes do seu despertar. Mas o sonho fugiu da memória. Shimshon resolveu mergulhar imediatamente no afazer para não desperdiçar nem mais um minuto. Na verdade, hoje é o dia de uma grande festa, mas não celebramos com vagabundagem, e sim com trabalho. Até chegar a hora de sair a fim de apreciar os pára-quedistas e Guideon — talvez esteja mesmo entre eles, e que não adoeça na última hora —, ainda restavam a Shimshon várias horas de trabalho. Aos setenta e cinco anos um homem fica proibido de jogar o tempo fora, principalmente se há muitas, muitas coisas, até doer, a passar para o papel. Trabalho enorme.

O nome de Shimshon Sheinboim não precisa ser atado a adjetivos. O Movimento Trabalhista Hebraico sabe prestigiar seus fundadores. Há dezenas de anos o nome de Shimshon Sheinboim ostenta uma coroa permanente. Há dezenas de anos ele promove uma guerra de corpo e alma pela consagração do seu sonho de juventude. As frustrações e os reveses não quebraram sua fé nem o curvaram, pelo contrário, enriqueceram-lhe a alma com um toque de amarga sabedoria: tanto quanto aprendeu a compreender as fragilidades dos outros e seus desvios ideológicos, crescia nele a fúria contra suas próprias fragilidades. E as destruía com mão de ferro, vivendo conforme seus princípios, numa linha reta, numa impiedosa disciplina interior, com certa alegria guardada, porém ardorosa.

Agora, entre seis e sete da manhã do Dia da Independência, Shimshon Sheinboim ainda não é pai de filho morto. Mas a configuração de seu rosto serve como luva para essa aura. Expressão carregada, inteligente, vê tudo, mas a contenção diante do que vê domina o rosto enrugado. E seus olhos azuis irradiam uma tristeza irônica.

Senta-se à escrivaninha, coluna reta, cabeça pendendo sobre as páginas. Cotovelos numa posição confortável. A escrivaninha foi feita de madeira crua, como os demais móveis da sala, todos indispensáveis e destituídos de enfeites. Cela de monge abstinente e não casa de dois confortáveis cômodos num *kibuts* antigo.

Esta manhã não será muito frutífera. Outra e outra vez os pensamentos se dispersam como se seguissem o sonho que acendeu e apagou no fim da noite. Preciso lembrar o sonho, depois de lembrado é possível esquecer e então me concentrar no trabalho. De um tubo eu me lembro. E de um tal peixe dourado, ou alguma coisa assim. Discussão com alguém. Nenhuma relação. Agora ao trabalho. Aparentemente, o Movimento Trabalhador Sionista tinha se estabelecido, de partida, sobre uma contradição ideológica que não era possível superar, e só com a ajuda de ginásticas verbais conseguia passar por cima dessa contradição. Mas a contradição não era senão aparente, e quem espera utilizá-la para demolir ou atacar não sabe o que diz. A simples prova também está aqui.

Shimshon Sheinboim é um homem de muita experiência. A vida lhe ensinou a saber quanta arbitrariedade, quanta tolice pairam sobre a mão que decide as contramarchas do nosso destino, tanto o destino do indivíduo quanto o destino geral. A lucidez não tirou de Shimshon Sheinboim a integridade que lateja nele desde a juventude. O maravilhoso e o admirável no caráter extraordinário de sua personalidade é a pureza teimosa: como os pais de seus pais imaculados e tementes cuja agudeza não lhes traíra a fé. Jamais Sheinboim permitiu que seus atos se separassem de suas palavras: ainda quando alguns líderes do nosso movimento mergulhavam na política comunitária, e como que incidentalmente esqueciam por completo o trabalho braçal, Sheinboim não abandonou o *kibuts*. Tinha rejeitado todas as incumbências e postos fora do *kibuts*, e só depois de séria oposição aceitara a eleição para o Congresso Geral dos Trabalhadores. Até poucos anos atrás seus dias eram divididos por igual entre o trabalho físico e a atividade mental: três dias para a jardinagem, três dias para a redação publicística. O bonito jardim do *kibuts* Nof Harish é, na maior parte, criação das próprias mãos de Shimshon Sheinboim. Nós lembramos como plantava, podava e cortava, regava e cavava, adubava, plantava a grama e também transplantava. Não consentia que sua posição de mentor central do movimento o isentasse das obrigações pendentes sobre todos os membros do *kibuts*, como fazer a guarda, cumprir turnos e reforçar a colheita. Nenhuma sombra de hipocrisia obscurecera o caminho da vida de Shimshon Sheinboim desde então e até aqui, todo ele uma peça única de sonho e realização, não conhecera fragilidades nem caíra por falta de determinação, assim escreveu sobre ele o secretário do movimento no jornal há alguns anos, quando Shimshon Sheinboim completara setenta anos.

Na verdade houve momentos de desespero entranhado. Houve momentos de muita náusea. Mas ele transformava esses momentos em fontes secretas de energia tempestuosa. Como as palavras da marcha que ele gostava, sempre capaz de ungi-lo com um ímpeto de ação embriagadora: nos montes, nos montes fulgiu nossa luz, subamos ao monte, lá atrás está o ontem, sempre neste afã, mas longo é o caminho rumo ao amanhã. Se apenas aquele sonho besta deixasse a dormência e se descobrisse por completo, seria possível atirá-lo escada abaixo e se concentrar finalmente no trabalho. O tempo passa. Mangueira, manha do jogo de xadrez, peixe dourado, grande discussão, mas qual o vínculo?

* * *

Por muitos anos Shimshon Sheinboim viveu só. Investiu toda a sua força na produção intelectual. A obra de sua vida o levava a dolorosamente renunciar ao aconchego de uma família. Em compensação, Shimshon Sheinboim logrou conservar até a velhice a clareza da juventude e também a calorosa cordialidade. Só ao completar cinqüenta e seis anos casou-se de repente com Raia Grinspan, gerou Guideon, logo separou-se dela e voltou a se concentrar nas idéias. Na verdade não há motivo para falsidade, ainda antes de seu casamento com Raia Grinspan ele não tivera uma vida de monge. Sua personalidade atraía mulheres do mesmo modo que atraía seguidores. Já na juventude os cabelos abundantes embranqueceram e seu rosto queimado de sol era recortado por um fascinante cruzamento de linhas e canais. O torso quadrado, ombros fortes e inteligentes, o timbre de sua voz, que era quente, cético, como se meditasse o tempo todo, e também sua solidão, tudo isso atraía as mulheres como pássaros excitados. Os mexericos ligavam-no a pelo menos um dos rebentos do *kibuts*, mesmo em outros lugares as lendas circulavam. A respeito, vamos passar em silêncio.

Aos cinqüenta e seis anos Shimshon Sheinboim decidiu que lhe cabia procriar um herdeiro capaz de carregar o seu selo e o seu nome para a geração vindoura. Por causa disso conquistou de modo tempestuoso o coração de Raia Grinspan, jovem nanica e gaga, trinta e três anos mais nova do que ele. Três meses depois do casamento, oficiado num círculo restrito, nasceu Guideon. E ainda antes que o *kibuts* conseguisse superar a estupefação, Shimshon Sheinboim enviou Raia de volta para o alojamento dela e reassumiu a produção ideológica. Havia diversos boatos sobre o caso, além do mais precedido por dificuldades interiores nada fáceis para Shimshon Sheinboim.

* * *

Agora façamos um esforço para impor um sistema ordenado à memória: eis que o sonho passa e é apanhado. Ela vem ao meu quarto e me chama para ir depressa ao lugar e pôr um ponto final ao escândalo que lá acontece. Eu não perguntei coisa nenhuma, apenas corri atrás dela. Alguém autorizara a si próprio fazer um lago na grama diante do refeitório, eu fervia de raiva porque ninguém tinha aprovado uma inovação dessas, um lago ornamental na frente do refeitório, como diante do palácio de algum nobre polonês. Gritei. Para quem?, aqui não há um quadro claro. Dentro do lago havia peixes dourados. E um menino enchia o lago de água com a mangueira preta. Então resolvi dar um final imediato a essa coisa, mas o menino não quis me dar ouvidos. Resolvi seguir ao longo do tubo para encontrar a torneira e cortar a corrente de água antes que alguém conseguisse transformar esse lago num fato consumado. Caminhei, caminhei até de repente descobrir que eu andava em círculos e a mangueira não estava ligada a nenhuma torneira, senão que simplesmente retornava ao lago e sugava a água dele. Bobagem e vã pretensão. Acabou-se. A plataforma original do Movimento dos Trabalhadores Sionistas deve ser entendida sem nenhuma dialética, literalmente, palavra a palavra.

3.

Após a separação de Raia Grinspan, Shimshon Sheinboim não abandonou seus deveres de pai espiritual nem se omitiu das responsabilidades. Desde que o menino completara seis ou sete anos, ele o inundava com todos os raios da sua personalidade. Na verdade, o garoto decepcionou um pouco — com um menino do tipo de Guideon não se funda uma dinastia, passou toda a infância com o nariz escorrendo: um tipo de resfriado permanente, ou talvez manha. Garoto lento, perdido, recebia porradas e insultos e não retribuía em dobro, garoto estranho, sempre com papeizinhos dourados de bombons, com folhas secas, com bichos-da-seda. E, a partir dos doze anos, mocinhas de todos os tipos, uma atrás da outra, partiam seu coração. Toda vez ele tinha um amor frustrado e ainda publicava poemas tristes e paródias impiedosas no boletim infantil. Um rapaz escuro, delicado, bonito de modo quase feminino, sempre quieto pelas trilhas do *kibuts* num silêncio teimoso. Ele não se destaca no trabalho. Ele não se destaca na vida social. Fala devagar, por certo também pensa devagar. Os poemas que ele escreve parecem a Shimshon definitivamente sentimentais, e as paródias, venenosas, sem nenhum vestígio de espiritualidade. O apelido Pinóquio cai bem nele, não há como negar. E nos sorrisos permanentes, insuportáveis, que ele abre nos lábios, Shimshon vê a cópia exata, deprimente, do sorriso de Raia Grinspan.

Mas então, ano e meio atrás, Guideon fez uma grande surpresa ao pai: apareceu de repente e pediu a Shimshon que assinasse a autorização para seu alistamento como pára-quedista; filhos únicos podem ser pára-quedistas apenas com autorização assinada por ambos os pais. Só depois de ficar claro para Shimshon Sheinboim que o filho não estava fazendo graça com uma de suas palhaçadas estapafúrdias, concordou em dar seu acordo. E com alegria: pois trata-se de guinada estimulante no desenvolvimento do rapaz, lá eles vão transformá-lo num homem como é preciso. Que fosse, por que não?

Mas a oposição inflexível de Raia Grinspan colocou um obstáculo imprevisto diante dos objetivos de Guideon. Não, ela não assinaria esse papel. De modo algum. Pronto.

O próprio Shimshon foi até o quarto dela certa noite, falou-lhe ao coração, levantou argumentos, provas. Tudo inútil. Ela não assinaria. Não havia argumentos. Pronto. Shimshon Sheinboim tinha de agir de modo indireto para que o rapaz pudesse ser um pára-quedista. Ele escreveu uma carta particular ao próprio Iulek. Pediu-lhe um favor pessoal, uma autorização para que o filho se apresentasse como voluntário. A mãe não é estável do ponto de vista emocional. O rapaz será excelente pára-quedista. Shimshon assumia as responsabilidades por ele. E, a propósito, jamais pedira um favor pessoal. Também não tornaria a pedir, esta é a primeira e única vez em todos os dias da sua vida. Por favor, Iulek fará o que puder.

No fim de setembro, quando as primeiras marcas do outono sinalizam nos pomares, o jovem Guideon Shenhav estava alistado na divisão dos pára-quedistas.

Desde o alistamento de Guideon, o pai Shimshon Sheinboim mergulhou mais fundamente na criação ideológica, que é a única impressão digital de um homem no mundo. Essa impressão digital não se apagará da história do Movimento Trabalhista Hebraico. E a velhice ainda está longe. Aos setenta e cinco anos seus cabelos continuam abundantes, seu corpo ainda é movido por um mecanismo silencioso e forte. Olho vigilante. Espírito atento. Sua voz corajosa e seca, um pouco entrecortada, faz maravilhas com mulheres de todas as idades. Seu modo é contido, ele se comporta com modéstia. Dispensável dizer que está ligado pelo umbigo à terra do *kibuts* Nof Harish. Cerimônias e assembléias ele odeia profundamente, além de nomeações e cargos. Só com a pena inscreve Shimshon Sheinboim seu nome no muro de nossa obra ativista-nacional.

4.

O último dia de Guideon Shenhav começou com um esplêndido alvorecer. Seus olhos pareciam ver até as gotas de orvalho que se evaporavam no calor. Sinais queimavam à distância, sobre os picos no oriente. Dia de festa, festa da independência do Estado e também a festa do salto no céu doméstico. Toda a noite envolvera-o um sonho não-sonho, uma visão de folhas caindo nos escuros bosques do norte, aquele cheiro outonal e grandes árvores das quais não sabia o nome. Toda a noite, folhas desbotadas tinham caído sobre as barracas do acampamento. Mesmo depois de se ter levantado pela manhã, o murmúrio das folhas e de todas as grandes árvores do bosque nortista, das quais ele não sabia o nome, ainda ronronava em seus ouvidos.

Guideon adorava a delícia do mergulho entre o salto da porta do avião e a abertura do pára-quedas: o abismo irrompe ao seu encontro com a rapidez do relâmpago, golpes de ar tempestuosos lambem seu corpo e você fica zonzo de prazer. A rapidez é embriagadora, ela é licenciosa, ela assobia e grita e todo o seu corpo treme, agulhas em brasa picam a extremidade dos nervos e o sangue pulsa e pulsa. De repente, quando você é um relâmpago no vento, abre-se o pára-quedas. As tiras brecam sua queda como se tivesse surgido algum tranqüilo braço masculino, decidido, e segurasse você, chega de gozo. Você está como que agarrado por aqueles braços pelos sovacos. No lugar do prazer desenfreado vem agora um prazer sob controle, protegido. O seu corpo oscila lentamente nas alturas, flutua, hesita, conduzido de leve pela brisa, jamais você poderá adivinhar onde exatamente seus pés tocarão a terra — se na encosta dessa colina ou diante do pomar — e você, ave migratória cansada, você baixa devagar, vê telhados, estradas, vacas no prado, devagar, como se houvesse escolha e a decisão estivesse totalmente em suas mãos.

E então a terra está sob seus pés. Você executa o giro treinado com o objetivo de suavizar o impacto da queda. Em poucos segundos você precisa estar alerta. A circulação do sangue se refreia. As medidas voltarão à sua dimensão costumeira. Só um orgulho cansado permanecerá em seu coração até que encontre o comandante e os companheiros, e seja incorporado ao ritmo frenético da reorganização.

Desta vez tudo se realizará no céu do *kibuts* Nof Harish.

Os velhos do lugar erguerão as cabeças suadas, levantando os bonés na tentativa de identificar Guideon entre os pontos cinzentos balançando no ar. Os meninos correrão pelo campo e também vão esperar com entusiasmo pelo herói deles que descerá do céu. Mamãe sairá do refeitório e ficará parada lá fora, a pestanejar falando para si mesma. Shimshon deixará sua escrivaninha por algum tempo, talvez leve alguma cadeira para sua pequena varanda e assista a todo o espetáculo com olhar pensativo e orgulhoso.

Em seguida o *kibuts*, simpaticamente, receberá a unidade; no refeitório vão preparar jarras de limonada suarentas de tão frias e haverá caixotes cheios de maçãs, ou talvez bolos assados pelas companheiras antigas e, em cima deles, palavras de saudação escritas com letras de creme.

Às seis e meia da manhã o sol já vencera os delírios coloridos e se erguia impiedoso sobre o espinhaço das montanhas orientais. O calorão espesso baixou esmagando a terra. As coberturas de lata do acampamento se incendiaram num brilho que cega. As paredes começaram a inundar as barracas de uma irradiação densa e espantosa. Na estrada principal, junto à cerca do acampamento, já se percebia o movimentar vivaz de ônibus e caminhões: moradores das cidadezinhas e aldeias fluíam para a cidade grande a fim de assistir à parada militar. Além da cortina de pó era possível perceber o branco das camisas daquele pessoal em festa e ouvir suas canções à distância.

Os pára-quedistas concluíram a revista matinal. Também a ordem do dia do chefe do Estado-maior tinha sido lida em voz alta e afixada com tachinhas no quadro de informações do acampamento. O desjejum estava festivo e incluía ovos duros adornados com uma folha de alface circundada de azeitonas.

Guideon, topete negro caindo-lhe sobre a testa, começou a cantar uma canção tranqüila. Os demais o acompanharam. Aqui e ali alguém alterava o original das canções por um verso apalhaçado e até obsceno. Bem depressa as canções hebraicas se transformaram em melodias árabes guturais, como que desesperadas. O comandante da unidade, um oficial loiro e bonito, a respeito de quem rolavam lendas ao redor das fogueiras à noite, levantou-se e disse: chega. Os pára-quedistas pararam de cantar, engoliram com pressa o resto do café gorduroso em xícaras de alumínio e foram para as pistas. Lá procedeu-se a nova inspeção, o comandante dirigiu aos rapazes duas ou três palavras afáveis e até os chamou de sal da terra, depois ordenou que todos entrassem nos aviões à espera deles.

Os comandantes da divisão estavam à porta dos aviões e examinavam o cinto e as amarras das tiras. O próprio comandante circulava entre os jovens, batia no ombro, brincava, profetizava, entusiasmava: como se fosse véspera de batalha e como se houvesse perigo. Guideon, de seu lado, respondeu à pancada no ombro com um sorriso fugaz que perpassou seus lábios magros. Era raquítico, quase um faquir, mas bem tostado pelo sol. Olho penetrante, o olho do comandante loiro e lendário podia distinguir a veia azul inflada no pescoço do jovem, excitada, em fremente pulsação.

Então, o calorão invadiu também os armazéns escuros, destruiu e queimou sem piedade a última fortaleza de frescor, incendiou tudo com um fogaréu cinza. O sinal estava dado. Os motores roncaram baixo. As aves fugiram da pista. Os aviões estremeceram, movimentaram-se, rodaram pesadamente, e então começaram a tomar impulso, sem o que a decolagem não existe.

5.

É preciso ir ao campo e recebê-lo com um aperto de mão.

Sheinboim decidiu em seu íntimo e fechou o caderno. Os meses de serviço no exército certamente haviam endireitado o rapaz. Inacreditável, mas parece que ele começa a amadurecer. Ainda precisa aprender como se conduzir nos negócios com as mulheres. Tem de se libertar de uma vez por todas, também, do embaraço e dos derretimentos: isso ele deve deixar para as mulheres, cabe a ele ser durão. Até que ponto melhorou sua capacidade no xadrez: logo colocará em perigo o seu pai e genitor, talvez num desses dias ainda acaba me derrotando. Mas isso é sonho para outra hora. Pelo menos que não case, credo!, com a primeira que se oferecer a ele. Ele deverá abater duas, três delas antes de montar casa. E dentro de poucos anos deve me dar netos. Muitos. Os rebentos de Guideon terão dois pais: meu filho os criará e eu lhes desenvolverei o espírito. A segunda geração vicejou à sombra de nossa obra, daí a dificuldade deles. Dialética. Mas a terceira geração, ela é que será a síntese milagrosa, a safra abençoada: seus pais lhe darão a espontaneidade por herança e os seus velhos, o espírito. Essa será uma herança maravilhosa, destilada de um passado de brotos tortos.* Preciso ano-

* O nome Sheinboim, em ídiche, significa "árvore bonita"; o filho leva outro sobrenome, opcional em Israel, Shenhav, "marfim". A proximidade sonora indica uma suposta afinidade, negada pela diferença semântica. Shimshon é o original de Sansão, relacionado ao sol e também à destruição. Guideon, Guideão, significa, aqui de modo ambíguo, destruidor, uma espécie de sinônimo de Shimshon, apesar da diferença entre as palavras. A freqüente presença do "topete" torna-se portanto significativa a partir da tradição bíblica. Mas também se refere à imagem dos heróis da construção israelense, quando o topete estava na moda. (N. T.)

tar essa frase no bloco, sua hora e lugar virão em um dos próximos artigos. Eu imagino Guideon e seus parceiros diante dos meus olhos, e me dói tanto: um desespero superficial emana deles, tédio e um desprezo cínico. Eles não sabem amar com todas as forças e não são capazes também de odiar com todas as forças. Nada de entusiasmo e nada de náusea. Eu não vou pôr defeito no desespero em si. O desespero é o eterno irmão da fé. Mas de que desespero se trata, de desespero másculo e furioso, nada dessa tristeza poético-melancólica. Sente aí em silêncio, Guideon, pare de se coçar, pare de comer as unhas, lerei para você uma bela página do Brenner.* Você torce o nariz. Está certo. Não lerei. Vá para fora e se torne um beduíno, se é isso o que você quer. Mas, se você não conhece Brenner, nada saberá do desespero ou da fé. Aqui você não encontrará tipos de poemas chorosos sobre o chacal que se prendeu na armadilha e sobre flores que perderam as folhas. Com Brenner, está tudo em chamas. Tanto o amor como o ódio. Talvez não vocês, mas os seus filhos conhecerão a luz e a treva olho no olho. Herança maravilhosa que será destilada de brotos tortos. À terceira geração não será permitido se corromper com frescuras e poesia de damas nobres e degeneradas. Olhe os aviões chegando. Agora vamos devolver Brenner ao lugar dele na estante e sair para nos orgulharmos um pouco de você, Guideon Sheinboim.

6.

A passos largos Sheinboim atravessou a grama, subiu pela trilha de cimento e se dirigiu à parte sudeste, o campo arado que tinha sido escolhido para o salto dos pára-quedistas. No ca-

* Iossef Haim Brenner (1881-1921): importante ficcionista e publicista nascido na Ucrânia, um dos pioneiros da literatura hebraica contemporânea. (N. T.)

minho, parava aqui e ali ao lado dos canteiros de flores para extirpar ramos de ervas daninhas insidiosas, que se ocultavam à sombra dos arbustos floridos. Desde então e sempre, maravilhosamente, os pequenos olhos azuis de Sheinboim flagravam as ervas daninhas. Na verdade, por causa da idade, havia poucos anos deixara o trabalho no setor de jardinagem, mas enquanto continuasse respirando não cessaria de espionar os canteiros sem piedade e de extirpar toda erva daninha. Em momentos como esse ele pensa sobre seu herdeiro quarenta anos mais novo, o rapaz a cujas mãos passou a jardinagem, esse aquarelista local, como recebeu em suas mãos um jardim florido que agora decai mensalmente, deteriorando-se a olhos vistos, mesmo.

Um bando de meninos agitados passou correndo diante de Shimshon Sheinboim. Os meninos estavam mergulhados numa discussão violenta, detalhada, sobre os tipos de aviões que circulam pelo céu do vale. Por causa da corrida deles a discussão era levada aos berros, seguiam resfolegantes. Shimshon agarrou um deles pela barra da camisa, obrigou-o a parar, aproximou seu rosto da cara do menino e disse:

"Você é o Zaki".

O menino disse: "Me larga".

Sheinboim disse: "Por que toda essa gritaria? Aviões, é isso o que vocês têm na cabeça? E correr desse jeito entre as flores, onde está escrito que é proibido pisar — isso pode? Podem tudo? Está tudo à toa? Olhe para mim quando eu falo com você. E responda como gente, ou...".

Mas Zaki aproveitou o rio de palavras jorrando em cima dele e, de repente, num salto astucioso e selvagem desvencilhou-se do torniquete daquela mão, pulou para o meio dos arbustos, fez uma perversa careta de macaco e mostrou a língua.

Sheinboim apertou os lábios. Ele pensou de relance na velhice, mas num instante afastou essa conjetura do coração e disse para si mesmo: está certo. Ainda cuidaremos também desse aí. Zaki, quer dizer, Azaria. Por um cálculo rápido, com certeza ele tem pelo menos onze anos ou talvez doze. Bicho do mato. Burro xucro.

Os jovens do "preparatório" tinham tomado, no ínterim, postos de observação nas alturas da torre da caixa-d'água; observavam toda a amplitude do vale. Essa vista fazia Sheinboim se lembrar das pinturas de paisagens russas. Num lapso, quis também subir ao alto da torre e contemplar a descida de longe, confortavelmente. Mas a idéia do másculo aperto de mão em perspectiva levou-o a aumentar ainda mais as vigorosas passadas até que chegou à margem do campo. Parou ali, pernas bem abertas, os braços entrelaçados sobre o peito, o maravilhoso topete branco caindo na testa. Voltou os olhos para cima e começou a acompanhar os dois aviões de transporte com um olhar cinzento e firme. As rugas do rosto de Shimshon Sheinboim enriqueciam seu semblante. O mosaico todo fissurado infundia-lhe uma rara mescla de orgulho e um ar reflexivo, assim como um vago sinal de ironia bem mantida sob rédeas. As grossas sobrancelhas brancas despertavam, no íntimo de quem as observasse, certa lembrança de ícones russos. Quanto aos aviões, eles tinham completado uma volta e o primeiro deles se aproximava da área.

Os lábios de Shimshon Sheinboim abriram-se levemente e deram caminho a um murmúrio reprimido e profundo: uma antiga melodia russa começou a gemer em seu peito. O primeiro grupo de pára-quedistas irrompeu da porta lateral e escancarada do avião. Imagens diminutas, escuras, espalharam-se no espaço como sementes das mãos de um lavrador a semear numa velha gravura sionista.

Então, Raia Grinspan esticou a cabeça para fora da janela

da cozinha e agitou a concha que tinha nas mãos como se ralhasse com o topo das árvores. Seu rosto estava vermelho e suarento por causa do calor pesado. O suor soldava o vestido grosseiro às pernas dela, que eram poderosas e também muito peludas. Ela resfolegou enfiando as unhas da mão livre em suas melenas desleixadas. De repente, voltou o rosto para dentro e começou a gritar para as outras trabalhadoras:

"Depressa! Na janela, amigas! Lá está meu menino, meu cabritinho, Guidi! Guidi está no céu!".

E calou-se em espanto.

Enquanto o grupo dos primeiros pára-quedistas flutuava suavemente, como um punhado de plumas, entre a terra e o céu, o segundo avião baixou e expeliu a turma de Guideon Shenhav. Os pára-quedistas se juntavam ao lado da porta lateral toda aberta, estavam apertados, as barrigas batendo nas costas, os corpos unidos num bloco geral suarento e rígido. Quando chegou a hora de Guideon, ele apertou os dentes, endireitou os joelhos e, como se nascesse para dentro da luz do siroco, pulou e caiu. Um grito de júbilo selvagem, prolongado, estourou em sua garganta no mesmo instante. Ele caía e via as paisagens da infância subindo em sua direção, caía vendo os telhados, o topo das árvores, riu para tudo isso com um esgar de saudação, shalom a todos vocês, e caiu rumo aos parreirais e às trilhas de concreto, as coberturas e as tubulações brilhantes, e caía, com alegria no coração. Jamais em sua vida experimentara amor tão forte, de dar frio na espinha. Todos os seus nervos se entesaram, e foi como se uma fonte de prazer fluísse em seu ventre e daí para cima de suas costas até a nuca e a raiz dos cabelos. Como enlouquecendo, Guideon gritou de novo e de novo de tanto amor, e as unhas fincaram-se em suas mãos fechadas quase a ponto de tirar sangue. Depois, as tiras do pára-quedas se retesaram e golpearam-lhe os sovacos. Apertaram-lhe a cintura com força. Num átimo sentiu como se uma mão invisível o puxasse de volta, para o alto, para o avião, para o âmago do céu. A doce queda se tornou um suave balanço, lento, como num berço ou como o flutuar numa piscina de água tépida. De repente, foi atingido por um pânico novo e brutal: como vão me distinguir lá de baixo? Como poderão identificar o filho único no meio da floresta de pára-quedas branco? Como vão me envolver e somente a mim, entre todos, com seus olhares preocupados e amorosos? Mamãe e papai, as garotas bonitas e as criancinhas, todos eles. Estou proibido de me deixar engolir inutilmente no meio dos pára-quedistas. Porque enfim sou eu, e somente a mim eles amam. Isso.

Nesse momento teve uma idéia luminosa. Levou a mão até o ombro e liberou, puxando o cordão, o pára-quedas de reserva, destinado somente a situações de emergência. Quando a segunda cúpula se abriu em cima, a queda ficou mais lenta, como se a força de atração da terra tivesse cessado para ele. Parecia que o rapaz derivava rumo ao fim do mundo, como uma gaivota, como uma pequena nuvem solitária. Os últimos de seus companheiros já tinham aterrissado entre os torrões e começado a dobrar os pára-quedas. Guideon Shenhav continuava a flutuar como se ainda estivesse enfeitiçado, e com dois pára-quedas enormes abertos sobre a cabeça. Embriagado, feliz, absorvia as centenas de olhares cravados nele. Nele somente, nele, em sua singularidade brilhante.

Para intensificar e enaltecer a cena, começou a soprar do oeste um vento forte, quase frio, que partiu em dois o siroco, bagunçou o cabelo dos espectadores e desviou, um pouco para oriente, o último dos pára-quedistas.

7.

Longe dali, na cidade grande, milhares de cidadãos que esperavam pela parada militar receberam com um suspiro de alívio o repentino vento marinho, talvez o calorão já tivesse passado. Um cheiro fresco e salgado tinha pena das ruas incendiadas. O vento ficou mais forte, atacou uivando o topo das árvores, dobrou a espinha dos ciprestes, torceu a cabelama dos pinheiros, levantou remoinhos de poeira e obscureceu a paisagem aos olhos dos espectadores da exibição de pára-quedistas. Com o garbo de um rei, como uma ave gigantesca e solitária, Guideon Shenhav estava sendo varrido para os lados da estrada principal, a oriente.

O grito de terror que explodiu de uma só vez das dezenas de gargantas não pôde chegar aos ouvidos do rapaz. Todo enlevado, cantava num aluamento, sempre a balouçar lentamente rumo à linha elétrica central estendida entre postes altíssimos. Os olhos da multidão captaram em pânico a imagem do pára-quedista e a linha de força que corta o vale de oeste a leste com segurança, numa reta. Cinco cabos paralelos, abaulados entre os postes por causa do próprio peso, emitiam um zumbido persistente e surdo pelo vento galopante.

Os dois pára-quedas de Guideon se enredaram no cabo superior. Em um instante seus pés tocaram o cabo inferior. Seu corpo pendia numa posição oblíqua. As tiras dos pára-quedas seguravam-no pela cintura e pelos ombros e não permitiam que ele caísse na terra lavrada. Não fossem as solas de suas botas, feitas com uma grossa camada de isolante, o rapaz teria recebido uma faísca na hora. Mas o cabo já se insurgia contra a carga estranha e começara a queimar as solas. Fagulhas saltavam pipocando sob os pés de Guideon. Ele segurou com as duas mãos as fivelas do pára-quedas. Olhos arregalados, boca aberta.

No momento um dos oficiais, homem baixote, coberto de suor, saltou da multidão petrificada e gritou:

"Não toque nos cabos, Guidi, estique o corpo para trás e se afaste o quanto puder!".

Todo o público, num bloco aterrorizado e compacto, começou a se mover devagar rumo ao leste. Houve gritos. Um uivo. Sheinboim silenciou a gritaria com sua voz metálica e decretou calma geral. Ele rompeu numa vigorosa corrida, esmagando os torrões com as solas dos sapatos, delineou um traço direto e firme, chegou ao ponto sob o cabo, afastou os oficiais e os curiosos que tinham chegado antes dele e ordenou ao filho: "Livre-se das tiras, Guideon, livre-se imediatamente e salte. Aqui está tudo arado e fofo, nada acontecerá a você. Livre-se e pule".

"Não posso."

"Não discuta agora. Livre-se e pule, estou dizendo."

"Não posso, papai, não posso, não posso."

"Não existe não posso. Livre-se e pule para baixo antes que você seja eletrocutado."

"É impossível, as tiras enrolaram, eu não posso, que interrompam essa corrente logo, papai, minhas botas até pegaram fogo."

Alguns pára-quedistas já tinham começado a impor uma ordem, empurrando os que se agrupavam, afastando os palpiteiros bem-intencionados, abrindo espaço sob os cabos. E, como se repetissem um juramento ou estivessem enfeitiçados, aqueles pára-quedistas repetiam sem parar as palavras "nada de pânico, nada de pânico, por favor".

Em volta, os fedelhos do *kibuts* corriam e aumentavam a confusão. Não adiantaram as broncas e advertências. Com dificuldade, dois pára-quedistas zangados conseguiram pegar Zaki, que tinha começado a subir, numa completa imbecilidade, no poste mais próximo, com roncos, assobios e micagens a fim de atrair para ele a atenção do público.

O oficial baixote gritou de repente: "Seu punhal! Você tem um punhal no cinturão, saque o punhal e corte as tiras!".

Mas Guideon não ouviu ou não quis ouvir. Ele começou a chorar alto.

"Tirem-me daqui, já vou levar um choque, papai, tirem-me daqui, eu não posso descer sozinho."

"Pare com esse berreiro", ralhou Shimshon. "Disseram a você para usar o punhal e cortar as tiras, então faça o que lhe disseram. Sem choradeira."

O rapaz obedeceu. Ainda chorava, e alto, mas procurou, encontrou o punhal e começou a cortar as tiras do pára-quedas uma atrás da outra. Houve silêncio. Somente o som do choro de Guideon, estranho e penetrante, era ouvido de modo intermitente. Por fim restava ainda a última tira e Guideon, preso a ela, não teve coragem de também cortá-la.

"Corta", gritavam alegres os fedelhos, "corta e pula pra gente ver."

E Shimshon acrescentou com a voz contida: "O que você está esperando agora?".

"Eu não posso", queixou-se Guideon.

"Você pode, e como pode", disse seu pai.

"A corrente", o rapaz chorava, "eu começo a sentir a corrente, tirem-me logo."

Os olhos do pai se encheram de sangue e ele rugiu: "Medroso sem igual, tenha vergonha, covarde!".

"Mas eu não posso, vou me quebrar inteiro, é alto."

"Você pode e é obrigado. Só se você for louco, isso é o que você é. Louco e covarde."

Uma esquadrilha de jatos rumo à exibição no céu da cidade passou sobre as cabeças deles. Esses aviões a jato estavam ordenados numa estrutura rigorosa. Eles estrondaram e voaram para oeste como uma matilha de cães selvagens. Quando os aviões se distanciaram, o silêncio retornou como que redobrado. O rapaz parou de chorar. E deixou o punhal ir ao chão. A lâmina penetrou o pó aos pés de Shimshon Sheinboim.

"O que você fez?", gritou o oficial baixote.

"Não foi de propósito", desculpou-se Guideon, "ele escapou da minha mão."

Shimshon Sheinboim curvou-se, pegou uma pedrinha, ergueu-a e atirou-a furioso às costas do filho pendurado.

"Pinóquio, seu lixo, covarde miserável."

E então cessou também o vento marinho.

O calorão voltou com peso total a esmagar as pessoas e as coisas inanimadas. Um pára-quedista ruivo e sardento murmurou para si mesmo: "Ele tem medo de pular, esse bobo, desse jeito ele vai se matar". Uma garota, magra e feia, ouviu a frase, correu para o meio do agrupamento e abriu os dois braços:

"Pule em mim, Guidi, nada vai acontecer a você".

"Interessante", notou um velho pioneiro em roupas de trabalho, "interessante saber se ninguém teve inteligência suficiente para telefonar à companhia elétrica com a preocupação de que desligassem a força." Voltou-se e saiu de lá rumo às edificações do *kibuts* no cimo plaino da colina. Ele caminhava depressa, zangado, e de repente apavorou-se por causa de uma saraivada, longa, de tiros. O velho pioneiro imaginou que atiravam nele pelas costas. Mas imediatamente viu o que ocorria: o comandante da unidade, o belo herói lendário e loiro, tentava romper a tiros de metralha os cabos da eletricidade.

Sem êxito.

Nisso chegava do pátio do *kibuts* um furgão em mau estado e dele tiraram várias escadas mais o velho médico. Depois do médico, tiraram a maca do furgão.

Nesse momento via-se que a Guideon ocorrera uma decisão repentina. Com um forte chute afastou-se do cabo que soltava fagulhas azuladas, deu uma cambalhota no ar e ficou pendurado pela única tira a cerca de meio metro abaixo do cabo. De ponta-cabeça, as solas chamuscadas de suas botas pisoteavam descontroladamente o ar, bem perto do cabo inferior.

Era difícil para os espectadores saber com certeza, mas aparentemente ele ainda não tinha sofrido nenhum ferimento grave. Oscilava no espaço, débil, de ponta-cabeça, parecia um cabrito abatido pendurado num gancho de açougue.

O espetáculo provocou nos fedelhos uma espécie de exultação histérica. Eles começaram a rir como se latissem. Zaki estapeava os joelhos, se retorcia inteiro numa convulsão. E começou a saltar no mesmo lugar, guinchando como um macaquinho perverso.

O que via Guideon Shenhav para de repente estirar o pescoço e participar do riso dos meninos? Talvez a estranha posição perturbava-lhe o cérebro: cabeça cheia de sangue, a língua saía da boca, seu topete era atraído para a terra, e só seus pés chutavam o céu.

8.

Uma segunda esquadrilha de jatos cortou o céu. Doze pássaros de aço talhados para a beleza e para a crueldade reverberavam os raios do sol a ponto de cegar. Estavam ordenados na forma de lâmina de um punhal. A fúria fez a terra estremecer. Adiante, para oeste, e o silêncio profundo.

O velho médico estava sentado na maca. Acendeu um cigarro, olhou para as pessoas, para os soldados, para os fedelhos correndo e disse a si mesmo: será o que será, será o que obviamente deve ser. E como está quente hoje.

Vez por outra Guideon voltava a estourar naquela gargalhada cretina. Suas pernas borboleteavam, desenhando no espaço poeirento uma espécie de círculos imprecisos. O sangue fugia de seus membros invertidos e se concentrava na cabeça. Seus olhos começaram a saltar. O mundo escureceu. Em vez do brilho lilás, manchas roxas dançavam diante dos seus olhos. Ele expôs a língua. Os fedelhos entenderam isso como uma demonstração de zombaria. "Pinóquio de ponta-cabeça", gritou Zaki alegremente, "Pinóquio de ponta-cabeça, quem sabe pára de olhar pra nós de cara vesga? Quem sabe começa a andar com as mãos pra gente ver?"

Sheinboim desfechou um tabefe no malcriado. Mas atingiu o ar porque o menino se evadiu para o lado. O velho fez sinal ao comandante loiro e os dois cochicharam por dois ou três minutos. Nesse momento o rapaz não se achava em perigo, pois não tinha nenhum contato com a corrente. Mas é preciso pressioná-lo, é impossível que essa comédia continue até que não tenha fim. Escada não adiantará muito: alto demais. Talvez seja possível tentar equipá-lo de novo com o punhal, convencê-lo a cortar a última tira e saltar numa lona. Enfim, esse é um exercício muito rotineiro no treinamento dos pára-quedistas. O principal é agir com rapidez, pois a situação está degradante. E os meninos. O oficial baixote despiu então a camisa e nela embrulhou o punhal. Guideon desviou as mãos para baixo e tentou agarrar a remessa. Mas a camisa e a baioneta dentro dela escaparam pelo vão dos seus braços em arco e foram ao chão. Os meninos riram. Só depois de mais duas tentativas frustradas Guideon conseguiu pegar a camisa e tirar o punhal de dentro dela. Ele segurou-a com dedos adormecidos e pesados de tanto sangue que continuava a descer rumo ao pó. De repente o rapaz levou o punhal à face em brasa. O aço provocou frio. Teve um momento agradável. Ele abriu os olhos e viu o mundo invertido. Tudo era uma piada aos seus olhos: o furgão, o campo, as pessoas, papai, o exército, os meninos e também o punhal na sua mão. Ele entortou o rosto na direção do bando de meninos, riu do fundo do coração e ainda acenou para eles com o punhal. Tentou dizer-lhes alguma coisa. Se eles vissem a si mesmos dali, invertidos, correndo, formigas apavoradas, todos, na certa dividiriam o riso com ele. Mas o riso se transformou numa tosse feia, Guideon sufocou e seus olhos transbordaram.

9.

A palhaçada de Guideon de ponta-cabeça despertou em Zaki uma gaiatice demoníaca.

"Chora, pára-quedista Pinóquio", gritou o menino com maldade, "chora, a gente vê as lágrimas daqui, chora, Nenenóquio, a gente vê, a gente vê."

Também dessa vez a porrada de Shimshon Sheinboim desperdiçou-se no espaço vazio.

"Zaki", Guideon conseguiu gritar numa voz apagada e distorcida, "Zaki, eu vou matar você, eu vou esganar você, pedaço de filho-da-puta." De repente riu e calou-se.

Então, não tem fim. Ele não cortará por si mesmo a última tira, e o médico teme que se ficar desse jeito mais algum tempo poderá perder a consciência. É preciso buscar outro tipo de solução. Pois ninguém pode permitir que tudo isso dure o dia todo.

O caminhão do *kibuts* atravessou então pesadamente a terra arada e parou no lugar sinalizado por Shimshon Sheinboim. Puseram na carroceria duas escadas que às pressas tinham sido amarradas uma à outra para atingir a altura exigida. Dez braços fortes seguraram a escada de todo lado. O comandante dos pára-quedistas, o loiro lendário, começou a subir. Mas, quando chegou ao ponto de junção das duas escadas, ouviu-se um gemido ameaçador, e a madeira curvou por causa do peso e da altura. O oficial, que era um homem forte, grandalhão, titubeou por um instante. Depois decidiu descer e reforçar a ligação entre as escadas. Ele baixou até a carroceria do caminhão, enxugou o suor da testa e disse: "Um momento. Vamos pensar". Daí, num átimo, antes que fosse possível interrompê-lo, antes que fosse possível mesmo flagrá-lo, o menino Zaki já estava no alto da escada e já passara o ponto de ligação das escadas, um macaco desesperado rumo ao degrau superior da escada, e eis na sua mão também um punhal, como isso tinha chegado às mãos dele? Ele começou a lutar com a tira tensa. Os espectadores pararam de respirar: parecia que o menino desprezava a própria lei da gravidade, sem apoio, sem se precaver, pulava no último degrau. Ágil, elástico, eficiente até o desperdício.

10.

Com todo o seu peso, o siroco esmagava o rapaz dependurado. Os olhos dele se apagaram. A respiração quase parou. Com um resto de última clareza viu diante de si o irmão horroroso e sentiu o hálito dele em seu rosto. Sentiu o cheiro dele. Viu os dentes incisivos que avançavam protuberantes da boca de Zaki. Um pavor imenso se abateu sobre ele, como se olhasse no espelho e deparasse com um monstro. O pesadelo despertou em Guideon um resto de força. Ele chutou o espaço, borboleteou, conseguiu inverter a posição, agarrar a tira e lançar a si mesmo para o alto. Com os braços abertos jogou-se contra o cabo e viu o relâmpago. O calorão continuou a devastar todo o vale. E um terceiro vôo de jatos abalou tudo com seu bramido.

11.

A situação do pai com filho morto envolve o homem numa aura de sofrimentos sagrados. Mas Sheinboim agora não pensa nessa aura. Um séquito estupefato e mudo acompanha-o rumo ao refeitório. E ele sabe o que é certo: deveria estar ao lado de Raia.

No caminho, o menino Zaki passou diante dele, todo impossível, sem fôlego, herói. E os outros meninos ao lado dele. Então quase, quase o salvara. Shimshon pousou a mão trêmula na cabeça de seu filho e tentou dizer. A voz o abandonou e seus lábios tremeram em silêncio. Ele acariciou pesadamente os cabelos enrolados e cheios de pó. Nunca tinha acariciado esse menino antes disso. Em poucos passos tudo escureceu e o velho desabou em cima de um dos canteiros de flores.

No final da festa da independência o calor arrefeceu. O vento marinho apiedou-se das paredes escaldantes. Um orvalho pesado cobriu a grama durante toda a noite.

O que anuncia o círculo pálido ao redor da lua? Segundo a maioria, ele anuncia o siroco. Amanhã certamente o calorão voltará. Mês de maio, e atrás dele, o mês de junho. O vento passa pelos ciprestes à noite e tenta apaziguá-los entre um siroco e outro. É o jeito do vento, ele vem, pára e sopra outra vez. Sem novidade.

Traduzido do hebraico por Moacir Amâncio

Cachorros mornos

Paul Theroux

Quando chegou a mensagem do corretor de que havia uma criança disponível, os Rath foram para casa, vestiram o revestimento corporal e fizeram amor de um jeito solene e metódico, como em uma mímica da concepção. Depois, tiraram o revestimento e ficaram deitados, exaustos, na bolha da sacada que os próprios Arvin e Hella haviam desenhado, especulando animadamente sobre a criança do corretor. Ele se dizia corretor. Mas provavelmente era apenas um oportunista que conhecia alguém tão louco para vender um filho quanto eles estavam loucos para comprar um.

A pele deles, nua, tinha uma cor alarmante — nada a ver com o fato de terem acabado de tirar o revestimento. Era a luz do lívido crepúsculo sobre os subúrbios do oeste — aquela cadeia de montanhas era uma miragem constituída por uma nuvem baixa de poeira levantada, suspensa, que transformava o sol deslizante num solitário deformado, cor de sangue seco. Ele iluminava seus corpos nus com um berrante colorido de boa saúde e caçoava de sua esterilidade. No entanto, a maior parte de seus amigos estava contaminada e — embora nunca fosse simples — essas pessoas tinham conseguido crianças para eles. Uma conseqüência de ter teste com resultado positivo era que isso tornava os Rath obsessivos em sua busca urgente de um filho.

Oito vezes já haviam sido notificados e, por isso, fazer amor se transformara em um ritual, mas todas as vezes alguma coisa dera errado. Tinham mais esperança, embora dessa vez o risco fosse grande: significava uma viagem ao outro lado do rio por aquela horrenda ponte até um bairro da Margem Leste.

Hella franziu o rosto para o revestimento corporal úmido que estava embolado na cama a seu lado como um animal estripado e empurrou-o para o chão. Num tom piedoso, que tornava patética a sua nudez, disse: "Meu Deus, espero que funcione", acrescentando, como uma prece de uma única palavra: "Por favor".

Arvin disse: "Vamos conseguir".

Hella sabia o que ele ia dizer em seguida, uma vez que dissera aquilo tantas vezes antes.

"Posso fazer testes para ver se tem alguma coisa", Arvin disse.

Era um desafio — um dos desafios. Havia crianças disponíveis, mas eram saudáveis? Algumas tinham parasitas, outras tinham drogas no organismo; algumas eram doentes ou tinham danos cerebrais, algumas eram desequilibradas. Muitas não tinham documentos — duas vezes já os corretores tinham pegado os Rath assim, oferecendo crianças contrabandeadas. Não se podia confiar em ninguém, e por isso Arvin havia anunciado discretamente para seu próprio corretor, e ignorado todos os outros que vieram a ele através da rede, quando souberam que os Rath estavam desesperados.

Quanto Hella disse que tinham de passar a ponte, ele não recuou como seus amigos recuariam ao pensar na Margem Leste.

Hella disse: "É num daqueles bairros".

Arvin não disse nada, mas ela sabia que ele tinha um plano. Era preciso ter um plano. A polícia da Margem Leste era privada, mas isso era só uma parte do problema. Muitos desses bairros eram interditados, como aldeias fortificadas, e perigosos para forasteiros. Naquela época, só humanos possuíam dinheiro, então alguns eram valiosos, outros eram baratos, e uma criança podia custar qualquer coisa.

A perspectiva de ter um filho deu aos Rath a coragem para arriscar a ponte. Sabiam que o que estavam fazendo era ilegal; que o que estavam planejando era seqüestro. Porém uma criança significava tudo para eles, não só porque eram estéreis; um filho era o futuro.

Não tinham contado a ninguém sobre o corretor. Também, qual de seus amigos sabia alguma coisa sobre a Margem Leste? As oito decepções anteriores tinham sido reveladas e consoladoramente cacarejadas. Nem as conversas de festa de sempre — "Nós conseguimos uma na Polônia", "Os Goldstone encontraram uma no México" —, nada disso os desanimava. Podia-se pensar que estavam falando de cachorrinhos. Os Rath tinham tido muitos, estavam cansados de bichos de estimação e não se consolavam mais com cachorros mornos.

Nem desanimavam com histórias de adoções que tinham dado errado — a menina romena dos Bence, que tinha recebido um diagnóstico de vetor um ano depois e tivera de ser destruída; o menino russo Ivor, dos Feerick, que se suicidou com um tiro em um motel no aniversário de doze anos; todas as histórias de fugitivos, de adotados que fugiam para lugares como a Margem Leste e viviam como andarilhos que chamavam de Skells, ou como invasores conhecidos como Trolls.

"Posso fazer teste de epilepsia, posso encontrar vírus, posso procurar na hereditariedade, posso diagnosticar depressão e possível mau funcionamento, posso escanear o cérebro, posso isolar um vetor", disse Arvin. "Posso encontrar qualquer coisa."

Ele tinha confiança em seus testes, mas onde estava a criança capaz de passar por eles? Seus sofisticados instrumentos significavam decepções freqüentes. Cinco vezes haviam examinado bebês em escritórios de corretores e encontrado disfunções ou problemas sistêmicos. E dois deles não tinham documentos.

Arvin era engenheiro de iluminação, Hella, arquiteta. O apartamento deles, um andar inteiro na torre Kingsbury, era vasto e belo, faltava uma criança, mas isso era tudo. Eles tinham o vírus, mas isso não era nenhuma desgraça — não era fatal. Metade das pessoas que conheciam tinham o vírus. Era inconveniente, você ficava estéril; perdia os dentes, mas os novos implantes eram menos problemáticos.

"O que foi isso?", Arvin perguntou, vestindo depressa o roupão, numa defesa instintiva ao ouvir um barulho quando estava nu.

Alguém estava chamando, um penetrante *pip-pip* encheu a sala.

"É meu telefone", Hella disse e o fez deslizar sobre a mão esquerda, ativando-o. "Alô?"

"Chamada para os Rath", disse uma voz. "Aqui é Doc."

O *corretor*, Hella fez com a boca para Arvin; aumentou o volume do alto-falante e disse: "Ainda está de pé?".

"Mais cedo que eu pensava. Podem vir amanhã logo cedo. Digamos, às seis?"

Aquilo os pegou desprevenidos e Arvin pensou a respeito, tão absorto que seu rosto parecia esculpido, pálido, cheio de dúvidas.

"Por que tão cedo?", Hella disse, levada pelo olhar desconfiado de Arvin.

"A ponte vai estar livre e será mais fácil para vocês nos encontrarem."

"Não vamos encontrar você", Arvin disse de repente, de frente para o pequeno telefone. "Você nos encontra — em Elmo. No estacionamento da estação. Eu tenho uma van vermelha."

A voz confusa do outro lado disse: "Uma van?".

"Para meus instrumentos. Quero fazer alguns testes."

"Melhor nas ruas da superfície."

"Elmo", Arvin disse, insistindo.

O que se seguiu não foi tanto silêncio como uma consternação que mal se ouvia, como alguém resmungando consigo mesmo ou para alguma pessoa próxima — uma longa pausa murmurante.

"Tudo bem", disse o homem, por fim.

"Como você conhece Elmo?", Hella perguntou depois.

"Estive lá há uns vinte anos. Tínhamos uma faxineira que morava em Elmo. Ficava à margem na época. Mas será que pode ter mudado tanto?"

Ao olhar enquanto atravessavam pela ponta da Margem Leste, tudo parecia mais verde, mais denso, menos assentado para ele do que parecera tantos anos antes, e ficaram esperançosos de novo. No horizonte adiante, o sol do amanhecer era o mesmo solitário poeirento que tinham visto ao entardecer da véspera na sacada, mas invertido, um grande losango de poeira iluminada que subia no *deck* de nuvem que parecia decadente e cansado. Mas havia árvores ali, havia grama alta, o estilo antigo das casas, as cercas eram baixas e nada ameaçadoras; havia ruas vazias onde tinham esperado encontrar selvagens e Skells.

"Me sinto bem em casa", Arvin disse.

Ela ficava nervosa quando ele tentava ser engraçado, porque isso queria dizer que ele não estava prestando atenção.

Enquanto ela falava, saíram do fim da rampa, o chiado dos ecos das árvores da beira de estrada repentinamente parou de soar nas laterais da van e um tipo diferente de som abafado começou — dos prédios sem janelas lacrados que pareciam paredes de fortalezas. Então, o lugar onde menos esperavam, perto de uma parede de aterro e de uma placa que indicava a direção de Elmo, onde começavam as ruas de superfície, havia um posto de vigia e um policial. Arvin diminuiu muito a velocidade ao se aproximar da barreira.

"Olá", disse o policial, amigável, mas sem levantar a barreira de aço. Era uma malha. Essas barreiras tinham sido projetadas para se enrolar em tanques, veículos blindados e caminhões desgarrados.

O policial sorriu e deu um passo atrás para ver as placas da van. O nome em seu crachá era Seely. Era relaxado à maneira da polícia contratada. As botas não estavam engraxadas, o distintivo um pouco torto. Todos trabalhavam em excesso, e também não eram tão bem pagos como os cavalarianos do Estado. Mas Arvin ficou mais tranqüilo com o policial, principalmente quando parou a van e viu a criança.

A criança estava dentro da cabine do posto, sentada em um banco, um banco baixo, mas mesmo assim seus pés não tocavam o chão — ela balançava as pernas, roçando os calcanhares nas pernas duras do banco com uma espécie de frenética vitalidade da Margem Esquerda enquanto cutucava a parede escrevendo RONG DOGZ [caxoros erados].

"Para onde vai?"

Arvin hesitou, detestou a pergunta, mas ainda estava sorrindo para a criança que escrevia.

O policial disse: "Estou perguntando para seu próprio bem".

"Para Elmo. Tem algum conselho de viagem?"

"Hoje, não. Mas o senhor deve tomar muito cuidado." Com um gesto da arma, apontou a traseira da van. "Tem carga?"

"Estamos vazios", disse Arvin. "Estou vendo que o senhor tem um pequeno ajudante?"

Ao ouvir isso, os lábios carnudos do menino se abriram e o rosto se contraiu enquanto os dentes se projetavam para a frente. Eram dentes novos, acabados de crescer, e se avolumavam em sua boca parecendo grandes e sem uso.

"Tenho, sim", disse o policial, e sinalizou para seguirem em frente.

Logo mais, nas ruas da superfície avistaram as primeiras pessoas do local — crianças, provavelmente filhos de Skells e Trolls. Mas não estavam revirando lixo como as pessoas diziam. Pareciam exatamente iguais às crianças privilegiadas do outro lado do rio que brincavam na rua, a não ser que essas eram muito mais jovens. Havia histórias terríveis de corretores que arrebatavam essas crianças e diziam: *Não é rapto — é uma forma de resgate*, e se viam com crianças maldosas, doentes ou incontroláveis, que não tinham documentos e precisavam ser encarceradas.

"Vamos acabar logo com isso", Arvin disse ao parar no estacionamento de Elmo e ver o grupo de gente apressada.

Um homem vestindo camisa cáqui e calça cáqui, talvez um velho uniforme do Exército, estava cercado por umas dez crianças, a maioria meninos, nenhum com mais de doze ou treze anos. Várias crianças olharam intensamente para Arvin e Hella quando eles entraram e estacionaram a van. As outras crianças estavam brincando. Um menino operava um instrumento manual com fones nos ouvidos, talvez um game. Os outros gritavam alto demais e foi assim que Hella conseguiu calcular suas idades — ainda não estavam mudando de voz. E os dentes eram grandes demais e mal ajustados ou tortos. Nada nessas crianças era mais perturbador para Hella do que aqueles dentes tamanho adulto nos pequenos maxilares de dez anos.

Arvin abominou a visão do homem com essas crianças, o explorador e os moleques; Hella, porém, ficou esperançosa ao ver as crianças tão intensamente atentas ou então brincando como seus cachorrinhos brincavam.

"Eu sou Doc", disse o homem de cáqui, arrastando os pés até eles, em meio à multidão de crianças. "Posso ver suas identidades?"

Era mais velho do que tinham imaginado — velho demais talvez para ser pai de qualquer daquelas crianças; mas nunca se sabe.

Quando Arvin mostrou a identidade, um rapaz de cabelo comprido, viscoso, tingido de verde, chegou perto dele e olhou o telefone em seu pulso. Os dentes não cabiam na boca; se avolumaram quando ele olhou para Arvin, que fez questão de indicar o telefone.

Disse: "Estou num canal aberto", para alertar a todos. E depois: "Podemos ver a criança? Quero fazer uns testes".

Doc sentou-se num banco e pegou seu próprio telefone. Intensamente observado por vários outros meninos, o de cabelo comprido, talvez o mais velho — treze anos, no máximo —, calçava sapatos grandes que pareciam emprestados, provavelmente caros, embora não servissem para ele, e uma camisa que ia até os joelhos, como um vestido. Uma menina foi andando atrás dele e, sem olhar para a cara dela, o menino estendeu a mão e beliscou seu braço. Então se virou e olhou como se a desafiasse a gritar. Mas ela não gritou. Apertou os lábios e os olhos em mudo sofrimento.

Doc teria visto o menino fazer aquilo? Mas o homem não disse nada.

As crianças pareciam entediadas, impacientes e submissas — elas não queriam estar ali, dava para perceber. Pareciam estar com calor e com sede. Ela então se lembrou da criança no posto de fiscalização a rabiscar RONG DOGZ na parede da guarita do policial.

Hella disse: "Essas também estão à venda?".

Perguntou baixinho, de forma que só o homem a pudesse ouvir, mas o menino escutou e lançou a ela um repentino olhar carrancudo e malévolo, chiando entre os dentes apertados. Hella ficou tão assustada que não conseguiu respirar.

"Aí está ele", Doc disse.

Hella estava procurando no meio das crianças de dentes grandes quando sentiu a perna ser agarrada, virou-se e viu uma criança pequena, de olhos brilhantes, tentando abraçá-la. Era maior do que esperava, mas mesmo assim tão mais nova que qualquer daquelas outras crianças que pareceu encantadora e infantil.

"Em perfeito estado", Doc disse. "Raça mista. Os pais não conseguem sustentar. Precisam de dinheiro. Três anos não é velho demais."

Mais uma vez ela pensou: *De quem o estamos tirando?*, e pensou no quarto, já mobiliado com berço, poltrona, balança, uma estante de brinquedos, lençóis, travesseiros e bichos de pelúcia, o cavalo de balanço, toda a parafernália acumulada em sua tentativa de encontrar uma criança. Hella sabia que estava sendo sentimental, pois parte de seu desejo de ter uma criança era também a fantasia de abraçar um bebê, alimentá-lo, trocá-lo, ensiná-lo a falar e andar. Porém havia certa lógica no fato de ele ter três anos — era como se aquela fosse a criança que tinham começado a procurar três anos antes, quando se desfizeram de seus últimos bichos de estimação.

"Ele é muito inteligente. Podem fazer o teste que quiserem", disse o homem. "Vai ser mais fácil, sabem. Sendo mais velho, ele será mais colaborativo."

Arvin estava balançando a cabeça: aceitou aquilo como razoável.

"Tem documentos", disse o homem. "E se os testes não funcionarem podem desistir do negócio."

Arvin fez um gesto conhecido de Hella que queria dizer: *O que temos a perder?*

A criança era limpa, parecia afetuosa; estava com roupas leves para aquela manhã cálida, com camisa limpa e shorts. Mas tinha os dentes também. Arvin deu um passo à frente quando o menino beijou Hella, como se quisesse protegê-la, mas Hella deixou que a beijasse e o abraçou. Sentia pena da criança, mas se recusava a se permitir ser possessiva. Se Arvin liberasse o menino, então ela o reclamaria para si e o abraçaria.

"Como é o nome dele?", Arvin perguntou.

Antes que Doc pudesse responder, o menino disse: "Meu nome é Corbin", ele tinha ouvido, entendia, era bem alerta. A boca ainda estava aberta, o dente grande brilhando. "Quero ir para casa com vocês. Quero que você seja minha mamãe."

Hella soltou a mão dele e levou-o até Arvin. Sabia que ele queria começar os testes.

Arvin disse: "Ele tem três anos? Parece mais velho — seis pelo menos".

"É grande para a idade", disse Doc. E completou: "Vou ter de pegar seus telefones".

"Espere um pouco", Arvin disse e pôs a mão em cima do pulso num reflexo defensivo.

"Ou, então, que tal transferir um dinheiro para a minha conta?"

"O que é isso?", perguntou Arvin, e o medo lhe deu forças: havia algo errado.

Quando um menino pequeno agarrou seu pulso e arrancou o telefone com os dedos, Arvin virou-se e viu que Hella também estava cercada e que Doc não fazia nada além de sorrir, como um homem cujos cachorros ferozes ameaçam um estranho.

Hella gritou: "Não!" — estava agitada ao ver todas aquelas bocas e olhos.

O grito dela pareceu funcionar: as crianças pequenas, dentuças, e seu zelador se empurraram e correram quando um carro de polícia veio guinchando os pneus na direção deles pelo estacionamento.

Uma voz explodiu pelo alto-falante: "Para trás!".

Era o policial, Seely, abrindo as portas de seu carro blindado, e Arvin e Hella pularam para dentro. Agora, o policial parecia mais surrado que antes, com os joelhos da calça brilhantes e a insígnia lascada na borda do capacete.

"Não disse para tomarem cuidado?"

Arvin disse, grato: "Como nos encontrou?".

"Acha que foi difícil?"

Ainda estavam agradecendo a ele quando notaram a cabecinha do menino no banco da frente, e, como se o menino soubesse que estava sendo examinado, virou-se para olhar para Arvin. Ele não teve dúvida, quando o menino mostrou os dentes, de que era o mesmo que sacudia a perna no banquinho dentro da guarita.

Arvin disse: "Espere. A van está lá".

Mas o policial não disse nada. Estava dirigindo depressa por uma alameda entre dois prédios altos.

"Onde está nos levando?"

Arvin ainda estava falando quando o policial começou a dizer: "Olhe".

O menino pequeno ao lado dele o interrompeu, furioso, e disse: "Cale a boca!".

Arvin se deu conta de que o menino falara com o policial, não com ele, e com tamanha raiva que o policial recuou, agarrado à direção.

"Sinto muito", disse o policial. "Ele é que manda."

Continuou dirigindo. Estavam num lugar arruinado. Não só por causa dos prédios e das ruas esburacadas; não havia nem uma árvore, nem uma única coisa verde. As árvores tinham sido cortadas de um jeito descuidado e destrutivo, não para servir de combustível — os galhos estavam espalhados por ali. A grama tinha sido pisada ou envenenada, ou recebera construções, ou fora queimada; o lugar havia sido vandalizado com inconsciência, como por crianças.

Tinha um aspecto de violência: placas quebradas, postes desenterrados, janelas estilhaçadas, garatujas obscenas escritas errado, em grandes rabiscos perturbadores: RAT ROOLZ [rato comanda], RONG DOGZ [caxoros erados], YUNGSTAZ [galera], DANJAH FREEX [monstros perigoso], NO MERSI [sem perdam] e WORRYERZ [guereiros].

Quando Arvin as leu em voz baixa, com nojo, Hella desejou que parasse.

Adiante havia um depósito, com as janelas quebradas, e parecia haver pelo menos um rosto em cada janela, em algumas mais, amontoados para olhar para fora.

O grande portão do depósito se abriu para deixar entrar o carro e, lá dentro, Arvin viu o corretor, Doc. Estava sentado em uma cadeirinha ridícula, no meio das crianças. Doc olhou para o outro lado quando o policial entrou. As portas do carro foram escancaradas e as crianças avançaram com lanças de aço feitas de barras afiadas e cutucaram Arvin e Hella. Os dois saíram do carro protestando, reclamando.

O menino de cabelo viscoso e camisa comprida como vestido tinha uma arma na mão e disse numa voz grasnada ao policial: "Por que não botou vendas neles?".

O policial curvou-se ligeiramente e num tom de respeitosa explicação disse: “Porque iam se assustar com as vendas”.

“Ponha as vendas agora!”, disse o menino. “Cachorros errados!”

Doc disse baixinho, como para acalmar as crianças: “Querem que eu peça o resgate?”.

“Vá embora”, disse o primeiro menino, virou-se para Hella e, quando a venda fétida baixou sobre seus olhos, a última coisa que ela viu foram os dentes malévolos que a tinham assustado no estacionamento quando perguntou *Esses também estão à venda?*

Outra criança começou a guinchar: “Fora! Fora! Nos deixem em paz! Sem perdão!”.

Em sua escuridão, com medo e sem poder se mexer, Arvin e Hella ouviram os dois homens saírem, resmungando ao passarem pela porta, a grande porta se fechar, um eclipse de luz e som que ela conseguiu sentir através da venda. As crianças chegaram mais perto. Hella podia sentir seus rostos úmidos e ouvia a respiração ansiosa pela boca, como cachorros mornos.

Hella ouviu uma voz de criança dizer: “Esta aqui é minha” e gritou quando os dedinhos a agarraram.

Traduzido do inglês por José Rubens Siqueira

O boi e o burro

Michel Tournier

O BOI

O burro é um poeta, um literato, um tagarela. O boi, esse, não diz nada. É um ruminante, um meditativo, um taciturno. Ele não diz nada, mas nem por isso pensa menos. Ele reflete e se lembra. Imagens imemoriais flutuam em sua cabeça, pesada e maciça como um rochedo. A mais venerável vem do Antigo Egito. É a do touro Ápis. Nascido de uma novilha virgem fecundada por um raio de tempestade. Ele tem um crescente na testa e um abutre nas costas. Um escaravelho escondido debaixo da língua. É alimentado em um templo. Depois disso, um pequeno deus nascido em um estábulo, de uma moça e do Espírito Santo, não chega a surpreender um boi!

Ele se lembra. Ele se revê jovem touro. No centro do cortejo formado para a festa das colheitas em honra da deusa Cibele, ele avança, coroado de cachos de uvas, escoltado por jovens vindimadoras e Silenos barrigudos e afogueados.

Ele se lembra. Os lavores negros do outono. O lento trabalho da terra fendida pela lâmina do arado, seu irmão de trabalho preso ao mesmo jugo. O estábulo quente e enfumaçado.

Ele sonha com a vaca. O animal-mãe por excelência. A doçura de seu ventre. Os ternos toques de cabeça do pequeno novilho naquele corno da abundância vivo e generoso. As tetas rosadas em cachos de onde jorra o leite.

Ele sabe que é tudo isso, o boi, e que sua massa tranqüilizadora e imóvel deve velar o trabalho da Virgem e o nascimento do Menino.

O DIZER DO BURRO

Não se iluda com meu pelame branco, diz o burro. Antes, eu era negro como azeviche, com apenas uma estrela clara na testa, mas não dá mais para ver, porque toda a minha roupa branqueou. É como os astros do céu noturno que se apagam na palidez da aurora. Assim a grande idade me deu, a mim, todo inteiro, a cor de minha estrela frontal, e nisso quero ver um sinal, a marca evidente de uma espécie de bênção.

Porque sou velho, muito velho, devo ter perto de quarenta anos, o que para um burro é fantástico. Talvez eu seja mesmo o decano dos burros? Seria ainda outro sinal.

Me chamam Kadi Chuía. E isso merece explicação. Desde minha mais tenra idade, meus donos não conseguiram ficar insensíveis ao ar de sabedoria que me distinguia dos outros burros. Havia em meu olhar alguma coisa grave e sutil que impressionava. Daí esse nome de Kadi que me deram, e todo mundo sabe que um *kadi* entre nós é um juiz e religioso ao mesmo tempo, quer dizer, um homem duplamente recomendável pela sabedoria. Mas claro que, mesmo assim, eu não passava de um burro, o mais humilde e mais maltratado dos animais, e não era possível dar a um burro esse nome venerável de Kadi sem que fosse diminuído por um outro nome, esse ridículo. Kadichuía, o sábio-do-nada, chamado por seus mestres às vezes de Kadi, mais freqüentemente de Chuía, segundo o humor do momento...*

Eu sou um burro dos pobres. Durante muito tempo, fingi me alegrar por isso. É que tenho por vizinho e confidente um burro dos ricos. Meu dono é um modesto plantador. Uma bela propriedade limita-se com seu campo. Um comerciante de Jerusalém ali vem com os seus gozar a fresca nas semanas mais quentes do verão. Yaul, se chama o asno dele, um animal soberbo, quase duas vezes maior do que eu, o pelame de um cinza perfeitamente uniforme, muito claro, fino como seda. Tem de ver quando ele sai, arreado de couro vermelho e veludo verde, com sua sela de tapeçaria, grandes estribos de couro, todo tremulante de pompons, todo tintilante de guizos. Eu fazia cara de quem acha ridícula essa paramentação de carnaval. Me lembrava, sobretudo, dos sofrimentos que lhe haviam sido infligidos na infância para transformá-lo em uma montaria de luxo. Eu o vi vermelho de sangue, porque tinham acabado de esculpir à navalha, na carne viva, as iniciais e o escudo de seu dono. Vi suas orelhas cruelmente costuradas uma na outra pela extremidade, para se espetarem juntas, bem eretas, como chifres, enquanto as minhas pendem lamentavelmente à esquerda e à direita de minha cabeça, e as pernas duramente apertadas com faixas para que ficassem mais finas e mais direitas que as dos burros comuns. Os homens são assim, sempre acham um jeito de fazer sofrer mais àqueles que amam e de quem se orgulham do que àqueles que detestam e desprezam.

* Um de seus descendentes distantes, sob o nome afrancesado de Cadichou, publicará suas memórias, recolhidas pela condessa de Ségur, nascida Rostopchin.

Mas Yaul gozava de muitas compensações e havia uma inveja secreta na comiseração que eu achava poder manifestar por ele. Para começar, ele comia todo dia cevada e aveia em uma manjedoura bem boa. E, sobretudo, havia as éguas. Para entender o que quero dizer, é preciso, primeiro, avaliar o orgulho insuportável dos cavalos em relação aos burros. É muito pouco dizer que nos olham do alto. Na verdade, eles nem olham para nós, a seus olhos não somos mais que ratos ou insetos. Quanto à égua, azar do burro, essa é o fim do fim, é a grande dama, altiva e inacessível. Sim, a égua é a grande e sublime vingança do burro sobre esse grande idiota do cavalo. Mas como pode um burro rivalizar com o cavalo em seu próprio terreno, a ponto de lhe roubar sua fêmea? É que o destino tem mais de um truque em sua bolsa e inventou o privilégio mais surpreendente e mais engraçado do povo dos burros, e a chave desse privilégio se chama: o mulo. O que é um mulo? É uma montaria sóbria, segura e sólida (levado pelos qualificativos em S, eu poderia acrescentar silenciosa, 'scrupulosa', 'studiosa', mas sei que devo dominar meu gosto excessivo pelas palavras). O mulo é o rei dos caminhos arenosos, das ladeiras pedregosas, das passagens a vau. Calmo, imperturbável, incansável, ele segue...

Ora, qual é o segredo de tantas virtudes? É que ele ignora as desordens do amor e os problemas da procriação. O mulo nunca tem mulinhos. Para fazer um mulinho, é preciso um papai burro e uma mamãe égua. Por isso é que certos burros — e Yaul é um desses — escolhidos para pais de mulos (é o título mais prestigioso de nossa comunidade) se vêem com éguas oferecidas por esposas.

Não sou excessivamente dado ao sexo, e, se tenho ambições, elas se situam noutras partes. Mas devo admitir que, certas manhãs, o espetáculo de Yaul voltando de suas proezas eqüestres, esfalfado e saciado de prazer, me fazia duvidar da justiça da vida. É verdade que ela não me mimava, a vida. Sempre espancado, insultado, esmagado por cargas mais pesadas que eu, alimentado com cardos — ah, essa idéia dos homens de que os burros gostam de cardos! Mas que nos dêem então uma vez, uma única vez, trevos e cereais para que nós possamos fazer diferença! — e, quando vier o fim, a intimidade com os corvos quando, caídos de exaustão, esperarmos na encosta de uma fossa que a morte misericordiosa venha pôr termo a nossos sofrimentos! A intimidade com os corvos, sim, porque nós vemos uma grande diferença entre os abutres e os corvos, quando chegamos à hora derradeira. É que os abutres, vejam vocês, não atacam senão os cadáveres. Nada a reclamar deles enquanto lhe restar um sopro de vida: misteriosamente avisados, eles esperam a uma distância respeitosa. Enquanto os corvos, esses demônios, se precipitam sobre um moribundo e o dilaceram vivo, começando pelos olhos...

São coisas que se tem de saber para compreender em que estado de espírito, naquele começo de inverno, eu me encontrava com meu dono em Belém, uma aldeia da Judéia. Toda a província estava em grande agitação porque o imperador havia ordenado que fosse feito um recenseamento da população e todos deviam se inscrever com os seus nos lugares de origem. Belém não passa de uma povoação na encosta de um morro cujos flancos são enfeitados de terraços e de pequenos jardins sustentados por muretas de pedras. Na primavera e em tempos normais, deve ser bom viver ali, mas no começo do inverno e no tumulto do recenseamento eu lamentava amargamente não estar no meu estábulo em Djela, a aldeia de onde vínhamos. Meu dono tinha ficado muito contente de encontrar um lugar com minha dona e os dois filhos em um grande albergue que zunia como uma colméia. Ao lado do prédio principal, havia uma espécie de celeiro onde se guardavam as provisões. Entre as duas casas, uma passagem estreita, que não levava a parte alguma, coberta de vigas sobre as quais haviam jogado braçadas de junco, formando uma espécie de teto de palha. Debaixo desse abrigo precário, haviam instalado uma manjedoura e espalhado palha para os animais dos clientes do albergue. Foi ali que me amarraram ao lado de um boi que tinha acabado de ser desatrelado de uma charrete. É preciso que se diga que eu sempre tive horror de bois. Esses animais não têm malícia, mas quis a sorte que o cunhado de meu dono possua um e, quando chega a época de trabalho, os dois homens se ajudam mutuamente e nos atrelam juntos à charrua, apesar da proibição formal da lei. Ora, a lei decide muito judiciosamente porque, podem crer, não há nada mais horrível do que trabalhar em semelhante companhia. O boi tem o seu passo — que é lento —, seu ritmo que é contínuo. Ele puxa com os ombros. O burro — assim como o cavalo — puxa com a garupa. Se lança em esforço e trabalha aos trancos vigorosos. Obrigá-lo a se associar a um boi é prender-lhe uma bola de ferro no pé e comprometer toda a sua energia, da qual já não é assim tão rico!

Mas, nessa noite, não se tratava de trabalhar. Os viajantes recusados pelo dono do albergue tinham invadido o celeiro. Eu bem que achava que não iam nos deixar em paz por muito tempo. Com efeito, logo um homem e uma mulher entraram em nosso estábulo improvisado. O homem, uma espécie de artesão, era bem velho. Ele havia feito muito barulho, contando a todo mundo que tinha de ir para o recenseamento em Belém porque pertencia à descendência do rei belemense Davi em linha direta de vinte e sete gerações. Riam na cara dele. Melhor seria, para encontrar uma vaga, invocar o estado de sua esposa muito jovem que parecia esgotada e, além do mais, grávida. Ele amontoou a palha da forragem e o feno das manjedouras para confeccionar, entre o boi e eu, uma cama provisória, onde fez deitar a jovem mulher.

Pouco a pouco, cada um encontrou seu lugar e os ruídos cessaram. Às vezes, a jovem gemia suavemente e assim ficamos sabendo que seu marido se chamava José. Ele a consolava o melhor que podia e ficamos sabendo também que ela se chamava Maria. Não sei quantas horas se passaram, porque devo ter dormido. Quando acordei, senti que uma grande transformação havia ocorrido, não apenas no nosso reduto, mas por toda parte, e mesmo, podia-se dizer, no céu, do qual nosso teto miserável deixava ver retalhos cintilantes. O grande silêncio da noite mais longa do ano havia baixado sobre a terra e podia-se dizer que ela interrompera suas fontes e o céu seus sopros para não perturbá-lo. Nas árvores, nem um pássaro. Nem uma raposa nos campos. Na relva, nem um ratinho. As águias e os lobos, tudo o que tem bico e presas fazia trégua e velava, a fome no ventre e o olho fixo na escuridão. As lucernas e os vaga-lumes, até eles apagaram suas luzes. O tempo se desmanchou em uma eternidade sagrada.

E bruscamente, num instante, um acontecimento formidável se produziu. Um estremecimento de alegria irreprimível percorreu o céu e a terra. Um farfalhar de asas incontáveis revelou que nuvens de anjos mensageiros partiam em todas as direções. A palha que nos cobria foi iluminada pela cauda ofuscante de um cometa. Ouviu-se o riso cristalino dos regatos e o riso majestoso dos rios. No deserto de Judá, um tremor da areia fez cócegas nos flancos das dunas. Uma ovação vinda das florestas de terebintos misturou-se aos aplausos abafados dos mochos. A natureza inteira exultou.

O que havia acontecido? Quase nada. Ouvimos, saindo da sombra quente da palha, um ligeiro grito, e esse grito não vinha, com toda certeza, nem do homem, nem da mulher. Era o doce vagido de um bebê recém-nascido. Ao mesmo tempo, uma coluna de luz postou-se no meio do estábulo, o arcanjo Gabriel, anjo da guarda de Jesus, doravante ali estava e assumiu de alguma forma a direção das operações. Então, a porta logo em seguida se abriu e viu-se entrar uma das criadas do albergue vizinho, trazendo apoiada na anca uma bacia de água tépida. Sem hesitar, ela se ajoelhou e lavou a criança. Depois, esfregou-a com sal para fortalecer sua pele e depois a estendeu, enfaixada, para José, que a colocou sobre os joelhos, sinal de reconhecimento paterno.

Só se podia saudar a eficácia de Gabriel. Ah, além do respeito que se deve a um arcanjo, pode-se dizer que há um ano ele não tinha um minuto de sossego, esse Gabriel! Foi ele que anunciou a Maria que ela seria mãe do Messias. Ele que acalmou as suspeitas do bravo José. Mais tarde, ele é que vai desviar os Reis Magos para não fazerem seu relato a Herodes, e organizará a fuga para o Egito da pequena família. Mas não vamos nos antecipar. Por ora, ele faz o papel de mordomo, de mestre-de-cerimônias neste local sórdido que ele transfigura, assim como o sol transforma a chuva em arco-íris. Foi em pessoa acordar os pastores no campo em torno, aos quais, é forçoso admitir, começou por dar um belo susto. Mas, rindo para tranqüilizá-los, anunciou-lhes a bela, a grande notícia, e convocou-os ao estábulo. Num estábulo? Foi uma coisa bem surpreendente, mas bem reconfortante também, para essa gente simples!

Quando começaram a afluir, Gabriel os agrupou em semicírculo e ajudou-os a ir, um após outro, exprimir seus cumprimentos e formular seus votos, um joelho em terra. E não foram nada mais que essas poucas frases pronunciadas por esses silenciosos que habitualmente não falam senão com seu cão ou com a lua. Eles depositaram diante da manjedoura os produtos de seu trabalho, leite coalhado, pequenos queijos de cabra, manteiga de ovelha, e também azeitonas de Gálgala, bagas de sicômoro, tâmaras de Jericó, mas nem carne, nem peixe. Falaram de suas humildes misérias, de epidemias, verminoses, animais fétidos, e Gabriel os abençoou em nome do Menino e prometeu-lhes ajuda e proteção.

Nem carne, nem peixe, dissemos. Porém um dos últimos pastores se apresentou com um cabritinho de quatro meses que trazia deitado atravessado na nuca. Ele se ajoelhou, depositou seu fardo na palha, depois levantou-se com toda a sua grande altura. As pessoas da terra reconheceram Silas, o Samaritano, um pastor, sem dúvida, mas ao mesmo tempo uma espécie de anacoreta que gozava reputação de sabedoria junto aos humildes. Morava absolutamente sozinho com seus cães e seus animais em uma caverna na montanha de Hebron. Todo mundo sabia que ele não havia descido em vão de suas alturas desoladas e, quando o arcanjo lhe fez sinal para tomar a palavra, todo mundo emprestou os ouvidos.

"Senhor", ele começou, "alguns dizem de mim que vivo retirado na montanha por ódio aos homens. Isso não é verdade. Não é o ódio aos homens, o amor aos animais é que fez de mim um solitário. Mas quem ama os animais deve mantê-los ao abrigo da maldade e da avidez dos homens. Eu não sou, é verdade, um criador comum que vende seu gado no mercado. Não vendo, nem mato meus animais. Eles me dão seu leite. Faço creme, manteiga e queijos. Não vendo nada. Uso esses dotes na proporção das minhas necessidades. Dou o resto — a maior parte — aos indigentes. Se esta noite obedeci ao anjo que me acordou e me mostrou a estrela, foi porque sofro em meu coração uma grande revolta, não só contra os usos de minha sociedade, mas, o que é mais grave, contra os ritos de minha religião. Ai, as coisas vêm de muito tempo, quase desde a origem dos tempos, e para que isso mude seria preciso uma revolução bem profunda. É para esta noite? Foi isso que eu vim perguntar."

"É para esta noite", garantiu Gabriel.

"Remontemos então ao primeiro sacrifício de Abraão. Para provar Abraão, Deus ordenou que sacrificasse em holocausto seu filho único, Isaque. Abraão obedece. Sobe com seu filho a uma das montanhas da terra de Moriá. O menino se surpreende: levam lenha para a fogueira, o fogo e a faca, mas onde está o animal que será sacrificado? A lenha, o fogo, a faca... Eis aí, Senhor, os atributos malditos do destino do homem!"

"Haverá outros", disse sombriamente Gabriel, que pensava nos cravos, no martelo, na coroa de espinhos.

"Então, Abraão armou a fogueira, amarrou Isaque e deitou-o sobre uma pedra plana que fazia as vezes de altar. E levou a faca a seu pescoço branco de menino."

"Então", interrompeu Gabriel, "um anjo apareceu e deteve seu braço. Era eu!"

"Sem dúvida, bom anjo", retomou Silas, "mas Isaque nunca se recuperou do terror que experimentou ao ver o próprio pai levantar uma faca contra ele. E o brilho azulado da lâmina feriu seus olhos, de forma que ele teve má visão a vida inteira, e chegou mesmo a ficar completamente cego no final, o que permitiu que seu filho Jacó o enganasse e se fizesse passar por seu irmão Esaú. Mas não é isso que me preocupa. Por que não puderam limitar-se a esse infanticídio evitado? Era mesmo necessário que o sangue corresse? Você, Gabriel, forneceu a Abraão um carneiro novo que foi sacrificado e queimado em holocausto. Deus não podia passar sem morte aquela manhã?"

"Admito que o sacrifício de Abraão foi uma revolução frustrada", disse Gabriel. "Vamos refazê-la."

"Além disso", retomou Silas, "podemos ir ainda mais longe na História Santa e surpreender como se fosse em sua fonte a paixão secreta de Jeová. Lembre-se de Caim e Abel. Os dois irmãos fizeram suas devoções e cada um ofereceu em oblação os produtos de seus trabalhos. Caim, sendo agricultor, sacrificou os frutos e os cereais, enquanto o pastor Abel ofereceu cordeiros e sua gordura. Ora, Jeová virou as costas às oferendas de Caim e aceitou as de Abel. Por quê? Por qual razão? Não vejo senão uma: porque Jeová detesta legumes e adora carne! Sim, o Deus que adoramos é decididamente carnívoro!

"E é bem assim que o veneramos. O Templo de Jerusalém, em seu esplendor e majestade, é o alto posto do radioso Poder divino... Sabe que em certos dias fica vermelho e fumegante de sangue fresco, como um abatedouro? O altar de sacrifícios é um bloco colossal de pedras não polidas, elevado nos cantos com uma espécie de chifres, com fendas escavadas para escorrer o sangue dos animais. Por ocasião de certas cerimônias, os sacerdotes, transformados em esfoladores, massacram rebanhos inteiros de bois, carneiros, bodes, e até bandos inteiros de pombas se sacodem, presas das convulsões da agonia. São despedaçados em cima de mesas de mármore e suas entranhas, jogadas num braseiro cuja fumaça empesteia toda a cidade. E sabe que alguns dias, quando o vento sopra do norte, esse fedor chega até minha montanha e semeia o pânico em meu rebanho?"

"Fez bem de vir esta noite velar e adorar o Menino, Silas, o Samaritano", disse-lhe Gabriel. "As queixas de seu coração amigo dos animais serão bem entendidas. Eu lhe disse que o sacrifício de Abraão foi uma revolução fracassada. O Filho dentro em pouco será novamente oferecido em holocausto pelo próprio Pai. E juro que dessa vez sua mão não será detida por um anjo. De agora em diante, em toda parte, até na menor ilhota de terra firme, a cada hora do dia, até o final dos tempos, o sangue do Filho correrá sobre os altares para a saúde dos homens. Esta criança pequena que você vê dormindo em cima da palha, que o boi e o burro podem aquecer bem com seu alento, porque em verdade é um cordeiro, será doravante o único cordeiro de sacrifício, o Cordeiro de Deus que será o único imolado pelos séculos dos séculos.

"Pode ir em paz, Silas, pode levar de volta como símbolo de vida o jovem carneiro que depositou aqui. Mais feliz que aquele de Abraão, ele poderá testemunhar em seu rebanho que de agora em diante o sangue de animais não será mais vertido sobre os altares de Deus."

Depois desse discurso angélico, houve uma pausa recolhida que pareceu gerar um vazio em torno da terrível e magnífica perturbação que anunciava. Cada um à sua maneira e segundo suas forças tentava imaginar o que seriam os novos tempos. Foi então que explodiu um formidável ranger de correntes e de roldanas enferrujadas, um riso soluçante, esquerdo e grotesco: era eu, era o zurrar tonitruante do burro da manjedoura. É, sim, o que vocês querem?, minha paciência tinha chegado ao fim, aquilo não podia continuar. Mais uma vez, era evidente, esqueciam de nós, porque eu tinha escutado muito bem o que fora dito e não tinha escutado nada que dissesse respeito aos burros.

Todo mundo riu, José, Maria, Gabriel, os pastores, e o sábio Silas e o boi, que não tinha entendido nada, até o Menino, que mexia alegremente os quatro pequenos membros em seu berço de palha.

"Claro", disse Gabriel, "os burros não serão esquecidos. Decerto os sacrifícios sagrados não lhes dizem respeito. Na história sacerdotal, nunca se viu imolar um burro sobre um altar. Isso seria ainda honra demais para vocês, humildes burricos! Então qual não será o seu mérito, esmagados por fardos, espancados, feridos, esfaimados! Não pense que sua miséria escapa aos olhos de um arcanjo. Por exemplo, Kadi Chuía, vejo nitidamente essa pequena chaga profunda e purulenta aberta atrás de sua orelha esquerda, e sofro com você, pobre mártir, quando seu dono a cutuca dia após dia com o aguilhão para que a dor reanime suas forças desfalecentes."

O arcanjo então estendeu um dedo luminoso para minha

orelha esquerda e na mesma hora uma feridinha profunda e purulenta que não havia lhe escapado se fechou e cobriu-se também de um calo duro e espesso que nenhum ferrão conseguirá jamais perfurar. De repente, sacudi minha crina com entusiasmo ao mesmo tempo que dava um zurro vitorioso.

"É, gentis e modestos companheiros de trabalho dos homens", prosseguiu Gabriel, "vocês terão suas recompensas na grande história que começa esta noite, e ela será triunfal.

"Um dia, um domingo — que chamaremos de Domingo de Ramos ou Páscoa Florida —, na aldeia de Betânia, perto do monte das Oliveiras, o Senhor soltará uma jumenta acompanhada de seu jumentinho. Os apóstolos jogarão um manto sobre as costas do burrinho — que ninguém terá montado — e Jesus se colocará sobre suas costas. E o Senhor fará uma entrada solene em Jerusalém, pela Porta Dourada, a porta mais bela da cidade. Um povo cheio de alegria aclamará o profeta de Nazaré aos gritos de *Hosana ao Filho de Davi!* e o burrico pisará um tapete de palmas e flores dispostas pelo povo sobre o calçamento. A mãe trotará atrás do cortejo fazendo *hihó, hihó*, para dizer a todos: 'É o meu filho! É o meu filho!', porque nunca uma jumenta terá conhecido tamanho orgulho."

Assim, pela primeira vez alguém pensou em nós, os burros, alguém se preocupava com nossos sofrimentos de hoje e nossas alegrias de amanhã. Mas para isso foi preciso nada menos que um arcanjo descesse direto do céu. Eu me senti de imediato abraçado, adotado pela grande família do Natal. Não era mais o solitário incompreendido. Que bela noite passaríamos assim todos juntos no calor de nossa comum e santa pobreza! E que belo desjejum tomaríamos depois de toda uma bela manhã!

Ai! Os ricos têm sempre de se meter em tudo. Os ricos são verdadeiramente insaciáveis, querem tudo possuir, até a pobreza! Quem poderia imaginar que aquela família miserável, acampada entre um boi e um burro, atrairia um rei? Um rei, o que estou dizendo? Três reis, autênticos soberanos, vindos do Oriente, além disso, num luxo gritante de servidores, cavalgaduras e baldaquins!

Os pastores haviam se retirado e o silêncio se refizera naquela noite incomparável. E de repente um grande tumulto encheu as ruas da aldeia. Todo um retinir de arreios, de estribos, de armas, a púrpura e o ouro rebrilhando à luz das tochas, ordens e pedidos em línguas selvagens e, sobretudo, a silhueta insólita dos animais vindos do fim do mundo, falcões do Nilo, galgos de caça, periquitos verdes, cavalos divinos, camelos do grande sul. E por que não elefantes nesse cortejo?

As pessoas se juntam por curiosidade. Um tal desfile nunca se viu numa aldeia da Palestina. Forçoso admitir que os ricos fizeram de tudo para roubar nosso Natal! E acaba sendo demais, demais. As pessoas se retiram, se escondem, ou então seguem ao largo através dos campos e colinas. É que, vejam vocês, os pequenos como nós não têm nada de bom a esperar dos grandes. É melhor não cruzar com eles. Por uma esmola que cai aqui ou ali, quantas chicotadas não acertam num aldeão ou num burro que se encontre na passagem de um príncipe?

Era bem assim que pensava meu dono. Acordado pela confusão, ele juntou suas trouxas e o vi abrir caminho pelo nosso estábulo improvisado. Meu dono tem determinação, mas poucas palavras para se explicar. Sem abrir a boca, ele me soltou e deixamos essa aldeia, decididamente bem agitada, antes da entrada dos reis.

Traduzido do francês por José Rubens Siqueira

Morte de um filho

Njabulo S. Ndebele

Por fim, conseguimos de volta o corpo. Quarta-feira. Tempo justo para um enterro no sábado. Estávamos exaustos. Vazios. Com o enterro ainda pela frente. Tínhamos de encontrar a força de sofrer. Não tinha havido tempo para sofrer, realmente. Só muita perplexidade e confusão. Agora sofrer. Pois sofrer não é a consciência da perda?

Por isso é que quando finalmente conseguimos de volta o corpo, Buntu disse: "Você se dá conta de que seu filho morreu?". Eu me dava conta, sim. Nossa consciência da morte de nosso primeiro e único filho havia sido inteiramente deslocada pelo esforço de conseguir o seu corpo. Até os horríveis acontecimentos que provocaram a morte: não pensávamos neles, enquanto tais. Em vez disso, o anestesiante correr das coisas dominou nossas mentes: os pedidos, as cartas a serem escritas, os telefonemas a serem feitos, telegramas a serem enviados, advogados a consultar, "entrar em contato" com gente "influente", funerária a ser contactada, tantas caminhadas e corridas de carro. Era isso o que de repente importava: os detalhes aborrecidos que desfocam o objetivo (por mais terrível que seja), cada detalhe se transformando em uma porta que, quando destrancada, revelava ainda outra porta. Sem ter consciência disso, fomos distraídos pelo cheiro do estrago e não pelo que restou do estrago.

Também entendemos uma coisa, Buntu e eu, que, durante as duas semanas de esforços para conseguir de volta o corpo de nosso filho, tínhamos nos afastado. Pela primeira vez em nosso casamento, nossa presença, a de um para o outro, havia se tornado uma questão de hábito. Ele estava lá. Ele estará lá. E eu estarei aqui. Mas quando Buntu disse: "Você se dá conta de que seu filho morreu?", deu forma a um pensamento que, de repente, nos aproximou de novo. Era como se a devolução do corpo de nosso filho fosse também a nossa aproximação. Pois só naquele momento foi que começamos realmente a sofrer; como se nossos pulmões tivessem, de repente, começado a aspirar o ar quando pouco antes estávamos começando a sufocar. Algo significativo começou a vir à tona.

Nós entendemos. Entendemos que alguma outra coisa havia acontecido conosco, somando-se aos terríveis acontecimentos. É, tínhamos nos afastado. Porém, nosso estranhamento, só de momento, quando devíamos ter ficado juntos, parecia perturbadoramente confortante para mim. Eu me sentia confortada de um jeito que não conseguia entender bem.

O problema era que eu sabia, o tempo todo, que íamos ter de comprar o corpo de qualquer forma. Sabia disso o tempo todo. As coisas terminariam assim. E, quando as coisas terminaram assim, Buntu não conseguia me olhar no olho. Pois ele disse: "Por cima do meu cadáver! Por cima do meu cadáver!", assim que soubemos que exigiriam que pagássemos à polícia ou ao governo pela liberação do corpo de nosso filho.

"Por cima do meu cadáver! Por cima do meu cadáver!", Buntu continuava dizendo.

Por fim, compramos o corpo. Temos o recibo. A polícia insistiu em que o levássemos. Assim, eles estariam "protegidos". É a lei, disseram.

Acho que podíamos ter conseguido o corpo de volta antes. De início, fiquei confusa, pois acredita-se que a pessoa deve se sentir confortada pelo heroísmo de seu homem. Porém, por dentro, não conseguia sentir nenhum conforto com a explosão dele. Parecia apressada. Que sentido havia naquilo se tudo o que eu queria era o corpo de meu filho? O que aconteceria se, com o desenrolar dos acontecimentos, ficasse claro que Buntu não daria sua vida? O que aconteceria? O que aconteceria com ele? Comigo?

Durante quase duas semanas inteiras, todos os esforços de Buntu, junto com seus amigos, parentes, advogados e os jornais, foram no sentido de garantir a liberação do corpo de meu filho sem a humilhação de ter de pagar por ele. Um "princípio fundamental".

Por que era difícil para mim enxergar a sabedoria do princípio? O pior, acho, era a preocupação com o que a polícia podia ter feito com o corpo de meu filho. Será que ficaram muito ocupados abrindo-o para "determinar a causa da morte"?

Será que eu ia querer olhar para o corpo quando finalmente o conseguisse de volta? Ver outras mutilações além da "causa da morte"? Que tipo de mãe haveria de querer olhar o corpo de seu filho?, as pessoas perguntarão. Algumas dirão: "É sofrimento". Ela está dominada pelo sofrimento.

"Mas mesmo assim...", dirão. E os mais velhos entre esses dirão: "Gente jovem é estranha".

Mas como podem saber? Não que eu não quisesse ver o corpo de meu filho, mas tinha muito medo de confrontar os horrores de minha imaginação. Era perseguida pela idéia de que havia sido inútil criar alguma coisa. Qual a função daquilo tudo? Este corpo se enchendo com um filho. O filho crescendo constantemente, virando algo que pode ser visto e sentido. Se mexendo, como se mexia sempre, naquela hora do dia em que eu ficava sozinha em casa esperando. Qual tinha sido a função daquilo tudo?

Como eles podem saber que a mutilação para determinar "a causa da morte" rasgou meu próprio corpo? Conseguem imaginar um útero se sentindo caçado? Expelido?

E o leite que eu ainda tinha. O que fazer com ele? Qual a finalidade de tudo aquilo?

Nem Buntu parecia perceber que aquele princípio, "o princípio fundamental", era algo intangível demais para mim naquele momento, algo que eu queria desesperadamente que assumisse a forma do corpo de meu filho. Ele ainda parecia longe de jamais entender.

Me lembro de um sábado de manhã cedo, durante nosso namoro, em que Buntu e eu fomos andar na cidade, olhar vitrines. Não dá nem para dizer que olhávamos as vitrines, porque estávamos muito pouco conscientes de tudo que não fosse nós dois. Tudo naquelas vitrines era apenas uma desculpa para trocarmos palavras entre nós.

Encontramos três meninas sentadas na calçada, comendo juntas um pacote de peixe com fritas que tinham acabado de comprar num café português. Buntu disse: "Eu também quero peixe com fritas". Eu disse: "Então, olhar é querer". Eu disse: "Meu homem é ganancioso!". Nós rimos. Ainda me lembro como ele apertou mais minha mão. A força daquilo!

Naquele momento, dois rapazes brancos que vinham na direção contrária correram para cima das meninas e, sem aviso, um deles chutou o pacote de peixe e fritas da mão da menina que o segurava. O segundo rapaz chutou longe o que restava do pacote. A menina se levantou, sacudindo a mão como se quisesse se livrar da dor. Enquanto isso, os dois meninos seguiam seu caminho, rindo. O peixe e as fritas espalhados na calçada e na rua como barcos à deriva num rio que ficou seco.

"Eles que façam isso com você!", Buntu disse, apertando mais uma vez minha mão, enquanto passávamos como carneiros que viram muitos do seu rebanho escolhidos para o abate. Íamos anotar o ocorrido e esperar a nossa vez. Me lembro que olhei para Buntu e vi que seu rosto estava um tanto pesado. Parecia não haver nenhuma ligação entre aquele rosto e as palavras tranqüilizadoras que acabara de pronunciar. Por um momento, continuamos, quietos. Foi então que notei que sua mão estava um tanto mole na minha. Um tanto relutante. Perdida a segurança pessoal, parecia estar segurando a minha mão porque tinha de segurar, não por um senso de confiança na posse.

Não demorou muito para suas palavras serem testadas. Como podia o destino funcionar assim, atribuindo a palavras sentidos e intenções que não tinham quando foram pronunciadas? Naquele dia, vi como a linguagem do amor pode ser facilmente pisoteada, ou espalhada como peixe e fritas pelo calçamento, deixados à deriva, abandonados como barcos num rio que ficou seco de repente. Nunca mais o amor seria confirmado com palavras. O mundo à nossa volta era hostil demais para promessas de amor. A qualquer momento, as promessas podiam estar sujeitas ao estresse da prova. E o amor morria. Porque palavras de amor não precisam ser testadas.

Naquele dia, Buntu e eu começamos nosso silêncio. Conversávamos e ríamos, claro, mas evitávamos palavras que pudessem exigir atos de comprovação. Buntu sabia. Sabia da vulnerabilidade das palavras. E ele então procurou obliterar palavras com atos que pareciam prometer redenção.

Naquele dia, ao continuarmos nosso passeio pela cidade, naquele sábado de manhã, ao nosso encontro, em direção oposta, vinha um bôer bruto com a mulher e dois filhos. Aproximaram-se de Buntu e de mim com uma determinação ameaçadora. Buntu tentou me tirar do caminho, mas eu não tinha a menor chance. O bôer me empurrou para o lado, como se estivesse limpando a passagem para sua família. Me lembro, quase entrei vitrine adentro de uma loja de roupas. Me lembro, olhei a família se afastando, a mãe e o pai, cada um arrastando um filho. Por causa de uma daquelas crianças é que eu tinha sido eliminada. Me lembro também que quando minhas lágrimas vieram, borrando a família bôer e todo o resto, vi e senti profundamente o que havia dentro de mim: um desejo de ser vingada.

Mas nada aconteceu. Tudo o que ouvi foi Buntu dizer: "Cachorro!". Naquele exato momento, senti minha mágoa desaparecer como uma espiral de fumaça. E, ao desaparecer a mágoa, o que tomou o seu lugar foi o desejo atormentador de me sacrificar por Buntu. Teria algo a ver com a impotência do protesto e o desespero com que foi feito? Preencher o silêncio perplexo com um desabafo? Sem dúvida aquilo o pegou, revelando o quanto era incapaz de cumprir o chamado de suas palavras.

E foi então que, naquela tarde, de volta à *township*, sozinhos na casa de Buntu, cedi a ele pela primeira vez. Ou deveria dizer que me ofereci a ele? Talvez por alguma vaga sensação de querer curar alguma coisa nele? De qualquer forma, jamais comentaríamos aquele acontecimento. Jamais. Enterramos aquilo vivo dentro de mim naquela tarde. Nunca seria exumado? Tudo o que eu vagamente sentia e sabia era que eu tinha as chaves do cofre. Isso foi três anos atrás, um ano antes de nos casarmos.

A causa da morte? Uma noite, voltei do trabalho particularmente cansada depois de cobrir novos tiroteios da polícia em East Rand. Então corri de volta para o escritório em Johannesburgo para registrar na minha máquina de escrever as cenas violentas do dia, e depois enviar minha reportagem dentro do prazo. Era tarde quando voltei para casa e, ao chegar lá, encontrei uma multidão de gente no jardim. Eram os que não tinham conseguido entrar. Senti pânico. O que havia acontecido? Não perguntei aos que estavam fora, desesperada para entrar em casa. Eles abriram caminho com facilidade quando me reconheceram.

Então ouvi a voz de minha mãe. O grito dela subiu bem acima do barulho. Transformou-se num berro quando me viu. "O que foi, mãe?", perguntei, abraçando-a com uma sensação de terror vagamente desesperadora. Mas ela me empurrou com uma violência histérica que me chocou.

"Que tragédia eu atraí para você, minha filha?", ela gritou. E, nesse ponto, muitas mulheres na sala começaram a chorar também. Logo, havia muito choro na sala e depois por toda a casa. O som daquilo! A angústia! Ao entender, ainda que querendo saber, fiquei desesperada. Tinha de me apegar a alguma coisa. O desejo de abraçar minha mãe não tinha mais nada a ver com confortá-la; pois, fosse o que fosse que ela tivesse feito, independentemente da dimensão, havia se tornado inconseqüente. Precisava abraçá-la por toda a angústia que ligava as pessoas da casa em um nó. Eu queria ser parte daquele nó, mas queria saber o que havia provocado aquilo.

Por fim, nos encontramos, minha mãe e eu, e nos abraçamos com força. Quando finalmente a soltei, olhei os vizinhos em torno e de repente tive uma visão de que aquela angústia tinha de ser transformada em uma espécie de ardorosa indignação. O tipo de indignação que tinha de ser mantida sob controle apenas porque havia um propósito mais alto naquele momento: a preocupação comum.

Lentamente e com uma calma que me surpreendeu, comecei a recolher os detalhes do que havia acontecido. Instintivamente, eu parecia estar recolhendo anotações para uma reportagem.

Tinha acontecido durante o dia, quando os soldados e a polícia que vieram patrulhar a *township* com seus Casspirs blindados começaram a atirar a esmo pelas ruas. Preciso descrever o que eu não vi? Como uma criança veio a morrer exatamente naquele momento em que a polícia e os soldados começaram a atirar a esmo, em qualquer casa, em qualquer coisa que se mexesse? Foi assim que uma das nossas janelas estilhaçou-se com uma bala. E foi então que minha mãe, que cuidava dos netos quando nós estávamos no trabalho, entrou em pânico. Ela pegou o bebê e correu para os vizinhos. Só quando entrou na casa do vizinho foi que notou a umidade do lençol que cobria a criança que apertava ao peito ao correr para o santuário dos vizinhos. Ela olhou aquela mão inexplicavelmente ensangüentada, depois notou o volume imóvel em seus braços, e começou naquele momento a se culpar pela morte do neto...

Depois, a polícia, em mais uma ronda de tiroteio, encontrou gente reunida em nossa casa. Invadiram a casa, viram o que havia acontecido. Primeiro, arrastaram minha mãe para fora, ameaçando levá-la embora, a menos que concordasse em não contar o que havia acontecido. Mas depois voltaram e, em vez disso, levaram embora o corpo da criança. Por qual estranha lógica esperavam eles que com esse ato a sua carnificina nunca fosse descoberta?

Nessa noite, olhei bem para Buntu. De repente, ele parecia ter envelhecido. Ficamos sozinhos, abraçados em nosso quarto. Notei, quando beijei seu rosto, como seu rosto, um dia fino, ficara de repente inchado.

Naquele momento, senti o impulso conhecido tomar conta de mim outra vez, o impulso que eu sempre sentia quando percebia que Buntu estava em algum tipo de perigo, o impulso de ceder algo de mim para ele. Ele tinha a cara de alguém lutando para controlar alguma coisa. No entanto, estava claramente longe de controlar qualquer coisa. Eu conhecia aquela cara. Tinha visto muitas vezes antes. Aparecia naqueles momentos em que ele se sentia confrontado com uma onda infinitamente mais forte que ele, que certamente o arrebataria, mas que ele tinha de parecer combater. Me apertei forte contra ele como se quisesse desaparecer dentro dele; como se juntos nós dois pudéssemos resistir à onda.

"Não se preocupe", disse ele. "Não se preocupe. Vou fazer tudo o que estiver ao meu alcance para consertar esse erro. Tudo. Mesmo que tenha de processar a polícia!" Ficamos em silêncio.

Eu conhecia aquele silêncio. Mas sabia mais uma coisa naquele momento: que eu tinha de achar um jeito de me soltar do abraço.

Processar a polícia? Ouvi Buntu traçando seu plano. "Aconselhamento legal. É isso que nós precisamos", disse ele. "Conheço umas pessoas em Pretória", disse. Enquanto ele falava, senti o calor de intimidade entre nós ir se esfriando. Quando ele terminou, estava frio. Me soltei devagar do seu abraço, mas decidida. Por que Buntu tinha falado?

Depois, ele falaria de novo, quando todos os seus planos fracassaram: "Por cima do meu cadáver! Por cima do meu cadáver!".

Ele selou meus lábios. Eu esperaria que ele um dia sentisse e cedesse a todas as realidades do infortúnio.

Nossa casa era um lar, podia-se dizer isso. Parecia uma vida perfeita para um casal jovem: eu, repórter, Buntu, funcionário do departamento pessoal em uma fábrica americana que manufaturava implementos agrícolas. Ele havia viajado aos Estados Unidos e voltado com a mente incendiada de sonhos. Sonhamos juntos. Muito tempo passamos, Buntu e eu, tentando fazer um lar perfeito. As ocasiões foram muitas em que folheamos as revistas *Femina, Fair Lady, Cosmopolitan, Home Garden, Car*, como se, de alguma forma, fôssemos cercar nossas vidas com o brilho das revistas. Na realidade, muito do nosso tempo passávamos olhando as vitrines das lojas. Dessa vez, era diferente do olhar vitrines daquele sábado em que namorávamos. Dessa vez, nossas cabeças estavam consumidas por coisas que víamos e sonhávamos possuir: a mobília, a geladeira, TV, videocassetes, máquinas de lavar, até um aspirador de pó e tudo o mais imaginável que pudesse garantir uma vida moderna e confortável.

Principalmente enquanto eu estava grávida. O que Buntu não comprou então? E quando o menino nasceu, Buntu trocou de carro. Uma família, dizia ele, tem de viajar com conforto.

O menino passou a ser o centro da vida de Buntu. Mesmo antes de ele nascer, Buntu já havia começado a se informar em escolas particulares de brancos. Era para lá que queria mandar seu filho, que portava seu nome.

Sonhos! Incrível como as horríveis descobertas de minhas reportagens de jornal desapareciam diante das revistas brilhantes de nossos sonhos, como eu esquecia com facilidade que as imagens brilhantes eram inventadas nas teclas de máquinas de escrever, feitas por escritores cujo trabalho era vender sonhos no momento mesmo em que a morte percorria a terra. Tão poderosas são as palavras e as imagens que mesmo seus produtores muitas vezes acreditam nelas.

Foi longo o sofrimento de Buntu. Parecia. Ele levantava cedo toda manhã para ir atrás das pistas do dia anterior acerca do corpo de nosso filho. Eu queria ir com ele, mas toda vez que eu me preparava para ir ele sacudia a cabeça.

"É tarefa minha", dizia. Mas toda manhã voltava de mãos vazias, enquanto a cada dia que passava sem que soubéssemos onde estava o corpo de nosso filho eu ficava inquieta e hostil de um jeito que me causava muita dor. Mas Buntu sempre se sentia levado a fazer um relatório dos acontecimentos de cada dia. Eu nunca perguntava. Acho que era o jeito de ele lidar com meu silêncio.

Um dia, ele dizia: "Os advogados emitiram uma ordem judicial para que o corpo seja apresentado. Um decreto de habeas corpus".

Outro dia, dizia: "Encaminhamos uma petição ao ministro da Justiça".

Em outro ainda, dizia: "Eu ia ter um encontro com o chefe da Segurança. Esperei o dia inteiro. No fim do dia, disseram que eu podia falar com ele amanhã, se ele não estivesse muito ocupado. Estão protelando".

Depois, dizia: "Os jornais, principalmente o seu, estão clamando por justiça. O governo vai se ver embaraçado. É uma questão de tempo".

E assim foi. Toda manhã ele levantava e saía. Às vezes, sozinho, às vezes com amigos. Partia sempre para suportar a derrota sozinho.

Quanto eu me importava com advogados, petições, chefes de Segurança? Muito. O problema era que, sempre que Buntu falava de seus esforços, eu ouvia apenas suas palavras. Sentia nele a hesitação disfarçada de alguém que queria ser tranqüilizado sem pedir por isso. Via alguém que levantava toda manhã e saía não para buscar resultados, mas para procurar alguma coisa que não conseguiria encontrar comigo.

E, a cada vez que ele voltava, eu punha meu discurso nos olhos. E ele respondia sem que eu abrisse a boca. Como resultado, senti, pela primeira vez na vida, uma terrível força em mim que podia levá-lo a fazer qualquer coisa. E ele nunca, jamais poderia lidar com essa força, contanto que não silenciasse meus olhos e invocasse minha voz.

E assim ele teve de pôr-se à prova. E, quando saía a cada

manhã, eu aprendia a ser brutalmente quieta. Será que ele conseguiria se pôr à prova sem mim? Conseguiria? Então compreendi, naqueles dias, o que eu sempre quisera dele. Compreendi por que eu sempre o puxava para mim sempre que sentia sua vulnerabilidade.

Queria que ele se livrasse do medo. Não havia maior força assim? Ele algum dia havia convivido com seus próprios sentimentos? E o estresse da vida nesta terra: não exigia que os homens fossem heróis? E deveriam estar à altura mesmo que os detalhes da guerra a ser lutada perdessem os contornos? Tinham de estar.

Porém, é precisamente por essa razão que eu sempre sentia faltar força aos pensamentos de Buntu. Faltava neles a experiência de luta que só podia vir da humilde aceitação do medo e depois, só depois, da necessidade de combatê-lo.

Eu? De certa forma, sempre vivi livre do medo. Prerrogativa de ser mulher. Esperava-se sempre que eu gritasse quando uma aranha atravessava o teto. Todo mundo sabia que eu pulava em cima de uma cadeira sempre que um rato invadia a sala.

Então, uma vez mais, vieram os Casspirs. Poucos dias antes de conseguirmos o corpo de volta, eu estava em casa com minha mãe quando ouvimos um grande rugido de motores. Houve muita correria e gritaria nas ruas. Eu os vi, como sempre os vi em meu trabalho: os Casspirs. Em cinco ocasiões eles desceram correndo a nossa rua, em alta velocidade, jogando a esmo granadas de gás lacrimogêneo. Na quarta ocasião, pegaram nossa casa. A granada estilhaçou outra janela e encheu a casa com a terrível fumaça pungente e sufocante que eu passara a conhecer tão bem. Saímos correndo da casa, em busca do ar fresco.

Então foi assim que meu filho foi morto? Seriam os mesmos soldados? Agora endurecidos em suas missões? Ou seriam novos, se endurecendo para suas missões? Iam rodar embora dando risada? Abrindo caminho para suas famílias? Quais caminhos?

E esta casa era nosso lar? Não podia ser. Tinha de ser o ninho de um passarinho à espera de ser saqueado por um pássaro predador. Parecia não haver sentido nas fotos de casamento das paredes, nas fotos de formatura, fotos de aniversário, fotos de parentes e pinturas de paisagens luxuriantes. Parecia não haver mais sentido no que parecia reconhecivelmente humano em nossa casa. Bastava um ataque a esmo para obliterar o valor pessoal, para apagar qualquer valor que possa ter havido no passado. Em desespero, começamos a viver apenas o momento. Eu me sinto mesmo caçada.

Foi na noite do gás lacrimogêneo que Buntu voltou para casa, viu o que havia acontecido e caiu em prantos. Há muito tempo estavam ameaçando vir...

Minhas lágrimas brotaram também. Quanto temos de chorar para fazer boiar de novo barcos à deriva? Eu tinha certeza de que eles flutuariam de novo.

Poucas noites depois, na noite do enterro, exausta, fiquei na cama, ouvindo os últimos pranteadores irem embora. Devagar, tomei consciência de voltar ao mundo. Alguma coisa estava de volta que parecia não estar lá há milênios. Veio como uma surpresa, um lembrete de que sempre contornaremos o que acontecer. O sol se levantará e se porá, as formigas farão seu trabalho sem fim, até que um dia as nuvens fiquem cinzentas e a chuva caia, e até na *township* as formigas voarão para o céu. Aconteça o que acontecer.

Chegaram minhas regras, num grande jorro de sangue. E depois de tanto tempo me lembrei da coisa que Buntu e eu havíamos enterrado em mim. Senti aquilo como se tivesse acabado de entrar. Senti de novo quando flutuou embora no jorro.

Eu estaria pronta para mais um mês. Pronta como sempre, a cada e todo mês, para novos começos.

E Buntu? Vou ficar com ele agora. Para sempre. Sem sabermos, todos os duros acontecimentos tinham preparado para nós novos começos. Então não vamos resistir?

Traduzido do inglês por José Rubens Siqueira

A cena da carta

Susan Sontag

Respire fundo. Não tente nada ainda, você não está pronta. Quando você vai estar pronta? Nunca nunca nunca.

Isso quer dizer que tenho de começar agora.

Não comece, já começou, é difícil demais. Não, é fácil demais.

Deixe eu começar, já começou, e eu tenho de alcançar.

Não assim, idiota. Empoleirada na beira da cadeira, não é jeito de começar. Sente mais para o fundo.

Não me dê um gelo, não está vendo que eu já estou na pior, boiando em sentimentos, transbordando de palavras... os implementos adequados, caneta, lápis, máquina de escrever, computador, tudo à mão.

Você vai pôr tudo a perder, você sabe. Essas coisas levam tempo. Precisa preparar o terreno. Os outros alertaram da sua chegada.

Minha intromissão, você quer dizer. Minhas exigências, solicitações.

Você tem direito, admito. Respire fundo.

Direito de respirar? Obrigada. E o meu direito de ter uma hemorragia? Não vou ser detida, estancada, enfaixada. Me deixe tentar. É só não prestar atenção enquanto eu tento.

Ato 1, Cena 2. Testa franzida, mãos úmidas, Tatyana senta-se à escrivaninha em seu quarto para escrever uma carta a Eugene. Depois da saudação, ela empaca. Como proceder quando, afinal de contas, só se encontraram uma vez, umas noites atrás, na rua, e de seu tímido posto de observação ao peitoril da janela no jardim de inverno, embora ela o seguisse por toda parte com o olhar, não conseguia tirar os olhos dos botões brilhantes de sua jaqueta? Aquela onda de calor: ela quer declarar alguma coisa. Levanta-se e pede à babá para fazer chá. Babá traz bolo de chocolate também. Tatyana franze a testa e se põe a trabalhar outra vez. Ela o visualiza contra um fundo de ar, e ele fica mais esguio, mais alto, mais distante. É uma declaração de amor que ela quer declarar. Ela começa a cantar.

Enquanto:

O vento sacode as venezianas e a pena de Eugene raspa depressa o papel como um peixinho que abana a barbatana. "Querido pai, há muitas coisas que há muito quero dizer ao senhor, mas nunca ousei enunciar na sua frente. Talvez consiga encontrar coragem para isso nesta carta. Numa carta, talvez eu consiga ser valente." Ao começar assim, Eugene protelaria o máximo possível o que quer dizer. Isso será, está tentando ser, uma carta de denúncia. Será muito longa. Ele coloca um pouco de lenha no fogo.

Noite da véspera da execução de Dumane: depois da refeição especial e do acompanhamento de hinos e canções de liberdade, os camaradas nas celas vizinhas cantarão a noite inteira para consolá-lo. Dumane está sentado no chão de cimento de sua cela, três por quatro, os joelhos apertados ao peito, papel nos joelhos, toco de lápis apertado entre três dedos lacerados da mão esquerda — quebraram sua mão direita —, laboriosamente escrevendo em letras de imprensa suas últimas palavras. "Quando ler isto eu estarei morto. Você tem de ter coragem, eu tenho de ter calma. Mbangeli e eu morremos confiantes de que nosso sacrifício não será em vão. Não fique de luto muito tempo. Quero que você case de novo. Console a vovó. Beije as crianças." Havia mais naquilo do que as maiúsculas cambaleantes laboriosamente grafadas, mas esses eram os pontos de destaque. A carta termina: "P. S. Minha querida filha, lembre sempre que seu pai ama você e quer que você cresça para ser igual a sua mãe. Querido filho, cuide de sua mãe, que vai precisar de você, e se esforce na escola até estar pronto para assumir seu lugar em nossa justa luta".

Pense bem, todas aquelas cartas sem arte rabiscadas entre crises de composição atormentadoramente lenta de seus romances e ensaios severos, intrincados, que a tornaram rapidamente famosa, e agora uma coleção de dois volumes de suas cartas é publicada e dizem que talvez seja o que de melhor ela jamais escreveu. Não são apenas suas frases cheias de espírito que encantam; todo mundo se comove com o retrato da idílica família amorosa em que nasceu. Será possível que ainda existam famílias assim unidas? Ainda hoje? Ninguém sabe das cartas amarguradas para sua irmã que o viúvo queimou na churrasqueira. O mundo está cansado de desilusão, de revelações indecorosas, o mundo tem fome de modelos de probidade. Nosso mundo. Ninguém jamais a conheceria tão bem como ele, jamais saberia como ela foi valente durante os últimos meses da doença terrível, quando o tumor cerebral roeu sua linguagem e ele passou a escrever cartas por ela, cartas dela, as cartas que ela devia ter escrito se ainda pudesse. Como guardião de sua reputação, ele agora pode estar na pele da obra dela de um jeito que ela nunca permitiu que estivesse enquanto estava viva. Ele será exigente, como ela foi. Alguém, só que esse professor não é distinto o bastante, iniciou uma biografia: ele não resolveu se vai ou não cooperar. Um correspondente de jornal do Extremo Oriente escreve uma carta piegas sobre "a perda irreparável para a literatura". Ele responde, segue-se uma correspondência. Seria um antigo amor dela? De Hong Kong chega um pacote de cartas dela, sessenta e oito, amarradas com cordão vermelho. Essas ele lê com perplexidade. Choque póstumo: aquela não é a mulher que conheceu.

Ato I, Cena 2. Tatyana engole um copo de chá recém-coado que Babá trouxe. Desliza a mão por dentro da blusa, esfrega o polegar contra a penugem do ombro. Mal começou a carta. A onda de êxtase em declarar alguma coisa devia constituir sua própria recompensa, mas não, já existe a necessidade de uma resposta. "Você não olhou para mim", Tatyana escreveu na primeira página. E no meio da segunda página: "Estou escrevendo agora para perguntar se você alguma vez pensa em mim". Então ela chora e (não no poema, nem na ópera — não, na vida real) começa a carta de novo. Na ópera há uma onda de emoção que a faz flutuar até o final.

Aqui estou, com meus irrevocáveis sentimentos, que ao menos dão a sensação de irrevocáveis, e é claro que isto tudo podia muito bem não ter acontecido. Não tínhamos de nos conhecer.

Nos conhecemos porque ocorrera um incêndio, nada sério, no prédio de seis andares onde tenho a grande sorte de ter encontrado um apartamento de aluguel estabilizado. Um baratinado fumador de maconha do quinto andar incendiou seu sofá de crina. Fumaça, fumaça acre; nada sério. Eu estava tremendo na rua, sem casaco, e você colocava as moedas na máquina para comprar o *Times*. Ao me ver olhando para você, me perguntou do incêndio. Nada sério. Passamos pelos carros de bombeiros para ir tomar café do outro lado da rua. Foi em janeiro passado, agora estou morrendo de seriedade. Por que você me deixou? Não se importa com a frieza com que ele trata você? Por que esse papel branco está aberto em cima da minha mesa? Sentei para escrever uma carta para você, acha que pode me amar de novo, mas talvez não escreva.

A carta que nunca foi enviada, o fantasma da.

A carta que nunca chegou, dois tipos mais de fantasmas. A carta que se perde (no correio). A carta que não foi escrita, mas ela disse que escreveu uma e que deve ter se perdido (no correio). Nunca se pode confiar no correio. Nunca, nunca se pode confiar no correio.

Escrever é dizer... tudo. Um ato de ardor. Por isso ela hesita, enquanto continua escrevendo cartas na cabeça. Mas uma carta na cabeça também é uma carta. Dizem que Artur Schnabel costumava praticar na cabeça.

Ato I, Cena 2. "Escrevo", Tatyana começou, começou de novo — encontrou a cadência. "Não é preciso mais nenhuma confissão, nada resta a dizer. Sei agora que está à mercê do seu desdém fazer meu mundo um inferno."

A vela da escrivaninha está oscilando. Ou será a lua, a lua trêmula, ficando mais brilhante?

Vá dormir, querida, murmura a velha babá.

"Ah, Bá. Bá!" Mas não vai procurar consolação no colo da boa, querida Babá.

Pronto, pronto, minha querida...

"Bá, estou sufocando, abra a janela." A velha matrona se mexe para obedecer. "Bá, estou gelada, me traga uma coberta." Ela pára à janela, perplexa. "Não. Não. Ah..."

Deixe eu cantar para você, querida.

"Não, Bá, sou eu quem tem de cantar. Na minha voz soprano de menina. Deixe, Bá, minha querida Babá, tenho de cantar."

Esta é uma carta que traz más notícias. Não sei como começar. Não parecia tão ruim quando comecei. Estávamos bem esperançosos. A situação ficou pior perto do fim. Espero que aceite isto o melhor possível. Detesto ser a portadora de etc.

Por que as pessoas não escrevem mais cartas. (Muito a dizer sobre isso, sem nem mencionar o telefone.) As pessoas simplesmente não querem tirar o tempo, que acaba se mostrando muito tempo, porque não têm confiança. Caneta pairando acima da folha de papel em branco, elas hesitam. O momento inicial de exuberância recusa-se a se traduzir com fluência e rapidez em uma voz que corresponda aos padrões de... quais padrões? Mais hesitações. Fazem um rascunho.

E as cartas parecem tão... bem, unilaterais. Ou sem velocidade. A pessoa fica muito impaciente pela resposta.

* * *

A má notícia é pior agora. Má notícia de verdade, do tipo que pede cerimônia. Ele escreve para me consolar numa dicção formal e floreada que acho enternecedora.

Ao contrário de amantes, ao contrário de melhores amigos, filhos e pais não podem se alegrar nem se desesperar com a idéia de que não tinham de ter se conhecido. E não têm necessariamente de se separar, a não ser quando se separam. Eugene está chegando mais perto do que quer dizer. "Você foi generoso, pai, e é claro que pensa ter tido as melhores intenções em relação a mim. Não pense que sou ingrato pelo estipêndio mensal que me provê desde que me formei na Escola de Cadetes. Mas, assim como o senhor agiu de acordo com os seus princípios, tenho de agir, doravante, de acordo com os meus." Uma carta frígida — o tom que ele está procurando é uma espécie de opaca sinceridade — que se transformará numa carta apaixonada, violenta.

As Cartas de Hong Kong, como o viúvo as chamou, revelaram um relacionamento que durou quase uma década de uma devassidão da qual jamais sonharia que sua mulher fosse capaz. Os êxtases sexuais dos dois eram graficamente relembrados, assim como a facilidade dela em dar a si mesma total prazer quando separados a qualquer momento, mesmo inteiramente vestida, em público (conversando numa festa, fazendo uma palestra), se havia alguma coisa contra a qual ela pudesse se apertar discretamente, com a mera idéia do áspero prazer que davam um ao outro respeitosamente através das cartas dela: "ele" e suas necessidades enternecedoramente limitadas, sua presença protetora e assexuada, sem o embalo da qual ela temia não conseguir escrever. Meu Deus! Para ela era só isso o seu uxório ardor? O zangão conjugal? Ia mostrar as garras agora — nunca é tarde demais para um crime de paixão. Ele compra uma passagem de avião para Hong Kong.

E o assalariado de quarenta e três anos de Osaka no jato jumbo com defeito que agora voa loucamente em círculos enquanto perde altitude, a mergulhar para a montanha, capaz de dominar a branca explosão de terror animal e tirar uma folha de papel do bloco dentro de sua pasta, ele também, como Dumane, está escrevendo uma carta de adeus a sua esposa e filhos. Mas ele terá apenas três minutos. Outros passageiros estão gritando e gemendo; alguns caíram de joelhos para rezar enquanto as prateleiras superiores despejam pacotes, bagagem, travesseiros e casacos na cabeça deles. Com as pernas apoiadas no banco à sua frente para não ser jogado para o corredor, com o braço esquerdo abraçando a maleta sobre a qual escreve, rapidamente, mas legivelmente, ele encarrega as crianças de serem obedientes à mãe. À esposa, ele declara que não lamenta nada — "tivemos uma vida plena", escreve — e pede que ela aceite sua morte. Está assinando quando o avião vira de ponta-cabeça, está enfiando a carta no bolso do paletó quando é jogado por cima do vizinho contra a janela, de cabeça, e piedosamente esmagado à inconsciência. Quando seu corpo partido é recuperado nas encostas de florestas de cedro entre mais de quinhentos outros, a carta é encontrada e enviada por um funcionário da JAL, de olhos vermelhos, para a sua esposa, publicada na primeira página dos jornais. Todo o Japão, em conjunto, se dissolve em lágrimas.

* * *

Por que as pessoas agora escrevem mais, muito mais cartas do que antes. (Claro, escritas num computador, não têm o aspecto que as cartas costumavam ter.) As pessoas não sentem que são cartas de fato, são apenas algo que você escreveu, sem se preocupar com erros de ortografia ou escorregadas de dedos no teclado. Você pode ser breve. As respostas formam uma pilha. Toda a velocidade que você quiser. Ping pong. Zunindo para lá e para cá. Para outros, ou todos, verem. Cuidado. Um toque numa tecla é tudo o que basta. Sua carta pode ser encaminhada a outros. A seu critério. Sua carta pode ser encaminhada e você nunca saber, portanto não revele nenhum sentimento que não queira que seja revelado aos outros. Mas muito provavelmente você revelará. Impulsos irresistíveis para brincar, principalmente porque você deve anunciar o assunto da carta no início. Faz parte do formulário de envio. Mais cartas, mais fragmentos, mais informação, mais piadas. A pilha de carta-resposta-carta-resposta. Quando chamar uma nova página. Experimente. Você pode ser breve. Ping. Pong.

As cartas dela eram tão confortavelmente associadas a solidão. A separação se tornara um valor, a ocasião e a desculpa para escrever cartas.

Isto, de uma de suas cartas para mim:

"Logo depois disso, fiquei um mês em uma ilha com perfume de lavanda de frente para a costa da Dalmácia. Encontrei um quarto para alugar na casa de um pescador e gostava de colegas turistas, com quem passava bastante tempo: mergulhando de um barco alugado com motor de quatro cavalos, fazendo piquenique de peixe grelhado e pedaços frescos de um pão chamado *lepinja* nos rochedos sombreados por pinheiros de uma península, narrando as vidas que vivíamos em nossa terra durante longas noites no café do porto. Fui eu que parti primeiro, antes de eles se espalharem para Houston, Londres, Munique; e enquanto o vapor se afastava do píer eu acenava com mais energia. 'Escrevam!', eu gritava. 'Escrevam!'

"O primeiro que encontrei de novo foi um advogado do Texas, que vi na primavera seguinte em Genebra; tínhamos trocado muitas cartas. 'Você gritou: escrevam', brincou comigo, 'como se nós estivéssemos abandonando você. Mas foi você que resolveu nos deixar, seguir em frente.' Meu orgulho ficou ferido. Não escrevi mais para ele desde então."

Mais uma vez para mim (um fragmento): "... que não seja tomado como falta de confiança ou abandono. Ou como rejeição. Vive-se tão mal quando se tem medo de viver sozinho".

Para outro, não para mim, ela se permite um *tremolo* lírico.

"Com seus quatro dromedários, dom Pedro d'Alfaroubeira atravessou o mundo e admirou-o. Ele fez o que gostaria de fazer. Se tivesse três dromedários! Ou dois! Estou escrevendo isto montada no cavalo que estava à mão. Estou vendo o mundo, as maravilhas que contém. É o que eu sempre quis fazer, em minha única vida. Mas enquanto isso quero manter contato."

Quero mesmo manter. Contato.

Com você. E você.

"Vai gostar de saber, pai", acrescenta Eugene, "que paguei minhas dívidas de jogo." Ele tenciona ser sarcástico, mas talvez esteja tentando acalmar o velho. Que lhe importa, que lhe importa, ainda está buscando a aprovação do pai? Essa parte, em que o poeta fracassado indica que não desperdiçou sua vida, deve ter tratamento de *presto*, à maneira de uma nota desafiando alguém para um duelo.

* * *

Na verdade, um outro passageiro está escrevendo quando o avião cai — uma menina de catorze anos que volta a Tóquio depois de gozar com a tia em Osaka um delicioso fim de semana de apresentações de Takarazuka e que, começando a escrever um bilhete de agradecimento quando o piloto fez seu primeiro anúncio rouco, levanta a caneta, dá de ombros e mergulha no papel para escrever então: Apavorada, apavorada. Socorro. Socorro. Socorro.

Os caracteres ilegíveis. Sua carta nunca é encontrada.

Uma provisão de velhas cartas aqui. Folhas velhas... andei dando uma relida nelas. São de meu ex-marido. Estávamos casados havia sete anos e, como íamos ficar casados para sempre, combinamos que eu teria uma licença, havia ganhado uma bolsa para Oxford, nos separamos por um ano acadêmico, e escrevíamos um para o outro um aerograma azul todo dia. Naquela época, há tanto tempo, não se pensava em usar o telefone transatlântico só para estar em contato. Éramos pobres, ele era econômico. Eu estava me afastando, descobrindo que era possível a vida sem ele. Mas escrevia, sim, toda noite. Durante o dia ia compondo minha carta para ele na cabeça, estava sempre conversando com ele em minha cabeça. Estava, sabe, tão *acostumada* com ele. Me sentia segura. Não me sentia como uma pessoa separada. Tudo o que eu via quando estava longe dele por uma hora me fazia pensar primeiro em como ia lhe descrever aquilo; e nunca nos separávamos por mais que algumas horas, só o tempo de ele dar suas aulas e eu assistir às minhas — éramos insaciáveis. Minha bexiga podia estar doendo, mas não queria me interromper ou interrompê-lo; falando, ele me seguia até o banheiro. Ao voltar à meia-noite daquilo que os acadêmicos daquela era tranqüila gostavam de chamar de festas, mais de uma vez ficamos sentados dentro do carro até o amanhecer iluminar a rua, esquecidos de entrar em nosso próprio apartamento, tão absortos estávamos em nossas dissecações dos exasperantes colegas dele. Tantos anos daquilo, da delirante harmonia da conversa ininterrupta — agora mais de três vezes esses anos atrás! Imagino se ele guardou minhas cartas. Ou será que, para melhor se ligar à segunda mulher, jogou as cartas na lareira? Durante um ano depois do divórcio, eu acordava quase toda manhã com um tolo sorriso no rosto, de surpresa, de alívio, de não ser mais casada com ele. Nunca me senti tão segura com ninguém desde então. Não é certo se sentir tão segura. Não vou, não posso reler as cartas dele. Mas preciso saber que estão lá, na caixa de sapatos, no fundo do meu armário. São parte da minha vida, de minha vida morta.

Ato 1, Cena 2. "Por que foi nos visitar, mas por quê? Perdida em nossa morada no mato, eu não teria conhecido você. Portanto eu teria sido poupada desse laceramento. Com o tempo — quem sabe? — a agitação da inexperiência teria passado. Eu teria encontrado um amigo, outro, e calmamente assumido meu papel, de mãe virtuosa e esposa fiel." Tatyana tem seu sentimento indiscutível. Mas como o sentimento num peito acende o sentimento em outro? Quais são as leis de combustão? Ela só pode falar de seus próprios sentimentos — indiscutivelmente dela, depois de migrar dos lacrimosos romances de amor que adora ler. Sentimentos únicos. "Outro! Ora, nem dá para pensar em outro. Nunca outro poderá dominar meu coração. Meu sentimento por você está determinado para sempre, por vontade dos céus. Para você estou reservada. E toda a minha vida, você queira ou não, está prometida a você."

Votos, promessas — o fervor com que os fazemos não atesta o poder da força oposta, a força do esquecimento? Um poder indomável de esquecimento é necessário para fechar as portas e janelas da consciência, para abrir lugar para algo novo. Tatyana reclina na cadeira, trêmula, suando, e passa a mão na testa. Nada em sua infância perfumada entre as bétulas prateadas a preparou para essa terrível contração. Ela tenta inutilmente invocar a irmã querida, os pais gordinhos e bondosos. O mundo inteiro encolheu e transformou-se na imagem do rosto inquieto e sombrio de Eugene. Então basta de passado, que ele se dissolva ao pálido luar, evapore como as notas agudas de um perfume. Sem esquecimento não poderia haver felicidade, nem alegria, nem esperança, nem orgulho, nem *presente*. Sem esquecimento não poderia haver desespero, nem ansiedade, nem abjeção, nem saudade, nem *futuro*.

A primeira vez que o vi, você estava de cachecol branco amarrado no pescoço, sol no cabelo, sem camisa, usando calça de linho e alpargatas. De uma mesa do terraço do café que dava para a Piazza del Popolo vi você se aproximando. Não achei você bonito. Contando alegremente que tinha passado a noite na prisão depois de pegar a multa por excesso de velocidade que o policial tinha acabado de passar e rasgá-la em pedacinhos, você se sentou, pediu um sorvete de limão, e eu vi você e pensei: Se não puder dizer eu te amo, estou perdida. Mas não disse. Em vez disso, vou escrever uma carta. A atitude mais fraca.

Agora que vejo como você é bonito, seu rosto atrapalha. Como numa tela lentiforme, os olhos me acompanham. Não quero dizer que você é bonito. Tenho de pensar em outra coisa. O costume e meu coração injusto exigem que eu elogie você. Que arranque um sentimento de você. Quero pronunciar aquela palavra abençoada: amor, amor, amor.

* * *

Recebi uma carta de uma amiga íntima, não abri durante uma semana. Ficou mofando na mesinha-de-cabeceira. O envelope que trazia o nome de um mero conhecido eu abri ansiosamente enquanto subia a escada, confiante de que a carta ali dentro não continha nada que pudesse me incomodar ou magoar.

Mais esforço do que você pode imaginar — é isso o que quer dizer. Em meu antro, debaixo de uma janela de vidros sujos que produz uma luz amarga, sento à mesa da cozinha pensando o que posso dizer para você. Isso me faz enrolar o cabelo, alisar o queixo, passar a mão nos olhos, esfregar o nariz, afastar uma mecha de cabelo da testa, como se minha tarefa fosse isso e não colocar palavras na folha de papel à minha frente. Talvez eu fracasse no esforço de escrever alguma coisa, mas prefiro contar que vou ter sucesso. Tenho de dizer que escrevo com letra muito pequena, tão pequena que pode ser considerada impossível de decifrar; só que não é, não. Essa escrita talvez pareça expressar minha indisposição de ser conhecida, meu afastamento de contato humano; só que eu quero que você me conheça, quero, sim; daí minha carta. Você vê que estou escrevendo para você. Agora.

Chega um envelope de bordas pretas, da Alemanha, um anúncio impresso da morte de um conhecido querido, que eu ficara sabendo por telefone uma semana antes. Eu acharia mais fácil abrir minha correspondência se todas as mensagens mais importantes tivessem um código de cor. Preto para morte (Christoph morreu aos quarenta e nove anos, de seu segundo enfarto).

Vermelha para amor. Azul para saudade. Amarelo para raiva. E um envelope com margem de uma cor um dia conhecida como cinza de rosas — podia anunciar bondade? Pois eu tendo a esquecer que esse tipo de carta existe também: a expressão da pura bondade.

Alô, alô, como vai, como vai, estou, estou bem, como vai, como está...

E você, meu caro?

Ato I, Cena 2. Suspirando, trêmula, Tatyana continua a escrever sua carta, cheia de erros de francês. (Ela está febril, como eu sugeri.) Escuta a si mesma, suas palavras. E a cadência do rouxinol. (Mencionei que há um rouxinol no jardim?) O amanhecer está para chegar, mas ela ainda precisa da tênue luz da vela. Ela canta seu amor. Ou melhor, é a cantora de ópera que canta Tatyana. Embora Tatyana seja muito jovem, o papel geralmente é cantado por uma diva madura cuja voz não rende mais como deveria. Deveria flutuar. Mas, quando há uma tendência para uma frase elaborada, a linha vocal raramente flutua ou se eleva; parece retida ou avançada. Felizmente, esta é uma boa performance. A linha sobe. Tatyana escreve. E canta.

Não suporto não receber carta de você, e não saio mais. Será que um dia fui despreocupada e leviana? Agora arrasto uma longa sombra atrás de mim que faz murchar as plantas quando passo.

Fico em casa, esperando sua resposta. Minha prisão domiciliar auto-imposta está se revelando uma sentença mais longa do que eu jamais imaginei. Às vezes, volto para a cama no fim da manhã ou começo da tarde, depois que despachei o correio;

o sono diurno que os prisioneiros chamam de tempo rápido. Sua carta *vai* chegar.

Escrevo seu nome. Duas sílabas. Duas vogais. Seu nome infla você, é maior que você. Você repousa num canto, dormindo; seu nome desperta você. Eu o escrevo. Você não podia ter outro nome. Seu nome é seu suco, seu gosto, seu sabor. Chamado por outro nome, você desaparece. Escrevo. Seu nome.

"Querida amiga! Querida amiga! Você é tudo o que resta, minha única esperança, minha única amiga. Só você pode me salvar. Quero ir aonde você está, ficar perto de você, junto a você. Não vou incomodar, não vou visitar, não vou interromper seu trabalho, só preciso saber que você está aí, que além da parede do meu quarto existe uma presença humana viva. Você. Preciso de seu calor. Me esmagaram! Estou batido! Estou esgotado! Depois do pesadelo deste ano tenho de ir ver você — ficar debaixo de sua asa! Pode me arrumar um quarto? Qualquer coisa serve, só preciso de uma mesa e de uma vista, quer dizer, de uma janela por onde olhar, de onde eu veja alguma coisa, não uma parede, mas se der para uma parede não tem importância, contanto que eu esteja perto de você. Você vai me salvar, você vai me mostrar o que devo fazer, como devo viver. E pode me emprestar dinheiro para a passagem? Não preciso de nada, não vou pedir nada para você. Não vou incomodar quando estiver aí, aceite minha solene promessa. Quem entende melhor do que eu sua necessidade de reserva? Como admiro sua independência, sua força! E seu coração generoso. Com você de estrela-guia, serei independente como você. Vou fazer minhas próprias refeições, se precisar, estou acostumado a cuidar de mim, mas se encontrar na aldeia alguém que possa cuidar de minhas poucas necessidades simples, isso facilitaria para mim ficar em meu quarto, olhando pela janela, pensando serenamente em você, sem ousar incomodar. Lembra de nosso primeiro encontro e como os filamentos das lâmpadas de cobre brilhavam sobre nossas cabeças? Você entendeu então. Você sempre me entendeu. Por favor, faça um milagre. Arranje isso! Me esconda! Me encontre um quarto!"

E eu encontrei um quarto para ele, um quarto numa casa vizinha à minha, na encosta sobre as dunas. E escrevi que das janelas dava para ver as árvores e os espaços abertos, e crianças empinando papagaios junto ao mar. E que iríamos empinar também.

"É caligrafia de maluco", disse uma amiga a quem mostrei a carta, com as letras imensas, depois da morte dele. Não, não de maluco, mas de criança: eram as mesmas letras grandes que uma criança faz, escrevendo não com a mão apenas, mas com o braço, desde o ombro. Querida mamãe, AMO VOCÊ COM TODO O MEU CORAÇÃO. VOU AMAR VOCÊ PARA SEMPRE.

Encontrei um quarto para ele. E ele nunca veio.

Em tamanho natural acima, fig. 1 (ilustração em preparo), e ampliado abaixo, fig. 2 (idem), um exemplo de escrita usado por Richard Anton nos anos 1920, ao que parece como meio de proteger seus manuscritos de exames indesejados. O prof. Joachim Greichen estabeleceu que a maior parte desses textos é decifrável como esboços dos textos em prosa que Anton completou e depois publicou. Embora por volta de 1931 ele tivesse voltado a sua caligrafia normal, mostrada na página oposta, fig. 3 (idem), ele ainda iria variar o tamanho de sua letra. Por exemplo, em sua correspondência mais pessoal ele sempre escrevia em maiúsculas de imprensa muito grandes.

PRECISO, QUERO. PRECISO, QUERO.

Adoro um clima ameno. Indolente ao lado da piscina. Minhas cartas são meu diário. Deposito minha vida em outro. Em você. Uma tempestade de verão está a caminho. Devo descrever o clima (ou a paisagem), usando o clima (ou a paisagem) para retratar os aborrecimentos do eu? Se escrevo, me sinto seguro. Estou cantarolando alguma coisa. Estou arrepiada de trepidação sexual.

O desejo é tão rápido quanto é lento o sistema postal. Esses atrasos na correspondência tornam obsoletas minhas cartas já na criação, fazem errada qualquer coisa que eu escreva. Pois já enquanto escrevo, respondendo a cada ponto de sua última carta, já existe uma carta sua subseqüente, escrita em resposta à última que recebeu de mim, dizendo alguma outra coisa. Enquanto escrevo, já existe mais uma carta sua *que eu não li*. O Deus das Cartas está brincando conosco. Nossas cartas se cruzam, mas nossos membros, não.

Divaga a diva:

"Adoro receber visitas, detesto ir ver pessoas. Adoro receber cartas, até ler cartas. Mas detesto escrever cartas. Adoro dar conselhos, mas detesto ser a receptora deles e nunca sigo de imediato nenhum sábio conselho que me é dado."

Às vezes, as cartas contêm uma fotografia, que a diva tem prazer em autografar. Sua, escreve ela. Meus melhores votos.

Sua amiga. Com carinho. Amor. Sim, em fotografias de estranhos totais, mas são fãs — exatamente, isso que eu dizia, estranhos totais —, ela assina Amor.

Cartas são às vezes um modo de manter alguém à distância. Mas com esse propósito é preciso escrever muitas cartas — pelo menos uma, às vezes duas, por dia. Se escrevo a você, não preciso encontrar você. Tocar você. Pôr a língua em sua pele.

De início, ele escreve principalmente sobre sua espantosa e agora legendária descoberta, a do sistema de casamento "sexta classe" na vizinha ilha Mortimer. Claro, ele queria que ela tivesse ido com ele. Mas ela consegue perceber como isso teria sido impossível, mesmo eles já sendo casados. Já é bem difícil para um homem branco ganhar a confiança dessa gente, mas já viram homem branco antes, não viram ainda é uma inglesa, de quem poderiam pensar, se estivesse vestida sensatamente (calça, camisa, chapéu) para este clima atroz (mosquitos, parasitas, formigas vermelhas), que estava vestida de homem. Os sexos parecem muito diferentes aqui, ele explicou. As mulheres andam, ele não sabia bem como dizer, então não disse, de seios nus. E então, continuou ele, era horrivelmente incômodo, embora ele estivesse se acostumando com a comida, mas ela devia acreditar que ele sentia falta dela, sonhava com ela, estava mais apaixonado por ela do que nunca, e dois anos não é tanto tempo assim, é, querida. Querida. Realmente, ele dizia a ela, quando ficava sentado sozinho em sua tenda toda noite, assim que começava a rabiscar suas notas, o simples ato de colocar a caneta no papel o fazia pensar na alegria de escrever mais uma carta a ela. Ela continuou recebendo as cartas durante um mês depois de receber o telegrama lamentando informar que ele havia morrido de malária. Ainda estava relendo as cartas cinqüenta anos depois, e quando morreu deixou-as — com uma fotografia tirada pouco antes de ele ir embora, com nem vinte e quatro anos de idade ainda — para sua única neta mostrar à menina, tola menina rasa, como havia sido amada um dia. Tola menina rasa.

Não podia dizer a ele que queria o divórcio, não por carta. Minhas cartas tinham de ser amorosas. Tinha de esperar até eu voltar. Ele me encontrou no aeroporto, saindo da área de espera para o asfalto quando desci do avião. Nos abraçamos, pegamos minha mala, fomos para o estacionamento. Uma vez no carro, antes de ele pôr a chave na ignição, eu falei. Ficamos sentados no carro, conversando; choramos.

Claro, devia ser mais fácil dizer não — ou nunca, ou não mais — em uma carta. Mais fácil, de longe, do que encarar uma cara escurecida pela tristeza. E dizer sim? Sim.

Ato I, Cena 2. Tatyana relê as três páginas que escreveu e assinou. Há palavras riscadas, manchas de lágrimas no papel — mas não importa, não é um trabalho escolar. Ficará como está escrito, selado.

Nasce o sol. Ela puxa a corda do sino para chamar a sonolenta Babá, que acha que sua nervosa querida simplesmente levantou mais cedo que o normal, e instrui a velha a dar a carta ao neto, que deve levá-la depressa, depressa, para seu novo vizinho. Quem? Quem? Tatyana aponta, muda, o nome amado no envelope.

E Eugene? O Eugene de Tatyana. O pálido, esguio carrancudo de botas estrangeiras e caras, que mal conversou com ninguém duas noites antes, quando todo mundo achou que tinha vindo fazer uma visita. O amante sempre vê a amada como solitária. Mas Eugene (o Eugene de Eugene) é, na verdade, tão solitário e triste quanto Tatyana imagina que seja.

Assim como este Eugene (meu Eugene) que terminou uma carta altiva de seis páginas rompendo todas as relações com seu pai. Ele não admitirá nenhuma exigência de seu coração; doravante estará morto, promete, a todos os apelos de afeição.

Mas ele então descobre que o pai morreu (terá recebido, antes de morrer, a carta de Eugene?) e — aqui minha história se junta à deles — volta para Petersburgo para o funeral e para acertar as propriedades, está a ponto de ir para o exterior, fica sabendo que o irmão mais velho do pai está morrendo (como são mortais esses velhos ferozes!), chega obedientemente à mansão de tetos altos do tio no campo remoto e encontra o tio no pátio, já esticado num caixão, e decide ficar tanto quanto quiser (pode a vida rústica reavivar seu dom poético?), fica muito sozinho, mas depois de um mês de reclusão muito censurada pela aristocracia da vizinhança se permite relutantemente ser levado a uma reunião em casa de uma família local com duas filhas, uma simples noite familiar na verdade, com poucos vizinhos. E nota de fato a bela gravidade da figura sentada à janela e pensa: Se pudesse me apaixonar, seria por uma moça como essa. Ele acha seu ar melancólico... bem-nascido.

E, ao receber a carta de Tatyana, ele se comove, porém mais por piedade pela inocência sem arte, pois o amor foi banido de sua imaginação. Relê a carta, suspira; não quer magoá-la. Ao fim do dia, o dia mais longo da vida de Tatyana, ele irá até sua casa — a encontrará no jardim — para explicar, com toda a galanteria de que for capaz, que não foi feito para o casamento e não pode ter por ela mais que os sentimentos de um irmão. Nenhuma carta para Tatyana. Ela não o obsessiona. Isso ele fará cara a cara.

Do mesmo jeito que você tem a coragem de me escrever, tenho a coragem de ler sua carta. Não pense que vou me debruçar sobre cada linha, mas acho que entendi por que é tão difícil para você escrever para mim. (Veja, *você* me permitiu conhecer você.) É porque com cada carta é assim como se você estivesse me escrevendo pela primeira vez.

Eugene não sabe que, depois da conversa no jardim, Tatyana cai doente, que ela quase morre. De vergonha, de tristeza. Mas fica sabendo, sim, dois anos depois, por um velho colega da Escola de Cadetes, que ela se casou, casou bem — na verdade, o marido, um general, homem decente, é amigo da família de Eugene —, e agora vive em Petersburgo.

Ele não se lembra quando, uns dois anos depois disso, é convidado a uma recepção na mansão Gremin em Petersburgo? Apresentado ao general Gremin e sua jovem esposa, de início Eugene não reconhece na mulher imponente, de jóias nos cabelos, ainda mais bela, a garota vulnerável, tristonha que ele dispensou no jardim de seus pais. Os olhos dela vêem, mas não olham. Não perguntam nada.

Tocheiros, candelabros.

Ele se vê voltando à mansão Gremin, tramando para encontrá-la na ópera, em outras festas, mas ele e Tatyana nunca trocam mais que calmas amenidades. Às vezes, ele consegue ser aquele que ajeita a estola de pele nos ombros dela. Ela agradece com a cabeça gravemente — querendo dizer o quê? Às vezes, ela parece esconder o rosto querido no regalo de peles. Confuso, ele aos poucos admite que a ama, que a ama além das palavras. Que é um amor decidido pelo céu. Sabe disso porque sente vontade de escrever para ela. Seria essa a solução para o enigma de seu árido coração? Agora ele é ridículo — não importa. Uma noite, fica acordado até de manhã, escrevendo um uivo de amor de quatro páginas. Escreve outra carta no dia seguinte. Uma terceira.

E espera e espera. Por uma resposta.

O que fez com as cartas que ela lhe mandou quatro anos antes? Não atribuiu a elas nem a dignidade de queimá-las; foram simplesmente jogadas de lado. Se ao menos pudesse tê-las agora, escondidas na carteira, para dobrar e desdobrar, para molhar de lágrimas.

Por favor, me escreva, uma só carta, ele pede humilde, em seu último encontro. Ele a descobriu chorando: Tatyana não tem mais segredos. Inapelavelmente casada, nunca deixou de amá-lo. Ele se ajoelha a seus pés.

Não haverá carta alguma.

Ela não esquece de nada.

Não há futuro.

Agora, respiro mais fundo. Me preparando, pronta, vacilando. Meu desejo está lançado. Está à mão, em palavras.

Acender a lâmpada halógena. Este quarto não tem luz suficiente.

Amor, por favor, continue escrevendo. Suas cartas sempre chegarão a mim. Pode me escrever em sua letra verdadeira, menorzinha. Eu procuro a luz. Amplio as letras com meu amor.

Traduzido do inglês por José Rubens Siqueira

Já ter sido

Claudio Magris

A Luca Doninelli

Então Jerry está morto, paciência, não é esse o problema, nem para ele, nem para ninguém, nem para mim, que o amava e portanto amo, porque amor não se conjuga — meu Deus, nesse sentido, sim, claro, nos faz falta, sim, mas o amor tem a sua própria gramática e não conhece tempos, apenas modos verbais, ou melhor, um só, o infinito presente, quando se ama é para sempre e o resto que se dane. Seja qual for o amor, de qualquer tipo. Não é verdade que ele passa, nada passa, e isso que é uma bela desgraça, mas você traz dentro de você, como a vida, que também ela não é lá nenhuma maravilha, só que o amor passa ainda menos que a vida, está lá, como a luz das estrelas, quem se importa se estão vivas ou mortas, brilham e ponto final, e mesmo que de dia você não as veja, sabe que estão lá.

De forma que não ouviremos mais aquela guitarra e paciência para isso também, pode-se prescindir de tudo. Meu Deus, como ele tocava. E quando a mão parou de funcionar, baixou a porta de aço e largou tudo. Sobre isso, nenhuma objeção. Cedo ou tarde acontece, não importa muito como, de qualquer maneira tem de acontecer e quem sabe quantos de nós que aqui estamos esta noite, senhoras e senhores, estaremos vivos dentro de um mês, com certeza não todos, estatisticamente é impossível, alguém que está provocando o vizinho e protestando porque o da frente atrapalha a visão do palco já foi ao barbeiro pela última vez, mas paciência, ano mais, ano menos, pouca diferença faz, não tenho pena de quem está para esticar as canelas e não tenho inveja de quem segue em frente, nem me interessa tanto saber em que grupo estou.

Amém por Jerry, assim como por todos e por tudo. Como eu dizia, não critico a decisão dele; mas quando o cara quer descer do ônibus está certo que desça e se preferir saltar do ônibus em movimento, antes da parada, ninguém tem nada com isso. O cara pode estar cheio, cansado, não agüentar mais, sei lá o quê. Mas quando, vendo ele caído porque não tocava mais como antes, disse para ele, assim, para dar uma força, que tinha sido um grande da guitarra, ele respondeu que não bastava ter sido. Queria ser — pouco importa o quê, um musicista, um apaixonado, qualquer coisa, mas ser.

Ah, senhoras e senhores, naquele momento entendi que grande sorte é nascer, como eu, ou ter um tio ou um avô ou qualquer coisa nascido em Bratislava ou em Lvov ou em Kalocsa ou em qualquer outro buraco dessa decadente Europa central, que é um inferno, uma verdadeira latrina, basta sentir aquele cheiro rançoso, aquele fedor que é o mesmo de Viena a Czernowitz, mas ao menos não lhe impõe ser, pelo contrário. Ah, se Jerry tivesse entendido, quando a mão dele não funcionava mais, a grande sorte de ter sido, a liberdade, as férias, a grande licença de não ter de ser mais, de não haver mais necessidade de tocar, a liberdade de sair do quartel da vida!

Mas talvez não pudesse, porque não havia nascido nem vivido naquele ar estagnado da Panônia, espesso como um cobertor, naquele restaurante enfumaçado em que se come mal e se bebe pior, mas que tudo bem quando está chovendo lá fora e sopra o vento — e lá fora, na vida, chove sempre e o vento é cortante. É, qualquer dono de armazém de Nitra ou de Varazdin poderia mostrar para a Quinta Via inteira — a não ser aqueles lá chegados talvez de Nitra ou de Varazdin ou de outro pedaço de lama panônica — a felicidade de ter sido.

Ah, a modéstia, a leveza de ter sido, esse espaço incerto e maleável onde tudo é leve como uma pluma, em vez da presunção, do peso, da esqualidez, da angústia de ser! Por caridade, não falo de nenhum passado e muito menos de nostalgia, que é burra e faz mal, como diz o ditado, nostalgia, dor do retorno. O passado é horrendo, nós somos bárbaros e maus, mas nossos avós e bisavós eram selvagens ainda mais ferozes. Eu não queria, com certeza, viver no tempo deles. Não, digo que gostaria de ter sempre já sido, exonerado do serviço militar de existir. Uma pequena minimização é salvadora, protege você da obrigação de participar e de perdoar as penas.

Ser faz mal, não dá trégua. Faça isto, faça aquilo, trabalhe, lute, vença, se apaixone, seja feliz, tem de ser feliz, viver é esse dever de ser feliz, senão, que vergonha. É, você trate de obedecer e ser valente, bom e feliz como é seu dever, mas na real as coisas caem em cima de você, o amor despenca em cima da sua cabeça como uma moldura do teto, uma baita cacetada ou pior, ande pertinho da parede para escapar daqueles carros enlouquecidos, mas as paredes são escalavradas, pedras agudas e vidro que cortam e fazem sangrar, você está na cama com alguém e por um átimo entende como podia e devia ser a vida verdadeira e é uma cacetada insuportável — recolher a roupa jogada no chão, se vestir, ir embora, sair, por sorte ali perto tem um bar, que coisa boa um café ou uma cerveja.

Pronto, beber uma cerveja, por exemplo, é um jeito de ter sido. Você está lá, sentado, fica olhando a espuma evaporar, cada bolhinha um segundo, uma batida de coração, uma batida de menos, repouso e promessa de repouso para o coração cansado, tudo às suas costas. Me lembro que minha avó, quando fomos visitá-la em Subotica, cobria com pano as quinas dos móveis e guardava uma mesa de ferro, para que a gente, criança, não se machucasse ao correr pela casa e bater contra ela, e cobria até as tomadas de luz elétrica. Ter sido é isso, viver nesse espaço onde não há quinas, você não rala o joelho, não consegue acender a lâmpada que fere seus olhos, tudo é firme, fora do jogo, nenhuma surpresa.

É, senhoras e senhores, esta é a herança que recebemos da Europa central. Um cofre de segurança, vazio mas com uma fechadura que desencoraja o arrombador que queira botar qualquer coisa ali dentro. Vazio, nada que pegue pelo coração e pique a alma, a vida está lá, já sida, segura, protegida de qualquer acidente, uma nota de dinheiro decadente de cem velhas coroas pendurada na parede, atrás de vidros, e não tem medo de nenhuma inflação. Até num romance, a coisa mais bonita, ao menos para quem está escrevendo, é o epílogo. Tudo já está acontecido, escrito, resolvido, os personagens vivem felizes e contentes ou morreram, é a mesma coisa, nos dois casos não pode acontecer mais nada. O escritor tem o epílogo nas mãos, relê o texto, quem sabe troque uma vírgula, mas sem nenhum risco.

Todo epílogo é feliz, porque é um epílogo. Vá à sacada, um pouco de vento passa pelos gerânios e amores-perfeitos, uma gota de chuva desliza por seu rosto, se chove mais forte você gosta de ouvir o tamborilar das gotas no toldo, quando passa você vai dar uma caminhada, troca umas palavras com o vizinho que encontra na escada, nem a ele nem a você interessa o que dizem, mas é gostoso se entreter um momento, e pela janela do patamar você vê lá embaixo, ao fundo, uma faixa de mar que o sol, saído das nuvens, acende como uma lâmina. Semana que vem vamos a Florença, diz o vizinho. Ah, é, que beleza, já estive lá. E assim se poupa o cansaço da viagem, as filas, o calor, o aperto, a procura por um restaurante. Uma pequena caminhada no ar da tarde refrescada pela chuva, depois para casa. Não é preciso se cansar demais, senão você acaba se agitando e não consegue conciliar o sono. E a insônia, senhoras e senhores, podem crer, é terrível, oprime, sufoca, persegue, acossa, avilta — é isso, a insônia é a forma suprema do ser, ser = insônia, por isso é preciso dormir, dormir é apenas a antecâmara do verdadeiro ter sido, mas já é alguma coisa, um alento de alívio...

Traduzido do italiano por José Rubens Siqueira

Um encontro, afinal

Hanif Kureishi

O marido da amante de Morgan estendeu a mão.

"Olá, afinal", disse. "Gostei de ver você parado do outro lado da rua. Fiquei satisfeito quando, depois de pensar um pouco, você resolveu falar comigo. Quer sentar?"

"Morgan", disse Morgan.

"Eric."

Morgan balançou a cabeça, jogou as chaves do carro na mesa e sentou-se na beira da cadeira.

Os dois homens se olharam.

Eric disse: "Aceita alguma coisa?".

"Daqui a pouco, talvez."

Eric pediu outra garrafa. Já havia duas na mesa.

"Não se importa se eu beber?"

"Esteja à vontade."

"Estou, agora."

Eric esvaziou a garrafa e recolocou em cima da mesa com os dedos em volta do gargalo. Morgan viu a fina aliança de casamento de ouro no dedo de Eric. Caroline sempre deixava a dela em um prato na mesa do hall de Morgan e recolocava ao sair.

Eric havia dito ao telefone: "É o Morgan?".

"Sou eu", Morgan respondera. "Quem..."

A voz prosseguiu: "Você é o namorado de Caroline?".

"Mas quem quer saber?", dissera Morgan. "Quem é você?"

"O homem que mora com ela. Eric. O marido. Tudo bem?"

"Certo. Entendo."

"Bom. Você entende."

Eric havia dito "por favor" ao telefone. "Por favor, venha encontrar comigo. Por favor."

"Por quê?" Morgan dissera. "Por que eu deveria?"

"Tem umas coisas que eu preciso saber."

Eric disse o nome de um café e a hora. Era mais tarde no mesmo dia. Ele estaria lá. Esperaria.

Morgan telefonou para Caroline. Ela estava em reunião, como Eric devia saber. Morgan pensou o dia inteiro, mas só no último minuto, andando para lá e para cá na sala da frente, quando já estava atrasado, foi que saiu de casa, entrou no carro e parou na frente do café.

Embora Caroline tivesse descrito os pais de Eric, as fúrias desarticuladas dele, o jeito como ele baixava a cabeça quando estava deprimido, enquanto Morgan ria, o jeito de coçar o traseiro, Eric não deixava de ser uma sombra, uma figura escura, fora de foco, que atravessava a vida deles desde que se conheceram. E, enquanto Morgan sabia coisas a respeito dele que não precisava saber, não fazia idéia do que Eric sabia dele. Tinha ainda de descobrir o que Caroline podia ter dito recentemente a ele. Os últimos dias tinham sido os mais loucos da vida de Morgan.

A garçonete trouxe uma cerveja para Eric. Morgan estava para pedir uma, mas mudou de idéia e pediu água.

Eric deu um sorriso sombrio.

"Então", disse. "Como vai?"

Morgan sabia que Eric trabalhava por períodos longos. Vinha para casa tarde e levantava depois que as crianças tinham ido para a escola. Olhando para ele, Morgan tentou visualizar uma coisa que Caroline havia dito. Quando ela se preparava para o trabalho de manhã, ele ficava na cama de pijama durante uma hora, sem dizer nada, absorto em seus pensamentos, com as mãos sobre os olhos, como se estivesse com dor e tivesse de resolver alguma coisa.

Caroline saía para o trabalho o mais cedo possível para telefonar para Morgan do escritório.

Depois de uns dois meses, Morgan pediu a ela que não falasse de Eric, principalmente sobre as tentativas de fazerem amor. Mas como os encontros de Morgan com Caroline eram marcados em função das ausências de Eric, ele era, inevitavelmente, mencionado.

Morgan disse: "O que você quer de mim?".

"Tem coisas que eu quero saber. Tenho o direito."

"Tem?"

"Não tenho nenhum direito?"

Morgan sabia que encontrar aquele homem não ia ser fácil. No carro, tentara se preparar, mas era como estudar para um exame sem saber a matéria.

"Tudo bem", disse Morgan, para acalmá-lo. "Entendo você."

"Afinal de contas, você roubou minha vida."

"Como é?"

"Quer dizer, minha mulher. Minha mulher."*

Eric virou a garrafa. Depois pegou um frasquinho de comprimidos e sacudiu. Estava vazio.

* Há aqui um jogo com o som muito próximo das palavras *life*, "vida", e *wife*, "esposa". (N. T.)

"Você não tem analgésico, tem?"

"Não."

Eric enxugou o rosto com um guardanapo.

Disse: "Estou precisando tomar isto aqui".

Estava perturbado, sem dúvida. Devia estar em choque. Morgan estava; Caroline também, claro.

Morgan tinha consciência de que ela havia começado a relação com ele para se alegrar. Tinha dois filhos e um emprego bom, embora chato. Então, sua melhor amiga arrumou um amante. Caroline conheceu Morgan no trabalho e concluiu imediatamente que ele tinha as credenciais certas. Amor e romance lhe serviam. Por que não havia mergulhado nessa delícia todos os dias? Ela achou que todo o resto podia continuar igual, a não ser pelo seu "pequeno regalo". Mas, como Morgan gostava de dizer, havia "conseqüências". Na cama, ela o chamava de "Míster Conseqüências".

"Não vou sair da minha casa", Eric disse. "É o meu lar. Você não está querendo tirar isso de mim, além da minha mulher?"

"Sua mulher... Caroline", Morgan disse, devolvendo a ela a própria pessoa. "Eu não roubei sua mulher. Não tive de convencer Caroline. Ela que se entregou a mim."

"Ela se entregou?", Eric perguntou. "Ela quis você? Você?"

"É verdade."

"As mulheres fazem assim com você?"

Morgan tentou rir.

"Fazem?", Eric insistiu.

"Só ela — ultimamente."

Eric ficou olhando, esperando que ele continuasse. Mas Morgan não disse nada, lembrando a si mesmo que podia ir embora a qualquer momento, que não tinha de aceitar nada daquele homem.

Eric disse: "Você gosta dela?".

"Acho que sim."

"Não tem certeza? Depois de fazer tudo isso, você não tem certeza?"

"Eu não quis dizer isso."

"O que quis dizer então?"

"Nada."

Mas talvez não tivesse certeza. Tinha se acostumado com o arranjo deles. Havia muitos telefonemas apressados, cartas mal compreendidas, reuniões ignoradas e despedidas dolorosas. Mas tinham sobrevivido. Tinham até uma rotina. Ele havia recebido mais da mulher de Eric — que encontrava duas vezes por semana — do que de qualquer outra mulher. Ou então, quando não estava trabalhando, ele visitava galerias de arte com a filha; arrumava a mochila, pegava o guia e andava por partes da cidade que nunca tinha visto; sentava junto ao rio e escrevia anotações sobre o passado. O que tinha aprendido com ela? A reverência pelo mundo; a capacidade de ver o sentimento, certos objetos criados e outras pessoas como coisas importantes — valiosas, mesmo. Ela havia lhe apresentado os prazeres da despreocupação.

Eric disse: "Caroline tinha vinte e um anos de idade quando nos conhecemos. Não tinha uma ruga no rosto. As faces rosadas. Estava fazendo uma peça de teatro na universidade".

"Era boa atriz? Ela é boa numa porção de coisas, não? Gosta de fazer as coisas bem-feitas."

Eric disse: "Não demorou muito para a gente desenvolver maus hábitos".

Morgan perguntou: "Que tipo de coisa?".

"Em nossa... relação. Essa é a palavra que todo mundo usa." Eric disse: "Não tínhamos a habilidade, o talento nem a capacidade de sair deles. Quanto tempo faz que vocês se conhecem?".

"Dois anos."

"Dois anos!"

Morgan ficou confuso. "O que ela contou a você? Andaram discutindo a questão?"

Eric disse: "Quanto tempo você acha que vai levar para eu digerir isso?".

Morgan disse: "O que você está fazendo?".

Estivera observando as mãos de Eric, se perguntando se ele ia pegar o gargalo da garrafa. Mas Eric procurava alguma coisa na pasta que havia tirado de debaixo da mesa.

"A data? Você sem dúvida deve lembrar disso! Vocês dois não comemoram aniversário?" Eric tirou um caderno vermelho, grande. "Meu diário. Talvez tenha feito uma anotação nesse dia! Os últimos dois anos têm de ser repensados! Quando você é enganado, cada dia assume uma nova cara!"

Morgan olhou as pessoas em volta no café.

"Não gosto que gritem comigo", disse. "Estou cansado demais para isso."

"Não, não. Desculpe."

Eric folheou as páginas do caderno. Quando viu Morgan olhando, fechou o diário.

Eric disse em voz baixa: "Você já foi enganado? Isso já aconteceu com você?".

"Acredito que sim", Morgan disse.

"Quanta pose! E você acha que está certo enganar alguém?"

"Pode-se dizer que em certas circunstâncias é inevitável."

Eric disse: "Isso falsifica tudo". E prosseguiu: "Seu comportamento sugere que isso não importa também. Você é assim tão cínico? É importante. Olhe o século!".

"Como é?"

"Trabalho no noticiário de televisão. Eu sei o que acontece. Sua crueldade é a mesma coisa. Pense nos judeus..."

"Ora..."

"Os outros não têm sentimentos! Eles não interessam! Por isso pode pisar em cima deles!"

"Eu não matei você, Eric."

"Eu podia morrer por causa disso. Podia morrer."

Morgan balançou a cabeça. "Isso eu entendo."

Lembrou-se de uma noite em que ela teve de voltar para casa para deitar na cama com Eric; Caroline dissera: "Se ao menos Eric morresse... simplesmente morresse...".

"Pacificamente?"

"Bem pacificamente."

Eric inclinou-se sobre a mesa. "Você se sentiu mal então?"

"Senti."

"Por isso?"

"Por isso." Morgan riu. "Por tudo. Mas definitivamente por isso."

"Bom. Bom." Eric disse: "A meia-idade é uma época solitária".

"Sem dúvida", Morgan disse.

"Interessante. Mais solitária que qualquer outra época, não acha?"

"Acho", disse Morgan. "Tudo o que se perde parece irrecuperável."

Eric disse: "Entre os doze e os treze anos, meu irmão mais velho, que eu adorava, cometeu suicídio, meu pai morreu de desgosto, e meu avô simplesmente morreu. Acha que ainda sinto falta deles?".

"Como poderia não sentir?"

Eric bebeu a cerveja e pensou.

"Você tem razão, tem um buraco em mim." Disse: "Queria que você tivesse um buraco".

Morgan disse: "Ela me escuta. E eu a escuto".

Eric disse: "Vocês realmente prestam atenção um no outro, não é?".

"Nos sentimos melhor quando alguém presta atenção em nós. Nunca estou sozinho quando estou com ela."

"Ótimo."

"Estou determinado, desta vez, a não me desligar."

"Mas ela é minha mulher."

Há uma pausa.

Eric disse: "Como é que as pessoas dizem hoje? Problema seu! Problema meu! Acredita nisso? O que você acha?".

Morgan andava bebendo bastante uísque e fumando maconha, pela primeira vez. Tinha cursado a universidade no final dos anos 60, mas se identificara com a esquerda puritana, não com os hippies. Naquela época, quando precisava desligar a cabeça, notava como a consciência era tenaz. Talvez quisesse desligar a cabeça porque nos dias anteriores tivesse considerado esquecer Caroline. Esquecer todos, Caroline, Eric e os filhos deles. Talvez devesse, agora. Talvez o segredo e a inacessibilidade dela tivessem mantido todos à devida distância.

"É."

Morgan se deu conta de que ficara pensando por algum tempo. Virou-se outra vez para Eric, que estava batucando na garrafa com a unha.

"Gosto da sua casa", disse Eric. "Mas é grande para uma pessoa só."

"Minha casa, você disse? Viu minha casa?"

"Vi."

Morgan olhou Eric nos olhos. Ele parecia bastante estimulado. Morgan quase o invejava. O ódio podia dar uma tremenda energia.

Eric disse: "Você fica bem de short branco e meias brancas quando sai para correr. Sempre me dá vontade de rir".

"Não tem nada melhor pra fazer do que ficar parado na frente de minha casa?"

"Você não tem nada melhor pra fazer do que roubar minha mulher?" Eric apontou um dedo para ele. "Um dia, Morgan, talvez você acorde de manhã e descubra que as coisas não são do jeito que eram na noite anterior. Que tudo o que você tem foi conspurcado e corrompido de alguma forma. Consegue imaginar isso?"

"Tudo bem", disse Morgan. "Tudo bem, tudo bem."

Eric havia derrubado a garrafa. Colocou o guardanapo em cima da cerveja derramada e pôs a garrafa por cima.

Disse: "Está tentando tirar meus filhos?".

"O quê? Por que deveria?"

"Vou dizer para você agora, eu mandei reformar aquela casa segundo as minhas especificações, sabe. Tem uma pérgula. Não vou mudar de lá e não vou vender. Até, para falar a verdade" — Eric tinha uma espécie de meio sorriso, meio careta no rosto — "pode ser que eu fique melhor sem minha mulher e filhos."

"O quê?", disse Morgan. "O que você disse?"

Eric levantou as sobrancelhas para ele.

"Sabe o que eu quero dizer", disse Eric.

Os filhos de Morgan estavam com a mãe, a menina na universidade, o menino numa escola particular. Ambos estavam indo bem. Morgan só havia encontrado brevemente os filhos de Eric. Tinha se oferecido para assumir as crianças se Caroline estivesse preparada para ficar com ele. Estava pronto para isso, achava. Não queria se esquivar das grandes tarefas. Mas com o tempo um deles podia, digamos, se transformar num drogado; a outra, numa prostituta adolescente. E Morgan, ao cair pela mãe deles, podia se ver sobrecarregado. Conhecia gente a quem isso havia acontecido.

Eric disse: "Meus filhos vão ficar bem bravos com você quando souberem o que você fez a nós".

"É", disse Morgan. "Não se pode censurá-los."

"Eles são grandes e caros. Comem como cavalos."

"Meu Deus."

Eric disse: "Sabe do meu trabalho?".

"Não tanto quanto você sabe do meu, acho."

Eric não respondeu, mas disse: "Engraçado pensar em vocês dois falando de mim. Aposto que você deve ficar lá deitado querendo que eu sofra um acidente de carro".

Morgan piscou.

"É prestigiado", disse Eric. "A redação, você sabe. Bem pago. Muita ação, uma rotação contínua de histórias. Mas é frouxo, sem valor. Agora vejo isso. E as pessoas se desgastam. Ficam exaustas e numa excitação de adrenalina ao mesmo tempo. Sempre quis me dedicar a caminhadas... caminhada na montanha, sabe, botas, mochila. Quero escrever um romance. E viajar, ter aventuras. Pode ser esta a minha oportunidade."

Morgan pensou nisso. Caroline dissera que Eric tinha pouco interesse no mundo exterior, a não ser por intermédio do jornalismo. A aparência, o cheiro, o gosto das coisas não o fascinavam; nem as motivações internas de gente viva. Enquanto Morgan e Caroline, perdendo tempo num bar com as mãos brincando uma com a outra, adoravam discutir as relações de seus conhecidos mútuos, como se juntos pudessem destilar o espírito de um amor nascido no ambiente de trabalho.

Morgan pegou as chaves do carro. Disse: "Parece bom. Então você vai se dar bem, Eric. Boa sorte".

"Muito obrigado."

Eric não deu sinal de se mexer.

Disse: "Do que você gosta nela?".

Morgan queria gritar com ele, queria dar um murro na mesa

à sua frente, dizer: adoro o jeito dela quando tira a roupa, deita de lado e me deixa lamber e beijar suas partes íntimas, como se eu tivesse levado ao rosto o prato da vida e com isso me jogasse no país das maravilhas do amor para sempre!

Eric estava ficando tenso. "O que é?"

"O quê?"

"Que você gosta nela! Se não sabe, talvez tivesse a bondade de nos deixar em paz!"

"Olhe, Eric", Morgan disse, "se você se acalmar um minuto, vou dizer uma coisa. Há mais de um ano, ela disse que queria ficar comigo. Estou esperando." Apontou para Eric. "Você teve o seu tempo com ela. Teve muito, eu diria que teve o suficiente. Agora é minha vez."

Levantou-se e foi para a porta. Foi simples. Então sentiu-se bem de estar fora. Não olhou para trás.

Morgan sentou no carro e suspirou. Deu a partida e parou no farol da esquina. Estava pensando em ir ao supermercado. Caroline podia aparecer depois do trabalho e ele faria comida. Prepararia a bebida predileta dela, um uísque mac. Ela ia gostar de ser bem tratada. Podiam se deitar juntos na cama.

Eric abriu a porta do carro, entrou e fechou a porta. Morgan olhou para ele. O motorista de trás buzinou repetidamente. Morgan foi até o outro lado da rua.

"Quer que eu deixe você em algum lugar?"

"Não terminei ainda", disse Eric.

Morgan olhava alternadamente para a rua e para Eric. Eric estava sentado em seu carro, em seu banco, com os pés no seu tapete de borracha.

Morgan praguejava baixinho.

Eric disse: "O que você vai fazer? Já resolveu?".

Morgan continuou dirigindo. Viu que Eric tinha pegado um pedaço de papel do painel. Morgan se lembrou de que era uma lista de compras que Caroline havia feito para ele. Eric colocou o papel de volta.

Morgan virou o carro e acelerou.

"Vamos ao escritório dela, discutir isso com ela. É isso que você quer? Tenho certeza de que ela vai dizer tudo o que você quer saber. Senão, me avise quando quiser descer", disse Morgan. "Diga quando."

Eric só continuou olhando em frente.

Morgan pensou que tivera medo da felicidade e a mantivera à distância; que tivera medo de outras pessoas e as mantivera à distância. Ainda tinha medo, mas era tarde demais para isso.

De repente, deu um murro na direção e disse: "o.k.".

"O quê?", disse Eric.

"Decidi", disse Morgan. "A resposta é sim. Sim para tudo! Agora você tem de descer." Parou o carro. "Fora, eu disse!"

Ao se afastar, olhou Eric pelo espelho retrovisor, ficando menor e menor.

Traduzido do inglês por José Rubens Siqueira

Associações em azul

Christa Wolf

Quem gritou de alegria quando a cor azul nasceu?
Pablo Neruda

Pablo, o senhor faz perguntas estranhas. O azul? Nasceu? Mas ele não estava aqui desde sempre? Como o azul do céu sobre a paisagem da infância? Como o azul mais imortal que existe? Lá fora, se estende o mais belo céu azul e você aqui dentro debruçada sobre seu livro. Ainda vai tornar-se uma sabichona reprimida e etérea e não conseguirá depois homem nenhum.

O azul escreve histórias.

O amigo de Annemarie quer ir buscar para ela o azul do céu, ele disse. Vou trazer para você o azul do céu. Ah, deuzinho querido, isto alguém diz apenas assim, à toa. Mas lhe é fiel, ela diz. Quem acredita. Ela é loura, por isso usamos azul, diz seu namorado. Azul, azul, azul, azuis são todas as minhas roupas. Azul é a cor da fidelidade. Mas sapatos vermelhos, até deu-lhe de presente, recentemente. Vermelho e azul anil decoram o pernil da leitoa. E Kasper, sua patroa. Bem que ele gosta de gazetear, seu namorado, papo pro ar azul. Hoje azul e amanhã azul e depois de amanhã outra vez. Segunda-feira azul. Ora, você vê. Segunda azul, terça fome, isto a gente conhece. E agora, lamentavelmente, ele cambaleia lá fora na praça e a isso canta: azul da centáurea é o céu sobre o Reno deslumbrante. Totalmente azul, o ser humano. Também nenhum adepto da Cruz Azul o socorre mais. Azul da centáurea são os olhos das mulheres quando bebem vinho. Isto você pode dizer bem alto. Outro dia ele a espancou até que ficasse verde e azul. Bem, você vê. Daí seu irmão disse, agora porém ele pode levar a sua e experimentar suas próprias estrelinhas azuis, e, com uma bela surra, azulou-o devidamente. Ele mais uma vez escapou de uma pior com um olho azul. Bonito e bom. Mas agora, tomara, Annemarie não vai mais se deixar enganar por ele e cair nessa do perfume azul. Tão ingênua, só vendo imaculado azul, decerto ela não pode ser.

Viemos da montanha azul, tesouro, ah, tesouro, estás tão distante daqui. Nosso professor é tão burro quanto nós, cantávamos. O dia está lindo, o céu é azul, senhor professor, queremos sair para passear. Querem mesmo ganhar uma carta azul? Ou o quê!? Melhor que observem bem as cores do arco-íris: vermelho laranja amarelo verde azul índigo violeta. VLAVAIV. Ou preferem novamente escutar apenas alguma coisa sobre a guerra, quando as balas azuis voaram à volta das orelhas dos nossos? Em marcha de passos uniformes. Uma canção. Os dragões azuis. Cavalgando num brinquedo tilintante, eles atravessam o portão.

Não podem ao menos uma vez cantar algo bonito? Danúbio azul, tão azul, tão azul. Esta foi a primeira valsa que dancei com Hans. Sim, sim. Sempre o mesmo. Terminou mal com seu marinheiro azul. Grete não se conforma. Um marinheiro azul, que navega ao redor do mundo. Ele amava uma garota e não tinha nenhum dinheiro ou fundos. A garota enrubesceu e quem era o culpado? O marinheiro azul na loucura do amor desvairado. É o tipo de coisa que pode acabar em fiasco. Precisamente, a mulher X teve de ser removida na ambulância com luz azul. Ácido cianídrico azul, digo apenas. Já tinha os lábios completamente azuis. Neste caso qualquer socorro chega tarde demais.

O tipo elegante que ela abandonou ali sentado deve ter tido sangue azul, em todo caso ele disse isso a ela. Rei Barba Azul, a gente conhece bem. "O cavaleiro estrangeiro tinha uma barba inteiramente azul e, diante dele, ela sentia um pavor que, tantas vezes quantas o mirasse, era-lhe sobremodo aterrorizante." Tivesse atentado para seu sentimento. Mas ele a presenteou com uma raposa azul, ela pensou, alguém assim não pode mentir, e com os joelhos trêmulos, assombrada, intimidou-se.

Isto aqui custa ao senhor no entanto um par de lóbulos azuis que, antes de tudo, querem ser merecidos. Se tanto. Para a escrita clara, usamos sempre tinta azul. Mas primeiro fabriquem-me por favor uma pausa azul. Num tal projeto, não se deseja qualquer tiro lançado em vão para o ar azul. Não obstante, alguns atiram no azul e acertam o preto.

Antigamente, tínhamos as canecas de leite cheias de cerejas azuis em duas horas. E, à tarde, o bolo já estava pronto. Carpa azul para o Ano-Novo? Jamais. Carpa ao molho de cerveja, assim é que se faz. E truta azul é algo para gente fina. Azul não é simplesmente uma cor para produtos alimentícios. Mais para flores. Violetas, por exemplo. No prado, curvada sobre si mesma e anônima, havia uma violeta, era uma graciosa violeta. Repolho azul, no sul, como quiser. E licor azul, este sim bem que existe! Curaçao, ou como ele se chame. E queijo que se denomina Blue Master, com mofo dentro, nada para mim. Mas como cultivam batatas azuis e depois podem chamá-las "camundongo azul", isto restará para mim eternamente incompreensível. Algo assim antinatural...

Azul, Pablo, é a cor da saudade. Isto o que o senhor quis dizer. A primavera deixa sua fita azul outra vez tremular através dos ares. As colinas azuis na distância azul. Sobre tão azuis horizontes. Bandeiras azuis a caminho de Berlim. Azul-da-prússia, azul-berlim, importante pigmento azul, extraído do sulfato de ferro e do ferrocianeto de potássio amarelo. Como fino traço sobre porcelana. O azul-cobalto profundo dos vasos de vidro, tigelas e cinzeiros, cor predileta. Toalhas de mesa com estampa impressa em azul, antiga padronagem. Técnica que se extingue.

Uma vez na vida estar no Adriático azul. Ó céu, radiante azul. A borboleta azul, que esvoaça à nossa frente. O pássaro azul da artista Liessner-Blomberg sobre a cortina de boca, para o cabaré dos emigrados russos, na Berlim dos anos 20. O cavaleiro azul de Kandinsky. A torre dos cavalos azuis de Franz Marcs. A fase azul de Picasso.

A hora azul entre dia e sonho. Azul noite. Azul dos pombos. A luz azul da fonte do conto de fadas dos irmãos Grimm, a qual não apenas proporciona satisfação ao bravo soldado tratado com injustiça, quando ele acende seu cachimbo, mas traz para ele o reino completo com a filha do rei. De outra forma não pode ser.

A divisão azul do general Franco na Guerra Civil Espanhola. A bandeira da Europa em azul. E os pacotinhos de produtos alimentícios que os americanos lançam no Afeganistão, ultimamente em azul, não mais em amarelo, para que eles os distingam das bombas de aspersão amarelas, que eles também atiram.

A flor azul, ao contrário, Pablo, um símbolo do romantismo alemão, uma invenção de Friedrich, conde de Hardenberg, chamado Novalis. Cujo herói de romance, Heinrich von Ofterdingen, a encontra em sonho, "uma grande flor de azul luminoso, que logo de início achava-se ali na fonte e o tocou com suas folhas largas e brilhantes... Ele observou-a longamente com indizível ternura e nada mais via além da flor azul". E ele segue sua imagem encantadora e ideal e vê nela "uma proteção contra a mesmice e a vulgaridade da vida", um feitiço contra a monotonia do mundo terreno.

Mas quem gritou de alegria quando o azul nasceu? Em quem o senhor pensava, Pablo? Agora eu sei: foram os extraterrestres que gritaram de alegria ao ver como a Terra, o planeta azul, nascia.

Traduzido do alemão por Laura Barreto

A rejeição

Woody Allen

Quando Boris Ivanovitch abriu a carta e leu o conteúdo, ele e sua mulher, Anna, ficaram pálidos. Era uma rejeição de seu filho de três anos de idade, Mischa, para a melhor escola de educação infantil de Manhattan.

“Não pode ser”, Boris Ivanovitch disse, chocado.

“Não, não — deve ser algum engano”, a mulher colaborou. “Afinal, ele é um menino inteligente, agradável e extrovertido, com boa capacidade verbal e facilidade com os creions e com o Sr. Cabeça de Batata.”

Boris Ivanovitch se desligara e estava perdido nos próprios devaneios. Como podia encarar seus colegas de trabalho na Bear Stearns quando o pequeno Mischa não havia conseguido entrar numa pré-escola de prestígio? Já estava até ouvindo a voz gozadora de Siminov: “Você não entende dessas coisas. É importante ter contatos. Tem de rolar dinheiro. Você é tão grosso, Boris Ivanovitch”.

“Não, não, não é nada disso”, Boris Ivanovitch ouvia a si mesmo protestando. “Molhei a mão de todo mundo, dos professores aos lavadores de vidraças, mas mesmo assim o menino não conseguiu."

"Ele foi bem nas entrevistas?", Siminov ia perguntar.

"Foi", Boris responderia, "se bem que teve alguma dificuldade para empilhar blocos..."

"Dificuldade com blocos", Siminov gemeu à sua maneira desdenhosa. "Sinal de sérias dificuldades emocionais. Quem vai querer um pateta que não é capaz de erguer um castelo?"

Mas por que haveria de discutir tudo isso com Siminov?, Boris Invanovich pensou. Talvez ele nem esteja sabendo.

Na segunda-feira seguinte, porém, quando Boris Ivanovitch entrou no escritório, ficou claro que todo mundo sabia. Siminov entrou, o rosto como uma nuvem de tempestade. "Você sabe", disse Siminov, "o menino nunca vai ser aceito em nenhuma faculdade decente. Na Ivy League com certeza que não."

"Só por causa disso, Dmitri Siminov? Será que a pré-escola vai ter um impacto na educação superior dele?"

"Não gosto de mencionar nomes", disse Siminov, "mas muitos anos atrás um renomado banqueiro de investimentos não conseguiu colocar o filho num jardim-de-infância de ampla distinção. Parece que houve algum escândalo com a capacidade do menino na pintura a dedo. Seja como for, o menino, recusado pela escola que os pais tinham escolhido, foi obrigado a... a..."

"A quê? Diga, Dmitri Siminov."

"Vamos dizer apenas que quando completou cinco anos foi obrigado a freqüentar... uma escola pública."

"Então, Deus não existe", disse Boris Ivanovitch.

"Aos dezoito anos, todos os seus colegas de antes entraram em Yale ou Stanford", Siminov prosseguiu, "mas esse coitado, como nunca tinha obtido credenciais adequadas numa pré-escola de status... digamos... adequado, só foi aceito na universidade de barbeiros."

“Forçado a aparar bigodes”, Boris Ivanovitch gritou, visualizando o pobre Mischa de uniforme branco, fazendo a barba dos ricos.

“Sem nenhuma formação em decoração de bolinhos, nem na caixa de areia, o menino estava totalmente despreparado para as crueldades da vida”, Siminov continuou. “Por fim, trabalhou em empregos menores, acabou surrupiando trocados do patrão para sustentar o vício do álcool. Nessa época, já era um bêbado sem salvação. Claro, surrupiar do patrão levou ao roubo e ele acabou assassinando e desmembrando a dona do apartamento. No enforcamento, o rapaz atribuiu tudo ao fato de não ter freqüentado a pré-escola correta.”

Nessa noite, Boris Ivanovitch não conseguiu dormir. Ficava vendo a inatingível pré-escola do Upper East Side, com suas salas alegres, claras. Visualizou as crianças de três anos em roupinhas Bonpoint cortando e colando e depois tomando um lanche confortador — um copo de suco e talvez biscoitos Goldfish ou um Graham de chocolate. Se podiam negar isso a Mischa, então não havia sentido na vida, nem em toda a existência. Imaginou o filho, agora um homem, parado na frente do CEO de uma firma de prestígio, que estava testando os conhecimentos de Mischa sobre animais e formas, coisas de que deveria ter um profundo entendimento.

“Bom... é...”, Mischa diria, tremendo, “isso é um triângulo... não, não, um octógono. E isso é um coelho... desculpe, um canguru.”

“E a letra de ‘Do you know the muffin man?’”, perguntaria o CEO. “Todos os vice-presidentes aqui da Smith Barney sabem cantar isso.”

“Para ser sincero, sir, nunca aprendi direito essa música”,

admitiria o jovem, enquanto seu pedido de emprego voava para a lixeira.

Nos dias seguintes à rejeição, Anna Ivanovitch ficou inquieta. Discutiu com a babá e acusou-a de escovar os dentes de Mischa para os lados e não para cima e para baixo. Parou de comer regularmente e chorava na pia. "Devo ter transgredido a vontade de Deus para provocar uma coisa dessas", choramingava. "Devo ter pecado além das medidas — sapatos Prada demais." Imaginou que um veículo Hampton Jitney tentou atropelá-la e quando Armani cancelou sua conta sem nenhuma razão aparente ela se trancou no quarto e começou a ter um caso. Isso foi difícil de esconder de Boris Ivanovitch, uma vez que ele dormia no mesmo quarto e perguntava insistentemente quem era o homem deitado ao lado deles.

Quando tudo parecia estar na mais negra escuridão, o amigo advogado, Shamsky, telefonou para Boris Ivanovitch e disse que havia um raio de esperança. Sugeriu se encontrarem no Le Cirque para o almoço. Boris Ivanovitch chegou disfarçado, uma vez que o restaurante havia lhe recusado admissão quando saiu a decisão da pré-escola.

"Existe um homem, um certo Fyodorovitch", disse Shamsky, comendo uma colherada de seu *crème brûlée*. "Ele pode conseguir uma segunda entrevista para seu rebento e, em troca, tudo o que você tem de fazer é mantê-lo a par de qualquer informação confidencial sobre certas companhias que possam fazer as ações subirem ou caírem dramaticamente."

"Mas isso é rompimento de sigilo", disse Boris Ivanovitch.

"Só se você se restringe às leis federais", Shamsky observou. "Meu Deus, estamos falando de admissão a uma pré-escola exclusiva. Claro, uma doação também ajuda. Nada muito chamativo. Sei que estão procurando alguém para patrocinar um novo anexo."

Nesse momento, um dos garçons reconheceu Boris Ivanovitch por trás do nariz postiço e da peruca. Os funcionários caíram em cima dele em fúria e o arrastaram para fora. "Então!", disse o chefe dos garçons. "Achou que ia nos enganar. Fora! Ah, e quanto ao futuro do seu filho, estamos sempre precisando de ajudantes. *Au revoir*, babaca."

Essa noite, em casa, Boris Ivanovitch contou à mulher que iam ter de vender a casa em Amagansett para levantar dinheiro para uma propina.

"O quê? Nossa adorada casa de campo?", Anna gritou. "Minha irmã e eu crescemos naquela casa. Nós tínhamos direito de servidão para atravessar a propriedade do vizinho para ir até o mar. O trajeto passava bem no meio da mesa da cozinha do vizinho. Me lembro de passar com minha família pelo meio das tigelas de Cheerios para ir nadar e brincar no mar."

Quis o destino que, na manhã da segunda entrevista de Mischa, seu peixinho morresse de repente. Foi sem aviso prévio, sem nenhuma doença anterior. Na verdade, o peixinho tinha feito um check-up completo e fora considerado nível A-1 de saúde. Naturalmente, o menino ficou inconsolável. Na entrevista, não tocou no Lego nem no Lite Brite. Quando a professora perguntou quantos anos tinha, ele disse, duro: "Que te interessa, balofa?". Foi rejeitado outra vez.

Boris Ivanovitch e Anna, agora desamparados, foram viver em um abrigo para sem-teto. Lá encontraram muitas outras famílias cujos filhos haviam sido recusados por escolas de elite. Às vezes, repartiam a comida com essas pessoas e trocavam histórias nostálgicas de aviões particulares e invernos em Mar-a-Lago. Boris Ivanovitch descobriu almas ainda menos afortunadas do que ele, gente simples que tinha sido recusada por juntas de condomínio por não ser suficientemente bem relacionada. Essas pessoas todas tinham uma grande beleza religiosa por trás de seus rostos sofredores.

"Agora acredito em alguma coisa", disse ele à esposa, um dia. "Acredito que existe um sentido na vida e toda essa gente, rica e pobre, acabará morando na Cidade Divina, porque Manhattan está ficando definitivamente impossível de se viver."

Traduzido do inglês por José Rubens Siqueira

O safári definitivo

Nadine Gordimer

A aventura africana continua... Está a seu alcance!
A expedição ou safári definitivo com guias que conhecem a África.

Anúncio de viagem
The Observer, Londres, 27/11/1988

Naquela noite, nossa mãe saiu para fazer compras e não voltou. Nunca. O que aconteceu? Não sei. Meu pai também tinha saído um dia e nunca voltou; mas ele estava lutando na guerra. Estávamos em guerra também, mas éramos crianças, éramos como nossa avó e nosso avô, não tínhamos armas. As pessoas que meu pai estava combatendo — os bandidos, como o governo chamava — corriam por todo lado e a gente fugia deles como galinhas perseguidas por cachorros. Não sabíamos para onde ir. Nossa mãe foi fazer compras porque alguém disse que dava para conseguir óleo de cozinha. Ficamos contentes porque ninguém provava óleo fazia muito tempo; talvez ela tenha conseguido o óleo e tenha sido atacada por alguém que pegou o óleo. Talvez tenha encontrado os bandidos. Se você encontra os bandidos, eles te matam. Vieram duas vezes à nossa aldeia e nós corremos e nos escondemos no mato; quando eles foram embora voltamos e descobrimos que tinham levado tudo; mas na terceira vez que vieram não havia nada para levar, nem óleo, nem comida, então eles botaram fogo no sapé e os tetos de nossas casas despencaram. Minha mãe encontrou uns pedaços de flandres e colocamos em cima de uma parte da casa. Estávamos esperando por ela lá naquela noite em que ela nunca mais voltou.

Ficamos com medo de sair, mesmo para fazer nossas coisas, porque os bandidos vieram mesmo. Não na nossa casa — sem teto, devia parecer que não tinha ninguém lá dentro, não tinha nada —, mas por toda a aldeia. Ouvíamos as pessoas gritando e correndo. Ficamos com medo até de correr, sem nossa mãe para nos dizer para onde. Eu sou a do meio, a menina, e meu irmãozinho se pendurou na minha barriga com os braços em volta do meu pescoço e as pernas em volta da minha cintura como um bebê macaco com a mãe. A noite inteira meu primeiro irmão ficou com um pedaço de madeira na mão, de uma das vigas queimadas de nossa casa. Era para se defender se fosse encontrado pelos bandidos.

Passamos o dia inteiro ali. Esperando por ela. Não sei que dia foi; não havia escola, nem igreja mais em nossa aldeia, então não dava para saber se era domingo ou segunda-feira.

Quando o sol estava se pondo, nossa avó e nosso avô chegaram. Alguém da nossa aldeia tinha contado para eles que nós, crianças, estávamos sozinhos, que nossa mãe não tinha voltado. Digo "vovó" antes de "vovô" porque é assim: nossa avó é grande e forte, não velha ainda, e nosso avô é pequeno, não se sabe onde ele está, com a calça larga, ele sorri, mas não ouve o que a gente diz e o cabelo parece que ele deixou cheio de espuma de sabão. Nossa avó levou a gente — eu, o bebê, meu primeiro irmão, nosso avô — para a casa dela e estava todo mundo com medo (menos o bebê, dormindo nas costas da vovó) de encontrar os bandidos no caminho. Ficamos esperando muito tempo na casa da vovó. Talvez um mês. Ficamos com fome. Nossa mãe não voltou nunca. Enquanto a gente esperava ela vir nos buscar nossa avó não tinha comida para nós, para nosso avô e para ela. Uma mulher que tinha leite no peito deu um pouco para meu irmãozinho, se bem que na nossa casa ele comesse mingau de aveia, igual a gente. Vovó nos levou para procurar espinafre silvestre, mas todo mundo na aldeia dela tinha feito a mesma coisa e não tinha sobrado nem uma folha.

Vovô, andando um pouco atrás de uns rapazes, foi procurar nossa mãe, mas não encontrou. Vovó chorou com outras mulheres e eu cantei hinos com elas. Trouxeram um pouco de comida para nós — um pouco de feijão —, mas depois de dois dias não tinha mais nada de novo. Vovô tinha três carneiros, uma vaca e uma horta, mas os bandidos fazia tempo tinham levado os carneiros e a vaca, porque eles também estavam com fome; e quando chegou a hora de plantar vovô não tinha semente para plantar.

Então eles resolveram — minha avó resolveu; vovô fazia uns barulhinhos e balançava de um lado para outro, mas ela não prestou atenção — que a gente ia embora. Nós, crianças, ficamos contentes. A gente queria ir embora dali onde nossa mãe não estava e onde a gente ficava com fome. Queríamos ir onde não havia bandidos e tinha comida. Ficamos contentes de pensar que existia um lugar assim; longe.

Nossa avó deu para alguém suas roupas de ir na igreja em troca de umas espigas de milho secas que ela cozinhou e amarrou num pano. Levamos aquilo com a gente quando fomos embora e ela pensou que a gente podia beber água dos rios, mas não encontramos nenhum rio, então ficamos com tanta sede que tivemos de voltar. Não tudo até a casa de nossos avós, mas até uma aldeia onde havia uma bomba de água. Ela abriu o cesto onde levava umas roupas e o milho e vendeu os sapatos para comprar um garrafão de plástico para água. Eu disse, *Gogo*, como você vai à igreja agora sem nem seu sapato, mas ela disse que o caminho era longo e era coisa demais para carregar. Naquela aldeia, encontramos outras pessoas que também estavam indo embora. Fomos com elas porque elas pareciam saber para onde melhor do que a gente.

Para chegar lá a gente tinha de atravessar o Parque Kruger. A gente tinha ouvido falar do Parque Kruger. Uma espécie de terra protegida dos bichos — elefantes, leões, chacais, hienas, hipopótamos, crocodilos, todo tipo de bicho. Existiam alguns deles na nossa terra, antes da guerra (nosso avô lembra; nós, crianças, ainda não tínhamos nascido), mas os bandidos mataram os elefantes e venderam as presas, e os bandidos e nossos soldados comeram todos os antílopes. Na nossa aldeia, havia um homem que não tinha pernas — um crocodilo tinha arrancado as duas, no nosso rio; mas a nossa terra era mesmo terra de gente, não de bichos. A gente tinha ouvido falar do Parque Kruger porque alguns homens nossos saíam de casa para ir trabalhar lá, nos lugares onde gente branca vem ficar para olhar os bichos.

Então partimos embora de novo. Havia mulheres e outras crianças como eu que tinham de carregar as pequenas nas costas quando as mulheres ficavam cansadas. Um homem ia nos levar até lá dentro do Parque Kruger; já chegamos, já chegamos, eu ficava perguntando para nossa avó. Não ainda, o homem dizia, quando ela perguntava a ele por mim. Ele falou que a gente ia ter de andar muito para dar a volta na cerca que ele explicou que podia matar, torrar a pele na horinha que você encosta, igual os fios lá de cima dos postes que dão luz elétrica nas nossas cidades. Eu vi aquela figura de uma cabeça sem olho nem pele nem cabelo numa caixa de ferro no hospital da missão onde a gente ia sempre antes de ele explodir.

Da outra vez que eu perguntei, eles disseram que a gente já estava andando no Parque Kruger fazia uma hora. Mas era igualzinho ao mato onde a gente estava andando o dia inteiro e não vimos bicho nenhum a não ser os macacos e passarinhos que moram em volta da gente em casa, e uma tartaruga que, claro, não conseguiu escapar de nós. Meu primeiro irmão e os outros meninos levaram a tartaruga para o homem matar e a gente poder cozinhar e comer. Ele soltou ela porque disse que a gente não podia acender fogo; o tempo todo que a gente estivesse no parque não podia acender fogo porque a fumaça mostraria onde a gente estava. A polícia, os guardas, apareciam e mandavam a gente de volta para onde tinha vindo. Ele disse que a gente tinha de andar feito bichos no meio de bichos, longe das estradas, longe dos acampamentos de gente branca. E naquele momento eu ouvi — tenho certeza de que eu fui a primeira a ouvir — galhos quebrando e o som de alguma coisa abrindo caminho na grama e quase dei um grito porque achei que era a polícia, os guardas — as pessoas que ele estava falando para a gente evitar — que já tinham nos encontrado. E era um elefante, e mais um elefante e mais elefantes, grandes borrões escuros se mexendo onde a gente olhasse no meio das árvores. Enrolavam as trombas nas folhas vermelhas das árvores mopane e enfiavam na boca. Os bebês encostados nas mães. Os quase grandes brigavam igual meu primeiro irmão com os amigos — só que usavam as trombas no lugar dos braços. Fiquei tão interessada que esqueci que estava com medo. O homem disse para a gente ficar parada e quieta enquanto os elefantes passavam. Eles passaram muito devagar porque elefantes são grandes demais para precisar fugir dos outros.

Os antílopes fugiram de nós. Pulavam tão alto que pareciam voar. Os javalis ficaram parados feito mortos quando ouviram a gente e saíram correndo, do jeito que um menino da nossa aldeia costumava fazer um ziguezague com a bicicleta que o pai dele tinha trazido das minas. Fomos atrás dos bichos até o lugar onde eles bebiam. Quando foram embora, fomos até as poças de água. Nós nunca sentíamos sede sem encontrar água, mas os animais comiam, comiam o tempo todo. Sempre que se olhava para eles, estavam comendo, grama, árvores, raízes. E para nós não tinha nada. O milho tinha acabado. A única coisa que a gente podia comer era o que os babuínos comiam, uns figuinhos secos cheios de formigas que crescem nos galhos das árvores perto dos rios. Era difícil ser igual aos animais.

Quando ficava muito quente durante o dia podíamos encontrar leões dormindo. Eles eram da cor do mato e no começo a gente não viu, mas o homem viu e levou a gente para trás, demos uma grande volta no lugar onde eles dormiam. Eu queria deitar como os leões. Meu irmãozinho estava ficando magro, mas era bem pesado. Quando nossa avó me procurou, para colocar ele nas minhas costas, eu tentei não ver. Meu primeiro irmão parou de falar; e quando descansamos ele teve de ser sacudido outra vez, como se fosse igual ao nosso avô, não pudesse escutar. Vi moscas andando na cara de nossa avó, mas ela não abanava elas embora; fiquei assustada. Peguei uma folha de palmeira e espantei as moscas.

A gente andava de noite igual de dia. Dava para ver as fogueiras onde a gente branca cozinhava nos acampamentos e para sentir o cheiro da fumaça e da carne. Vimos hienas com as costas arqueadas como se tivessem vergonha, deslizando pelo mato atrás dos cheiros. Se alguma virava a cabeça, a gente via que tinha grandes olhos castanhos brilhantes iguais aos nossos, quando a gente se olhava no escuro. O vento trazia vozes em nossa língua de uns prédios onde moravam as pessoas que trabalhavam nos campos. Uma mulher que estava com a gente queria ir falar com eles de noite e pedir ajuda. Podiam nos dar comida da lata do lixo, ela disse, e começou a choramingar e nossa avó teve de agarrar a mulher, tapar sua boca com a mão. O homem que estava levando a gente disse que tínhamos de ficar longe das pessoas do nosso povo que trabalhavam no Parque Kruger; se eles ajudassem a gente, podiam perder o emprego. Se nos vissem, o que podiam fazer era fingir que a gente não estava ali; que só tinham visto os bichos.

Às vezes, a gente parava para dormir um pouco à noite. Dormia todo mundo bem juntinho. Não sei em que noite foi — porque a gente andava, andava, a qualquer hora, o tempo inteiro — que ouvimos leões bem perto. Não rugindo alto como faziam quando estavam longe. Ofegando, como a gente faz quando corre, mas um jeito diferente de ofegar: dá para ouvir que não estão correndo, estão esperando, em algum lugar ali perto. Nós todos nos apertamos mais, um em cima do outro, os que estavam na beirada lutando para ficar no meio. Eu fiquei esmagada por uma mulher que cheirava mal porque ela estava com medo, mas fiquei contente de me apertar nela. Rezei a Deus para fazer os leões pegarem alguma outra pessoa da beirada e irem embora. Fechei os olhos para não ver a árvore de onde um leão podia pular bem no meio da gente, onde eu estava. Mas foi o homem que guiava a gente que pulou e bateu na árvore com um galho seco. Ele mandava a gente não fazer nenhum barulho, mas ele gritava. Gritava com os leões feito um bêbado que gritava para ninguém na nossa aldeia. Os leões foram embora. Ouvimos eles rugindo, berrando com ele de longe.

Estávamos cansados, tão cansados. Meu primeiro irmão e o homem tinham de levantar nosso avô de pedra em pedra quando a gente achava lugar para atravessar os rios. Nossa avó é forte, mas os pés dela estavam sangrando. Não conseguíamos mais carregar o cesto na cabeça, não conseguíamos carregar nada além do meu irmãozinho. Deixamos nossas coisas embaixo de uma moita. Contanto que os nossos corpos cheguem lá, disse nossa avó. Então, comemos alguma fruta silvestre que a gente não conhecia e nossa barriga soltou. A gente estava num mato que chamam de capim-elefante porque é quase tão alto como um elefante, aquele dia que tivemos aquelas dores, e nosso avô não conseguia abaixar na frente dos outros como meu irmãozinho, então foi para trás do capim para ficar a sós. Temos de seguir em frente, o homem que guiava a gente estava sempre dizendo, temos de seguir em frente, mas nós pedimos para ele esperar nosso avô.

Então todo mundo ficou esperando nosso avô para seguir em frente. Mas ele não veio. Já era o meio do dia; os insetos cantando na nossa orelha e ninguém ouvia ele se mexendo no capim. Ninguém conseguia ver porque o capim era tão alto e ele tão baixo. Mas ele devia estar ali em algum lugar com a calça larga e a camisa rasgada que nossa avó não podia costurar porque não tinha linha. A gente sabia que ele não podia ter ido longe porque era fraco e lento. Fomos todos procurar por ele, mas em grupos, para a gente também não sumir dos olhos dos outros no capim. O mato entrava nos olhos e no nariz da gente; chamamos baixinho, mas o barulho dos insetos devia preencher o lugarzinho que sobrava para ouvir no ouvido dele. Procuramos, procuramos, mas não encontramos nosso avô. Passamos a noite inteira dentro do capim alto. Em sonho, encontrei nosso avô encolhido num lugar onde ele havia amassado o capim, como os lugares que a gente tinha visto os antílopes esconderem os filhotes.

Quando acordei ele ainda não estava em lugar nenhum. Então procuramos de novo e já havia trilhas que a gente tinha feito de passar tantas vezes pelo capim, seria fácil para ele nos encontrar se ninguém conseguisse encontrar ele. Esse dia inteiro a gente só ficou sentada, esperando. Fica tudo muito quieto quando o sol está na cabeça da gente, dentro da cabeça da gente, mesmo quando se deita, como bichos, debaixo das árvores. Deitei de costas e vi aqueles pássaros feios de bico curvado e pescoço pelado voando e voando em cima de nós. Tínhamos passado por eles muitas vezes quando estavam comendo o que restava nos ossos de animais mortos, onde nunca sobrava nada para a gente comer. Rodando, rodando, lá no alto e depois mais baixo, depois mais alto outra vez. Eu via os pescoços deles espetando para cá e para lá. Voando em volta, voando. Vi que nossa avó, o tempo todo sentada com meu irmãozinho no colo, também via os pássaros.

À tarde, o homem que guiava a gente veio até a nossa avó e disse para ela que os outros tinham de seguir em frente. Ele disse: Se os filhos deles não comerem logo vão morrer.

Nossa avó não disse nada.

Vou trazer água para você antes de a gente ir, ele disse para ela.

Nossa avó olhou para nós, para mim, meu primeiro irmão e meu irmãozinho no colo dela. Vimos as outras pessoas se levantarem para ir embora. Eu não acreditava que o capim ia ficar vazio à nossa volta toda, onde eles estavam. Então nós íamos ficar sozinhos naquele lugar, o Parque Kruger, a polícia ou os bichos iam achar a gente. Lágrimas escorreram dos meus olhos e do nariz para as mãos, mas nossa avó nem notou. Ela levantou, com as pernas separadas do jeito que ela faz quando vai pegar lenha, em casa, na nossa aldeia, ela jogou meu irmãozinho nas costas, amarrou com o pano — a parte de cima do vestido dela estava rasgada e os peitos grandes dela apareciam, mas o homem não tinha interesse nenhum neles. Ela disse: Venha.

Então fomos embora do lugar com capim alto. Deixamos para trás. Fomos com os outros e com o homem que guiava a gente. Fomos indo embora de novo.

Tem uma tenda grande, maior que uma igreja ou que uma escola, amarrada no chão. Eu não entendi que ia ser daquele jeito, quando chegamos lá, longe. Vi uma coisa dessas aquela vez em que nossa mãe levou a gente até a cidade porque ouviu dizer que nossos soldados estavam lá e ela queria perguntar para eles se sabiam onde estava nosso pai. Naquela tenda, as pessoas estavam rezando e cantando. Esta aqui é azul e branca como aquela, mas não é para rezar e cantar, moramos nela junto com outras pessoas que vieram da nossa terra. A irmã da clínica disse que nós somos duzentos sem contar os bebês e temos bebês novos, alguns nasceram no caminho pelo Parque Kruger.

Lá dentro, mesmo quando o sol está brilhando, é escuro e tem uma espécie de aldeia inteira lá dentro. Em vez de casa, cada família tem um espacinho fechado com sacos ou papelão de caixa — qualquer coisa que a gente encontre — para mostrar para as outras famílias que é seu e que não devem entrar, mesmo não tendo porta, janela nem tranca, então, quando a pessoa está de pé e não é uma criança pequena, pode ver dentro da casa de todo mundo. Algumas pessoas até fizeram tinta com pedras moídas e pintaram desenhos nos sacos.

Claro, tem um teto, sim — a tenda é o teto, lá em cima, no alto. É como um céu. É como uma montanha e nós estamos dentro dela; pelas frestas a poeira forma caminhos, tão grossos que parece que dá para subir em cima deles. A tenda protege da chuva lá de cima, mas a água entra pelos lados e nas ruinhas entre nossos lugares — só dá para passar nelas uma pessoa por vez —, os meninos pequenos como meu irmãozinho brincam na lama. A gente tem de pular por cima deles. Meu irmãozinho não brinca. Nossa avó leva ele na clínica quando o médico vem, às segundas-feiras. A irmã disse que não tem nada de errado com a cabeça dele, ela acha que é porque a gente não tinha comida suficiente em casa. Por causa da guerra. Porque nosso pai não estava lá. E porque ele passou tanta fome no Parque Kruger. Ele gosta só de ficar deitado em cima de nossa avó o dia inteiro, no colo dela, ou encostado em alguma parte dela, e olha para nós, olha para nós. Ele quer perguntar alguma coisa, mas a gente vê que não consegue. Se eu brinco com ele, ele pode até dar um sorriso. A clínica nos dá um pó especial para fazer mingau para ele e talvez um dia ele fique bom.

Quando a gente chegou, eu estava igual a ele — eu e meu primeiro irmão. Nem lembro direito. As pessoas que vivem na aldeia perto da tenda levaram a gente para a clínica, é lá que você tem de se inscrever que veio — que veio embora, pelo Parque Kruger. Sentamos no capim e era tudo atrapalhado. Uma irmã era bonitinha, com o cabelo alisado e lindos sapatos de salto alto, ela que trouxe o pó especial para nós. Ela disse que tinha de misturar com água e beber devagar. Rasgamos os pacotes com os dentes e lambemos tudo, grudava na boca e eu chupava os lábios e os dedos. Algumas outras crianças que vieram com a gente vomitaram. Mas eu só senti tudo se mexendo dentro da minha barriga, aquele negócio descendo e revirando como uma cobra, e fiquei com soluço. Outra irmã chamou a gente para fazer fila na varanda da clínica, mas nós não conseguimos. Ficamos todos caídos por ali, uns em cima dos outros; as irmãs ajudaram a levantar cada um de nós pelo braço e espetaram uma agulha. Outras agulhas tiravam nosso sangue, nuns vidrinhos. Era contra a doença, mas eu não entendia, cada vez que fechava os olhos pensava que estava andando, o capim era alto, via elefantes, não sabia que estava longe.

Mas nossa avó ainda era forte, ainda conseguia ficar em pé, ela sabe escrever e assinou para nós. Nossa avó conseguiu este lugar na tenda em vez de um lugar nos lados, é o melhor lugar porque mesmo com a chuva entrando dá para levantar a aba quando o tempo está bom e aí o sol brilha em cima da gente, os cheiros da tenda saem para fora. Nossa avó conhece uma mulher aqui que mostrou para ela onde tem capim bom para fazer colchão para dormir e nossa avó fez uns para nós. Uma vez por mês, o caminhão de comida vem até a clínica. Nossa avó leva um dos cartões que deram na inscrição, eles picotam e dão um saco de farinha de milho. Tem carrinhos de mão para levar o saco para a tenda; meu primeiro irmão faz isso para ela, depois ele e os outros meninos apostam corrida, levam os carrinhos de volta para a clínica. Às vezes, ele tem sorte e algum homem que comprou cerveja na aldeia dá dinheiro para ele fazer a entrega — se bem que não é permitido, tem mesmo de levar os carrinhos direto de volta para as irmãs. Ele compra refresco e reparte comigo, se eu consigo alcançar ele. Num outro dia, todo mês, a igreja deixa uma pilha de roupas velhas no pátio da clínica. Nossa avó tem outro cartão para picotar e aí a gente pode trocar por alguma coisa: eu tenho dois vestidos, duas calças e uma malha, então posso ir para a escola.

O povo da aldeia deixou a gente ir na escola deles. Foi uma surpresa descobrir que eles falam a nossa língua; nossa avó me disse: Por isso que deixam a gente ficar na terra deles. Há muito tempo, na época dos nossos pais, não tinha cerca que mata, não tinha Parque Kruger entre eles e nós, era tudo o mesmo povo com o mesmo rei, dava para ir direto da nossa aldeia para este lugar aqui.

Agora que já faz tanto tempo que estamos na tenda — eu completei onze anos e meu irmãozinho tem quase três, se bem que é tão pequeno, só a cabeça dele que é grande, que nem parece que tem tudo isso ainda —, algumas pessoas cavaram o chão em volta da tenda e plantaram feijão, milho e repolho. Os velhos trançam galhos para fazer cercas em volta das hortas. Ninguém tem permissão para procurar trabalho nas cidades, mas algumas mulheres encontraram trabalho na aldeia e podem comprar coisas. Nossa avó, como ela ainda é forte, encontra trabalho onde as pessoas estão construindo casas — nesta aldeia o pessoal constrói casas bonitas com tijolo e cimento, não com lama como a gente fazia na nossa aldeia. Nossa avó carrega tijolo para essas pessoas e leva sacos de pedra na cabeça. E assim ela consegue dinheiro para comprar açúcar, chá, leite e sabonete. Eu sou inteligente na escola e ela pegou papel de propaganda que as pessoas jogam fora na loja e encapou meu caderno. Ela faz meu primeiro irmão e eu fazermos a lição de casa toda tarde antes de escurecer porque no nosso espaço na tenda só tem lugar para deitar, bem juntinhos, igual a gente fazia no Parque Kruger, e velas custam caro. Nossa avó ainda não conseguiu comprar para ela um par de sapatos de ir na igreja, mas comprou para meu primeiro irmão e para mim sapatos de escola pretos e graxa para engraxar. Toda manhã, quando as pessoas estão levantando na tenda, os bebês chorando, as pessoas se empurrando nas torneiras lá fora e algumas crianças já arrancando as crostas de mingau das tigelas em que comemos na noite passada, meu primeiro irmão e eu limpamos nossos sapatos. Nossa avó faz a gente sentar nos nossos colchões com as pernas esticadas para ela poder olhar com cuidado nossos sapatos e ter certeza de que fizemos tudo direitinho. Nenhuma outra criança na tenda tem sapatos de escola de verdade. Quando nós três olhamos os sapatos é como se a gente estivesse de novo numa casa de verdade, sem guerra, sem longe.

Alguns brancos vêm tirar fotografias do nosso povo que mora na tenda — disseram que estão fazendo um filme, eu nunca vi o que é isso, mas sei que existe. Uma mulher branca se enfiou no nosso espaço e fez perguntas para minha avó que alguém que entende a língua da mulher branca contava para a gente na nossa língua.

Quanto tempo você está vivendo assim?

Ela quer saber aqui?, minha avó perguntou. Nesta tenda, dois anos e um mês.

E o que espera do futuro?

Nada. Estou aqui.

Mas e os seus filhos?

Quero que eles estudem para poder arrumar empregos bons e ganhar dinheiro.

Espera voltar para Moçambique... para o seu país?

Não vou voltar.

Mas quando a guerra acabar... não vão deixar vocês ficarem aqui. Não quer voltar para casa?

Achei que minha avó não queria falar mais. Achei que não ia responder para a mulher branca. A mulher branca inclinou a cabeça de lado e sorriu para nós.

Nossa avó olhou para o outro lado e disse: Não existe nada. Minha casa não existe.

Por que nossa avó diz isso? Por quê? Eu vou voltar. Eu vou voltar pelo Parque Kruger. Depois da guerra, se não tiver mais bandidos, nossa mãe pode estar esperando a gente. E quem sabe, quando a gente deixou meu avô, ele foi o único que ficou para trás, ele não achou o rumo dele de algum jeito, devagar, pelo Parque Kruger, e vai estar lá. Eles vão estar em casa e vou lembrar deles.

Traduzido do inglês por José Rubens Siqueira

Crianças abandonadas deste planeta

Kenzaburo Oe

A cerimônia fúnebre começou às três da tarde, embora fosse costume na aldeia realizá-la muito mais cedo. Parece que arranjaram para que começasse depois para acomodar o horário de chegada do vôo. O cortejo começou na frente da casa de papai e desceu uma trilha até o templo Bodhi. Iyore e eu nos despedimos dos enlutados, ladeando vovó, que levava a bengala na mão esquerda. À frente do cortejo, estava a fotografia do tio-avô, depois a placa mortuária e, em seguida, em fila indiana, as varas de bambu com cestas penduradas e as altas coroas de flores, seguidas por uma longa fila de estandartes de papel de formas estranhas. O cortejo seguia, entre aldeões, alguns vestidos de preto, alguns em suas roupas do dia-a-dia, parados à porta das casas de ambos os lados da rua para prestar seus últimos respeitos ao falecido. Uma pancada de chuva brilhante de fim de outono atravessou a encosta da montanha que dá para o rio do lado sul, escura com o colorido das sempre-vivas. Contra esse pano de fundo, todo o panorama do cortejo apresentava uma visão estranha. O jeito de se despejarem as flores de papel das varas de bambu cada vez que os enlutados circundavam o esquife pesado lembrava os funerais dos povos nativos de áreas remotas da Polinésia. Também me impressionou como uma coisa delicada e nostálgica. Cada vez que as florzinhas de papel vermelhas, azuis e amarelas voavam dos cestos das varas de bambu, vovó levantava a cabeça sobre o pescoço emaciado e parecia forçar os olhos para enxergar, por baixo das pálpebras triangulares.

Quando o rabicho do cortejo partiu, vovó, Iyore e eu nos retiramos para o chalé, onde descansamos um pouco, e depois seguimos para o templo, de novo no carro de Shu-chan. Como vovó não pode andar muito, Shu-chan pegou uma rua lateral e descemos numa bifurcação onde as instalações do templo Bodhi e o cemitério encontram uma trilha que sobe pela floresta. Entramos no templo pelo caminho de trás e encontramos os serviços funerários prestes a começar. O monge que conduzia o funeral e os outros monges celebrantes estavam entrando no santuário principal, enquanto um corpulento agente funerário da cidade da enseada, centro de distribuição, gritava para os enlutados presentes, como se desse ordens, à moda militar — igual a um filme antigo —, para sentarem eretos e direitos. Vovó, sentada entre eu e Iyore no meio do setor destinado aos membros da família e parentes, esticou as costas e começou a acenar para o monge principal se aproximar. Parecia que tinha alguma coisa para dizer a ele. O monge interrompeu no meio seu cortejo e mandou um jovem monge ver o que ela queria.

O cunho do que vovó disse foi: “Poderia, por favor, pedir para aquele homem que está querendo controlar o funeral ir embora?”. O monge principal fez que sim com a cabeça quando o discípulo voltou e repetiu a mensagem de vovó, que ele, por sua vez, passou para outro agente funerário. Depois disso, não houve mais ninguém gritando comandos e a cerimônia prosseguiu de um modo natural. Depois do serviço, quando saí do santuário e fui para o jardim, notei, no canto da úmida varanda, o agente funerário com seu terno preto de luto e gravata-borboleta, sentado abraçando os joelhos, olhando as folhas de clintônia nas quais pingava a chuva.

O filho mais velho do tio-avô fez um breve discurso de agradecimento aos presentes parados no jardim diante do santuário. Vovó considerou aquilo o final. Enquanto esperávamos que o corpo do tio-avô fosse colocado no carro funerário e depois levado para o crematório rio acima, vovó voltou para a ante-sala do santuário e conversou com o monge principal, que parecia ser um velho amigo dela. Ao ver isso, tia Fusa observou: "Ela está fugindo às suas responsabilidades. Não quer receber os cumprimentos dos parentes de longe". Logo depois, Shu-chan, que parecia aquela figura inchada dos anúncios da Michelin, porque o terno de luto estava pequeno demais para ele, veio nos dizer que vovó tinha ido embora pela saída dos fundos e estava nos esperando no lugar onde ele havia nos deixado antes.

Então voltamos pelo lindo caminhozinho ladeado de pequenos arbustos de vários tipos rebrilhando em suas folhas coloridas de outono e encontramos vovó sentada no banco de trás do carro. Ela empurrou para a frente o banco do passageiro para ajudar Iyore a entrar e sentar ao lado dela. A caminho do templo, vovó, tia Fusa e eu tínhamos ido juntos atrás e, embora fôssemos todos magros e mais para pequenos, nos sentimos apertados. Mas no caminho de volta vovó parecia estar com vontade de monopolizar o banco de trás com Iyore, pois assim que ele entrou ela puxou o banco da frente de volta.

"Acho que a senhora quer que Iyore veja a floresta, é isso, vovó?", tia Fusa perguntou, polvilhando um pouco de sal purificador pós-funeral nos dois dentro do carro, e em nós três, inclusive ela mesma, no lado de fora. "Se é isso que tem em mente, é uma marcha forçada até lá em cima, aos lugares mais altos, então três atrás é de fato cansativo. Ma-chan, por que você não senta na frente e eu dirijo? Shu, você pode ir correndo para casa com essas pernas de que tem tanto orgulho e ajudar a pôr as coisas em ordem por lá."

Rodamos pelo caminho da floresta, atravessamos a ponte sobre o rio da aldeia e nos dirigimos à estrada que circunda a montanha adiante. Olhei para trás quando viramos uma curva fechada depois da ponte e vislumbrei Shu-chan, igualzinho ao homem da Michelin, correndo com firmeza e "sobriedade" pelo caminho do penhasco, agora com as rochas nuas porque as árvores derrubavam suas folhas.

A estrada sempre ascendente até o topo da montanha à qual nos dirigíamos era enganosamente tortuosa. Corre uma piada na família que diz que, na primeira vez que papai nos levou à aldeia dele, perguntei a O-chan, meu mentor intelectual desde que eu era pequeno: "Ainda existiam mamutes nesse lugar quando papai era criança?". Não me lembro de ter feito essa pergunta, mas o longo trecho da estrada que subia e descia até a casa de papai antes de o túnel ser construído está fortemente gravado em minha memória. Mesmo assim, efetivamente senti que a subida da estrada ao lado do rio até o povoado no "campo" — para usar a linguagem do mapa da aldeia — era uma viagem ainda mais longa.

O cenário pelo qual deslizamos era de tirar o fôlego, além das medidas. Depois de passar pela cidade da enseada, me dei conta de que, nas encostas de ambos os lados da estrada que levava à aldeia de papai na baixada, havia trechos de terra em que a folhagem alaranjada do outono era tingida de vermelho cintilante. Ao subirmos mais, para as regiões mais altas do "campo", me dei conta de que as cores eram dos grupos de caquizeiros. Grupos, não pomares, é a palavra. Originalmente, aquilo era terra arável, liberada durante os anos do pós-guerra para plantar trigo, nos dias da grande carestia. Vovó, que um dia havia sido proprietária de um "armazém atacadista de produtos montanheses", me explicou que depois do trigo vieram as castanheiras, e depois a mudança para o caqui.

Depois de algum tempo, a estrada em que rodávamos foi envolvida por um brilhante carmim-alaranjado: cintilando, vermelho-ocre acima de nós, abaixo e à esquerda. E encontrávamos mais disso ao subir. Sempre que chegávamos a uma topografia relativamente plana, víamos as imponentes casas construídas em cima de firmes e sólidos alicerces de pedra, com cobertura em parte de sapé, em parte de telhas, ao contrário da cobertura das casas da baixada. Essas casas muito apropriadas acompanhavam a estrada, a intervalos, e continuavam a aparecer com uma certa coerência de estilo. Por fim, tia Fusa parou o carro num contraforte de onde se descortinava uma vista panorâmica. De um lado, ficava um amplo e profundo vale que baixava como um enorme pilão de terra. Além do vale, no nível do olhar, do outro lado de uma larga e funda fenda, estendia-se uma cadeia de silenciosas e sombrias montanhas azuis, sobrepostas umas às outras.

"Para lá fica a cordilheira Shikoku", disse tia Fusa. "Pelo que sei, nossos ancestrais acabaram encontrando refúgio de seus perseguidores nas profundezas desta floresta, depois de pisar as muitas trilhas que serpenteiam por aqueles cumes. Imagino o quanto, apesar de todas as dificuldades, eles ainda sonhavam em estabelecer um novo assentamento. É de dar pena", suspirou, os olhos passeando pela paisagem. Iyore estava ajudando vovó a descer do carro.

"Pensava a mesma coisa", vovó acrescentou, "parada aqui no alto, quando me traziam de carroça para comprar castanhas para o armazém. Mas muitos anos se passaram desde então e, olhando a aldeia na baixada agora, vejo que este lugar tem espaço suficiente — grande como já é — para manter uma comunidade de bom tamanho. De qualquer forma, olhem só essas encostas. São tantas que acredito que pés humanos jamais vão conseguir pisar cada recanto, cada fenda. É um lugar realmente vasto! E por ser o lugar assim tão vasto é que uma lenda como 'As maravilhas da floresta' permaneceu tanto tempo no coração das pessoas. Mas Iyore-san, você foi o único que compôs uma música sobre essa lenda... Ouvi aquela fita cassete que me mandou, bem aqui neste contraforte. Sua música realmente me fez pensar nas 'maravilhas da floresta'. Por falar nisso, Iyore-san, qual é a sua composição mais recente?"

"O título é 'Sutego'", Iyore respondeu enfaticamente.

Não fui o único a ficar surpreso. Vovó e tia Fusa ali ficaram em temeroso silêncio, com os corpos e rostos petrificados na direção para onde olhavam. Vendo-as nesse estado, me perguntei por que duas mulheres cujas idades eram tão diferentes — dado que eram mãe e filha — podiam reagir de forma tão semelhante. Então, lembranças enternecedoras de mamãe lá longe, na Califórnia, encheram meu coração. Tão forte foi a emoção que senti vontade de gritar: "Me ajude também, mamãe! Me ajude com minha 'aflição'". Mas Iyore, fonte da agitação em meu peito, tinha ido despreocupadamente até a beira da estrada, além da qual, um passo abaixo, ficava um grupo de caquizeiros comuns podados rente para a colheita. Com o rosto junto a uma folha manchada de vermelho e amarelo, ele estava cheirando as gotas cintilantes que a chuva passageira havia formado em cima dela...

"Se chegar tão perto dos caquizeiros, Iyore, vão pensar que você vai apanhar e comer alguns", exclamei. As palavras que minha boca pronunciou eram diferentes das que brotavam das profundezas de meu coração.

"Ninguém vai pensar isso", vovó disse, recuperando o sorriso. "Se fosse dez, quinze anos atrás, os fazendeiros teriam construído cercas de arame em torno destes campos. Mas agora tudo mudou. Você viu aquelas pilhas de caquis maduros na frente de todas as casas de fazendeiros, não viu? Foram considerados maduros demais para despachar. Com tanto caqui, as crianças ficam indiferentes até na frente daqueles que estão só esperando ser colhidos e comidos... Como as crianças mudam depressa, é assustador, não é, Ma-chan? Quando nós éramos crianças, usávamos sandálias de palha, usávamos quimonos sem forro e como obi uma tirinha fina de pano vermelho. Armávamos fogueiras no chão nu com ramos secos para assar batatas-doces, tirávamos a parte de cima da roupa para achar peixes no rio e pescar com cestinhas de bambu. Você já viu nos livros, não viu... como o *Costumes e festas das crianças pré-modernas*? As ilustrações desses livros mostram exatamente as coisas que nós fazíamos."

"Você é pré-moderna, vovó", disse tia Fusa. "Nós já saltamos o pré-moderno e somos modernos. Iyore e os outros estão entrando no futuro."

"Bom, então", vovó observou, "será que o pré-moderno e o futuro podem ter uma conversa relaxada? Iyore-san, pode me contar de suas composições musicais?"

"Muito bem", Iyore replicou. Demonstrando imediato interesse, ele levantou o corpo, que estava curvado sobre a folhagem, e voltou até onde estava vovó.

"Então deixe que nós dois, o par contemporâneo, subamos e conversemos um pouquinho mais acima", disse tia Fusa. "Pode muito bem haver uma inesperada coincidência de opiniões se a idade moderna e o futuro conversarem."

Como eu desconfiava, o que tia Fusa queria era me perguntar pessoalmente — como dois contemporâneos — sobre "Sutego". Ela discutiu isso com aquela maneira prática que lhe era tão típica. Me disse diretamente que se a demora de meus pais numa universidade norte-americana estava fazendo Iyore se sentir abandonado, eu devia telefonar para eles e pedir que voltassem imediatamente. Que necessidade havia de K-chan, que escrevia em japonês, ser um escritor residente na América e pesar na economia daquele país numa época em que o valor do dólar estava tão baixo? Ele dizia que a comunicação com seus colegas professores era importante, mas quanto poderia ele progredir num inglês que confundia com o francês? O próprio K-chan, disse ela, muito honestamente admitira isso na última vez em que conversaram por telefone.

Achei que não podia falar a ela da "aflição" de papai. Só contei que, embora Iyore tivesse realmente composto uma peça que intitulara de "Sutego", não parecia estar sofrendo as emoções de um filho abandonado enquanto trabalhava na música. E, quando ela ficou pronta, animou-se com as cordas da parte final e parecia mais preocupado com os resultados técnicos do que com seu tema.

Como tia Fusa havia estacionado o carro em um dos mirantes topográficos de uma encosta montanhosa delicadamente ondulante, pudemos ver, depois de subir um pouco mais, todo o vale abaixo de nossos olhos como o fundo de um pilão de terra. No alto, o rio era tão tortuoso quanto uma estrada e a água cintilava a cada curva. Um pouco acima do rio ficava uma montanha densamente arborizada de ciprestes altos, retos, que se elevavam como um apêndice da floresta, e adiante ficava uma cerrada congregação de carvalhos muito antigos, ferozmente mais altos que os ciprestes. Entre essas árvores, bem descaracterizada, ficava uma construção de concreto parecida a uma caixa, com uma alta chaminé. Plumas de fumaça branca de repente subiram com força da chaminé. Tia Fusa olhou essa fumaça com uma expressão severa e pareceu mergulhar em pensamentos.

Sozinho, olhei para o céu, mais azul que nunca, sem nem sinal da chuva de fim de outono que tinha acabado de cair sobre nós. De frente para o sol, espirrei: uma bênção inesperada, pois arrancou tia Fusa das idéias que a dominavam por causa do "Sutego" de Iyore ou pela cremação do tio-avô, embora provavelmente fosse uma mistura dos dois.

"Então, o sol faz você espirrar também, Ma-chan!", ela disse, levantando a cabeça vigorosamente e olhando para mim. "Quando K-chan estava na escola fundamental, ele uma vez leu um artigo sobre isso. Inventou então uma experiência para ver se havia realmente alguma relação entre o sol e o espirro. Dispondo apenas de um número limitado de cobaias, ele me fazia olhar para o sol toda manhã, o que, para mim, não era coisa fácil de fazer. Naquela época, K-chan era um cientista louco, igualzinho a O-chan."

Tia Fusa apertou os olhos, olhou o sol no céu do oeste e deu um lindo espirro. Continuamos a rir durante um momento, então resolvi perguntar a ela uma coisa.

"Acredito que isso deve ter acontecido quando papai era ainda mais novo", comecei. "Ouvi dizer que depois que ele leu sobre são Francisco, no moinho de roda-d'água onde levou trigo para moer, ele pensou seriamente se não devia começar de imediato a fazer alguma coisa quanto às *questões da alma*."

"Isso mesmo. É verdade essa história", disse tia Fusa. "Está vendo, lá embaixo, onde o rio bifurca em duas correntes, uma brilhando, a outra na sombra? O moinho de água fica a uma boa distância, subindo aquele braço mais estreito, mais escuro, e K-chan voltou com o saco de farinha apertado no peito e o rosto todo branco. Temendo que algum são Francisco de Assis da vizinhança pudesse aparecer da sombra de uma árvore próxima e atraí-lo para se envolver em questões da alma, ele começou a chorar e os olhos dele pareciam os de um guaxinim..."

"Pelo que papai disse na palestra, entendi que você achava que ele parecia um macaco branco..."

"Ele embelezou um pouco a lembrança porque diz respeito a ele diretamente. Um guaxinim de osso à mostra, um guaxinim raquítico: isso é que ele parecia... Mas acho que ele viveu a vida desde então com medo do dia em que teria de abandonar tudo para se dedicar a *questões da alma*. Pelo menos, ele era esse tipo de pessoa quando morava conosco, até se formar na escola fundamental. Ficava tão deprimido quando os amigos o convidavam para ir com eles estudar a Bíblia em inglês...

"O irmão maior também estava muito preocupado com isso. Ele se preocupava de K-chan vir a se ligar a alguma organização religiosa em Tóquio, embora não gostasse de partidos políticos. E uma vez ele lamentou que se isso algum dia acontecesse seria o fim do futuro de K-chan, em um sentido social. Pensando bem, tanto o irmão maior como K-chan eram uns pobres jovens constantemente perseguidos por *questões da alma*. Mas um deles já virou fumaça branca, sem fazer nada em relação às *questões da alma*...

"Com relação a isso, 'As maravilhas da floresta', a lenda que vovó mencionou quando estava falando das composições de Iyore, é uma história que a mãe de vovó uma vez contou a K-chan. Ou talvez eu devesse dizer que K-chan desenterrou a estranha lenda com a sua força. Menino voltado para ciências que ele era naquela época, tentou interpretar a lenda de todo jeito. Chegou até a dizer uma vez que 'As maravilhas da floresta' tinha sido mandada para a Terra em um foguete ou do Sistema Solar ou do universo além. De qualquer forma, ele disse que a civilização podia ter começado neste planeta com isso em sua gênese. Sempre fui uma moça simplória e então imaginei um bando de crianças em alguma estrela distante, apertadas como sardinhas no foguete das 'maravilhas da floresta', sendo abandonadas aqui na Terra. Eu então me sentia tão sozinha...

"Pensando bem, porém, você não acha que Iyore e eu temos um vocabulário de imaginação semelhante de alguma forma? E K-chan provavelmente é que está por trás disso tudo. Eu me sentia realmente sozinha, pensando no foguete das 'maravilhas da floresta', provavelmente porque ele tinha dito alguma coisa no sentido de que éramos crianças interplanetárias abandonadas. Não seria surpresa para mim se ele tivesse dirigido observações de caráter semelhante a Iyore. E, depois de fazer uma coisa assim tão descuidada, ele próprio parte para a Califórnia com Oyu-san! Pode ser surpresa para algumas pessoas, mas ele é uma pessoa desse tipo."

Vovó e Iyore estavam com as costas delicadamente apoiadas no muro de pedra que retinha o grupo de caquizeiros acima deles no lado superior da estrada. Então, vovó afastou de repente da parede seus ombros pequenos. Levantou a mão direita, na qual segurava a bengala, e acenou para nós. Até então, eu pensara que vovó e Iyore tinham estado a observar em silêncio a floresta, o sol e seus reflexos na folhagem vermelho-alaranjada dos caquizeiros. Mas evidentemente vovó estivera o tempo todo conversando muito pacientemente com Iyore. Tropeçando um pouco, corremos para ela e ouvimos sua voz soar, enfática.

"O título de 'Sutego' completo", ela gritou, "é 'Sutego resgatado'. Iyore-san e os colegas de trabalho dele no ateliê do serviço social limpam o parque toda terça-feira, não limpam? Ele me contou que uns colegas encontraram uma vez um bebê abandonado lá e salvaram a criança. Iyore-san está determinado a salvar um bebê assim se um dia encontrar algum quando estiver em serviço. Era isso que tinha na cabeça quando compôs a música e por isso ela tem o título de 'Sutego resgatado'."

"Ah, então era isso, Iyore!", exclamei. "É, eu me lembro dessa ocasião em que salvaram um bebê ao limpar o parque. Devia ter lembrado disso assim que ouvi o título... mas foi há tanto tempo. Então era disso que se tratava, Iyore. Então está certo a melodia ser triste. Afinal de contas, é sobre o resgate de um *sutego*!", eu disse, saboreando uma sensação de tranqüila felicidade.

"Ah, então era isso!", tia Fusa repetiu. Ela entendia a situação do mesmo jeito que eu, mas, à sua maneira característica, coroou esse entendimento com uma conclusão. "Se pensamos em todas as pessoas deste país como crianças abandonadas, então a composição de Iyore expressa alguma coisa de escala muito grandiosa!"

Traduzido do inglês por José Rubens Siqueira

Agradecimentos

Muita gente deu uma inestimável contribuição a esta antologia.

Meus penhorados agradecimentos:

Aos autores, que contribuíram com suas histórias sem receber remuneração, nem royalties.

Aos editores, que produziram e distribuíram este livro sem nenhum proveito material:

Liz Calder, da Bloomsbury Publications, Grã-Bretanha;

Jonathan Galassi, da Farrar, Straus & Giroux, e Frances Coady, da Picador, Estados Unidos;

Arnulf Conradi, da Berlin Verlag, Alemanha;

Carlo e Inge Feltrinelli, da Giangiacomo Feltrinelli Editore, Itália;

Ariane Fasquelle e Olivier Nora, da Éditions Grasset et Fasquelle, França;

Yilin Press, República Popular da China;

Casa Editora Sophia, Rússia;
Locus Publishing, Taiwan;
Companhia das Letras, Brasil;
Kastaniotis, Grécia;
Ulpius-Haz, Hungria;
De Geus, Países Baixos;
Miskal, Israel;
e todas as outras casas editoras envolvidas no processo.

Aos artistas:

Karel Nel e Kevin Shenton que criaram a capa a partir de uma pintura de Karel Nel, sem cobrar nada [capa da edição original].

A meus agentes literários:

Linda Shaughnessy e Teresa Nicholls, da A. P. Watt Ltd., Londres;

Timothy Seldes e Kirsten Ringer, da Russell & Volkening Inc., Nova York, pela contribuição em todos os arranjos de direitos autorais.

E:

Michelle Lapautre, da Agence Michelle Lapautre, Paris, por sua ajuda com negociações;

Dorothy Wheeler, que redigitou todos os manuscritos dos contos encaminhados a mim;

Verna Hunt, que ajudou com a correspondência e de inúmeras outras maneiras;

Jean Stein, da *Grand Street*, que generosamente contribuiu com as despesas;

Djibril Diallo, diretor de Comunicação do PNUD (Programa das Nações Unidas para o Desenvolvimento);

Shashi Tharoor, subsecretário geral de Comunicações e Informação Pública, das Nações Unidas.

Meu agradecimento especial ao secretário-geral das Nações Unidas, Kofi Annan, que espontaneamente propôs e generosamente autorizou o lançamento de *Contando histórias* na sede da ONU, em Nova York.

Sobre os autores

Entre as obras mais recentes do dramaturgo ARTHUR MILLER, sem contar quatro contos, estão as peças *Ressurrection blues* e *Finishing the picture*, ambas encenadas na temporada de 2004. Ele recebeu o Prêmio Pulitzer, o Prix Molière do teatro francês, três Tony Awards por suas peças e um Lifetime Achievement Award. Tinha títulos honorários na Universidade de Oxford e Harvard. Morreu em 2005.

JOSÉ SARAMAGO nasceu em Portugal em 1922. Foi mecânico, desenhista, leitor para editora, editor e tradutor. É autor de peças de teatro, ensaios, contos, romances e recebeu numerosas honrarias. Foi agraciado com o Prêmio Nobel de Literatura em 1998. A Companhia das Letras publicou grande parte de sua vasta obra.

ES'KIA MPHAHLELE nasceu em Parabastad, Pretória, em 1919. Exilou-se, entre 1957 e 1977, na África Ocidental e do Leste, na França e nos Estados Unidos. Ao voltar para a África do Sul, trocou o nome de Exekiel para seu equivalente sesotho. Publicou seu livro mais conhecido, *Down Second Avenue*, em 1959, seguido de volumes de contos, novelas, romances, poesia e ensaios, estes últimos enquanto professor. Obteve seu Ph. D. nos Estados Unidos e foi homenageado com o título de doutor em letras por universidades de seu país e do exterior.

SALMAN RUSHDIE é autor de diversos romances, contos e ensaios. Dele, a Companhia das Letras publicou *Shalimar, o equilibrista*, *Fúria*, *O chão que ela pisa*, *O último suspiro do mouro*, *Filhos da meia-noite* (que recebeu o Booker Prize e o Booker dos Bookers), *Os versos satânicos*, *Harum e o mar de histórias* e *Oriente, Ocidente*.

INGO SCHULZE nasceu em Dresden, em 1962. Depois de formado em artes na Universidade de Jena, foi consultor de arte dramática no Teatro Estatal de Altenburg na antiga Alemanha Oriental, fundou um jornal publicitário e passou seis meses em São Petersburgo, onde suas experiências o inspiraram a escrever *33 momentos de felicidade*, seu primeiro volume de contos, em 1995. Seus contos e romances receberam diversos prêmios e foram traduzidos para vinte línguas.

GABRIEL GARCÍA MÁRQUEZ nasceu em 1927 na Colômbia, e classifica a si mesmo como jornalista e escritor. Entre suas obras traduzidas para muitas línguas está o romance *Cem anos de solidão*. Recebeu o Prêmio Nobel de Literatura em 1982.

MARGARET ATWOOD é autora de mais de 35 livros de ficção, poesia e ensaios críticos. Seus romances *Oryx & Crake*, *The Handmaiden's tale*, *Cat's eye* e *Alias Grace* (premiado com o Giller Prize e o Premio Modello) foram indicados para o Booker Prize, que ela conquistou com *The blind assassin*, em 2000.

GÜNTER GRASS nasceu em Dantzig, Alemanha, em 1927. É romancista, poeta, dramaturgo, ensaísta, artista gráfico e criador de obras que escapam a qualquer descrição de gênero convencional. Recebeu o Prêmio Nobel de Literatura em 2000. Entre suas obras mais recentes está *Crabwalk*.

JOHN UPDIKE nasceu em Shillington, Pensilvânia, em 1932, freqüentou escolas locais e o Harvard College. De 1955 a 1957 foi membro do staff da revista *The New Yorker* e desde então vive em Massachusetts. É autor de mais de cinqüenta livros, entre os quais 21 romances e coleções de poesia, contos e crítica. Dele, a Companhia das Letras publicou treze livros, entre eles os cinco volumes do *Coelho*, *A consciência à flor da pele*, *Uma outra vida*, *Gertrudes e Claudio* e *Terrorista*.

CHINUA ACHEBE nasceu na Nigéria em 1930 e foi criado por pais cristãos em Ogidi, na região Leste. Formado pela University College, Ibadan, abandonou sua primeira carreira no rádio durante os violentos levantes que provocaram a guerra de Biafra. Publicou obras de ficção, como *Things fall apart*, um marco na literatura africana, poesia, ensaios e livros para crianças. Suas obras são editadas em cerca de cinqüenta línguas. Em 2004, foi publicada uma coleção completa de seus poemas.

AMÓS OZ nasceu em Jerusalém em 1939. Viveu trinta anos no *kibutz* Hulda, trabalhando na terra, escrevendo e dando aulas. É autor de onze romances, muitas coleções de contos, ensaios, e sua obra foi traduzida para mais de trinta línguas. Recebeu numerosos prêmios internacionais. Há 35 anos é figura importante no Movimento de Paz Israelita e defende uma paz israelita-palestina baseada em acordos históricos e na solução do Estado duplo. Dele, a Companhia das Letras publicou A *caixa preta, Conhecer uma mulher, De amor e trevas, Fima, O mesmo mar, Meu Michel, Não diga noite, Pantera no porão.*

PAUL THEROUX, professor e viajante na África, nasceu nos Estados Unidos em 1941 e viveu na Grã-Bretanha durante dezessete anos. Publicou quatro livros de contos e entre seus romances estão *The mosquito coast* e *My secret history*. Entre seus livros mais recentes está o relato de viagem *Dark Star Safári*, que narra seu trajeto por terra de Cairo a Cidade do Cabo.

MICHEL TOURNIER, nascido em Paris em 1924, começou seus estudos de filosofia na escola e prosseguiu na Universidade de Tübigen, na Alemanha. Teve uma carreira na imprensa, publicidade e editoria. Dirigiu a Editions Plon, Paris. Seu primeiro romance, *Vendredi ou les limbes du Pacique*, recebeu o Grand Prix du Roman de l'Academie Française, seguido de *Le roi des Aulnes*, que recebeu o Prix Goncourt, *Les meteores*, *Gaspard, Melchior et Balthazar*, cinco obras de não-ficção e três livros para crianças. É membro da Academie Goncourt.

NJABULO S. NDEBELE publicou, entre outros, o romance *The cry of Winnie Mandela*, o premiado *Fools*, uma coleção de contos e uma aclamada coleção de ensaios críticos, *Rediscovery of the ordinary*. Foi presidente do Congresso de Escritores Sul-africanos durante muitos anos e é reitor da Universidade da Cidade do Cabo.

A ensaísta, romancista e dramaturga SUSAN SONTAG nasceu em 1933 em Nova York e morreu em 2004. Foi traduzida para mais de trinta idiomas. Dela, a Companhia das Letras publicou *Doença como metáfora/Aids e suas metáforas*, *Diante da dor dos outros*, *Assim vivemos agora*, *Sobre fotografia*, *A vontade radical*, *Questão de ênfase*, *O amante do vulcão*, *Na América*.

CLAUDIO MAGRIS nasceu em Trieste em 1939, é professor de literatura alemã moderna na Universidade de Trieste. Seus livros, entre eles *La nostra*, foram traduzidos para várias línguas e entre seus prêmios contam-se o Prix du Meilleur Livre Étranger, Premio Strega Leipziger, Buch Preis zur Europäischen Verständigung, Praemium Erasmisum.

HANIF KUREISHI nasceu e cresceu na Inglaterra. É romancista e roteirista de cinema. Dele, a Companhia das Letras publicou *O buda do subúrbio*, *Álbum negro*, *O corpo*, *O dom de Gabriel*, *Intimidade* e *No colo do pai*. Escreveu, entre outros, os roteiros de *Minha adorável lavanderia* e *A mãe*.

CHRISTA WOLF é editora, crítica, autora de ensaios, roteiros de cinema, romances e contos. Entre suas obras está *Um dia do ano*. Recebeu o Prêmio Nacional da Alemanha Oriental, o prêmio Georg Büchner, o prêmio do Estado Austríaco para Literatura Européia e o Geschwister-Scholl-Preis.

WOODY ALLEN é escritor, diretor e ator de cinema e teatro.

NADINE GORDIMER é autora de treze romances, dez coleções de contos e diversas coleções de não-ficção, todos traduzidos para muitas línguas. Recebeu o Prêmio Nobel de Literatura em 1991. Vive em Johannesburgo, África do Sul. Dela, a Companhia das Letras publicou *A arma da casa*, *Ninguém para me acompanhar* e *O engate*.

KENZABURO OE nasceu na zona rural do Japão em 1935 e começou a publicar suas obras quando ainda estudante. Em 1963, seu filho nasceu com danos cerebrais e isso o levou a pesquisar os problemas dos sobreviventes à bomba atômica.

Entre seus romances e contos estão *Uma questão pessoal*, romance sobre o aprendizado da convivência e do amor por um filho severamente comprometido, e *Jovens de um novo tempo, despertai!*, ambos publicados pela Companhia das Letras. Recebeu o Prêmio Nobel de Literatura em 1994.

Fontes

Chinua Achebe, "Sugar Baby", parte de *Girls at war and other stories*, de Chinua Achebe, copyright © 1972, 1973 by Chinua Achebe. Publicado com autorização da Doubleday, divisão da Random House, Inc., e da Harold Ober Associates Incorporated.

Woody Allen, "A rejeição". Copyright © 2003 by Woody Allen, todos os direitos reservados. Este artigo apareceu originalmente na *The New Yorker*.

Margaret Atwood, "A idade de chumbo". Copyright © 1991 by O. W. Toad, parte de *Wilderness Tips*, de Margaret Atwood.

Gabriel García Márquez, "Morte constante além do amor", parte de *La increíble y triste historia de la cándida Eréndira y de su abuela desalmada*, de Gabriel García Márquez. Copyright © 1972 by Gabriel García Márquez.

Nadine Gordimer, "O safári definitivo", parte de *Jump and other stories*, de Nadine Gordimer. Copyright © 1991 by Felix Licensing, B. V.

Günter Grass, "Testemunhas de uma era", parte de *Mein Jahrhundert*. Copyright © 1999 by Steidl Verlag, Gottingen.

Hanif Kureishi, "Um encontro, afinal". Copyright © 1999 by Hanif Kureishi, parte de *Midnight all day*.

Claudio Magris, "Já ter sido". Copyright © 1991 by Claudio Magris, parte de *Dieci anni in Europa*. Reproduzido por permissão de Franco Angelo Editores, Milão.

Arthur Miller, "Buldogue". Reproduzido por permissão da ICM, Inc. Copyright © 2001 by Arthur Miller. Primeira publicação na *The New Yorker*.

Es'kia Mphahlele, "Pela rua sossegada". Copyright © 1954 by Es'kia Mphahlele. Nossos agradecimentos ao autor, que permitiu a publicação do conto.

Njabulo Ndebele, "Morte de um filho". Copyright © 1987 by Njabulo Ndebele. Nossos agradecimentos ao autor, que permitiu a publicação do conto.

Kenzaburo Oe, "Crianças abandonadas deste planeta". Copyright © 1990 by Kenzaburo Oe, parte de *A quiet life*. Publicado por permissão do autor aos cuidados da The Wylie Agency.

Amós Oz, "Direção do vento". Copyright © 1963 by Amós Oz. Originalmente publicado na revista *Keshet*.

Salman Rushdie, "O ninho do pássaro de fogo". Copyright © 1997 by Salman Rushdie. Publicado originalmente na *The New Yorker*.

José Saramago, "O centauro", parte de *Objecto quase*. Copyright © 1984 by José Saramago e Ed. Caminho, Lisboa.

ESTA OBRA FOI COMPOSTA PELO GRUPO DE CRIAÇÃO EM ELECTRA E IMPRESSA PELA RR DONNELLEY MOORE EM OFSETE SOBRE PAPEL PÓLEN SOFT DA SUZANO PAPEL E CELULOSE PARA A EDITORA SCHWARCZ EM MAIO DE 2007